Fearon

Für Nancy Cunard

James Hanley

Fearon

Mit einem Vorwort von Anthony Burgess
und einem Nachwort von Liam Hanley

Aus dem Englischen von Joachim Kalka

ARCO

Anthony Burgess

Vorwort

Als James Hanley im November 1981 starb, [...] da setzte die *Times* als Überschrift des Nachrufes »Vernachlässigtes Romangenie«. Vielleicht ist es nur in England möglich, daß eine solche abschließende Formulierung keinerlei Schuldgefühle wachruft. »Vernachlässigtes Genie« – das nimmt man so hin, es ist nun einmal die Kategorie, in die ein Hanley gehört. Eine solche Vernachlässigung widerfährt so regelmäßig manchen unserer besten Autoren (Rex Warner und William Sansom fallen einem sogleich ein), daß wir sie selbstzufrieden als notwendigen Zug unserer Kultur hinnehmen. Die Genies, welche vernachlässigt werden, sind in der Regel jene Genies, die uns beunruhigen, und das schätzen wir nicht. Der Nachruf der *Times* erwähnte zu Recht »die Integrität und den beunruhigend scharfen, wenn auch düsteren Blick seiner besten Bücher« und prophezeite, man werde sich »gewiß in der Chronik der Literatur des Jahrhunderts an sie erinnern«. In der Chronik sind sie verzeichnet, aber gelesen werden sie nicht. Doch es gibt Anzeichen – und dazu gehört die Neuauflage von *Boy* [in der hier vorgelegten deutschen Erstausgabe unter dem Titel *Fearon*, Anm. des Übersetzers], daß Hanley eine posthume Leserschaft bekommen wird.

Eine Ursache dafür, daß er zu Lebzeiten vernachlässigt wurde, lag in einer Art doppelter Einsamkeit: Er gehörte keiner literarischen Gruppe an, und er liebte die selbstgewählte Zurückgezogenheit. Er ließ sich unmöglich kategorisieren. Sean O'Faolain, der 1941 in der *Virginia Quarterly Review* über ihn schrieb, wollte Hanley einer anglo-irischen Literaturbewegung zuordnen, aber dem stand Hanleys entschiedene Erklärung entgegen, er sei kein Ire. Trotzdem hatte er gewisse idiosynkratische Qualitäten, die sich in der britischen Schriftstellerei kaum finden. William Faulkner (ebenfalls einst ein vernachlässigtes Genie) sagte, Hanleys Texte seien »nicht britisch, nicht amerikanisch, nicht südafrikanisch, nicht aus der Ebury Street, nicht aus Chicago. Lediglich Sprache wie ein anständiger reiner Wirbelsturm«. Eine Sprache also der Turbulenzen unter freiem Himmel, was zu Hanleys Vorliebe für die See paßt. Ich weiß noch, wie ich während des Zweiten Weltkriegs *The Ocean* und *Sailor's Song* las. Diese Bücher bekamen das Lob, sie seien »wie Joseph Conrad«, doch Hanleys Modernismus war radikal und ausgewachsen, während der Conrads noch auf der edwardianischen Grenzscheide stand. *Sailor's Song* handelt von vier Matrosen auf einem Rettungsfloß, und ihre deliranten Erinnerungen springen von einem Weltkrieg zum anderen. Das Buch liest sich nicht leicht; es macht auf seiner Suche nach einer spannenden Geschichte keine Konzessionen an den maßvollen guten Geschmack. Auch der Roman, den er 1943 veröffentlichte, *New Directions*, war kompromißlos. Er beschrieb eine Nacht in einer Mietskaserne in Pimlico während der Luftangriffe; er war absichtsvoll chaotisch und ließ einen Bewußtseinsstrom in den anderen übergehen. Wie die Luftwaffe London bombardierte, so bombardierte Hanley die englische Sprache. Der Roman bleibt eine der besten Dokumentationen

dessen, was es heißt, wenn die Zivilbevölkerung in den Bombenhagel gerät. Er ist naturgemäß zutiefst beunruhigend.

Wie Ernest Hemingway hat James Hanley seine Fiktionen aus dem verfertigt, was er selbst erfahren hat, aber Hemingway lernte, komfortabel von dem zu leben, was er durchgemacht hatte. Seine Zähigkeit war eine ostentativ kultivierte Pose, am Ende nur die beliebig zu habende Härte des Stierkampfkenners und des Großwildjägers. Hanley, aufgewachsen in Liverpool, lief mit dreizehn von Zuhause fort und ging zur See. Er fuhr um die Welt. In New Brunswick desertierte er und schloß sich dem Black-Watch-Bataillon der kanadischen Streitkräfte an, als diese in den Ersten Weltkrieg zogen. Er kam bei Bapaume zum Einsatz, wurde Opfer eines Gasangriffs, war einige Zeit im Krankenhaus und wurde dann entlassen. Wieder in Liverpool angelangt, verband er schmutzige Handarbeit mit Klavierunterricht und der Lektüre der russischen Erzähler. Was er seinen Fingern bei der Arbeit zumutete, vor allem als Matrose bei seinen häufigen Fahrten, verhinderte, daß aus ihm je ein richtiger Klavierspieler wurde, aber das musikalische Element in seinen Werken ist für mein Empfinden bedeutsam. Er setzt Wörter manchmal wie Klänge ein; wie bei Joyce deutet die Erschaffung eigenartiger Rhythmen auf ein musikalisches Gefühl hin, das parallel zum literarischen am Werk ist. Es war ganz offensichtlich ein besonderes Ohr, das sein erstes Buch so interessant machte – *Drift*, von siebzehn Verlagen abgewiesen, bis es in die Hände des großen Philologen Eric Partridge geriet, der damals kurze Zeit im Verlagswesen tätig war. Es ist typisch, daß Partridge, ein hervorragender Spezialist für die gesprochene Sprache, quasi der einzige unter den Verlegern war, welcher die Qualitäten dieses Textes sah oder hörte. Hanley bekam fünf Pfund dafür; die Auflage von fünfhundert Exemplaren wurde ausverkauft; die Rezensionen waren gut. Anerkennung in der Presse, aber geringe Verkaufszahlen – das Grundmuster von Hanleys Laufbahn war früh zu beobachten.

Boy erschien 1931, zu Beginn eines Jahrzehnts harter Arbeit und mageren Lohnes. Hanley schrieb das Buch in zehn Tagen und widmete es Nancy Cunard, die ihm die Schreibmaschine geschenkt hatte, welche er sich selbst nicht leisten konnte. Es ist die grimmigste unter allen seinen Geschichten, und es verschreibt sich einer Offenheit, die damals – trotz dem *Ulysses* – in der Erzählliteratur überaus selten war. […] Das Buch erschien in einer limitierten Auflage von 145 Exemplaren ausschließlich für Subskribenten, doch folgte dann eine Buchhandelsausgabe, die sich durch den Einsatz von so zahlreichen Anstandssternchen auszeichnete, daß der Text offenherziger oder lüsterner erschien, als er war.

1934 brachte Boriswood eine billige Ausgabe heraus. Sie hatte ein provokatives Titelbild (einen fast nackten *danse de ventre*), und das Buch mußte zurückgezogen werden, weil die Polizei einschritt. Die Hauptstimme der Mittelklasse-Empörung war die von Sir Hugh Walpole, einem damals hochgeachteten und sehr beliebten Romancier, geadelt für seine angeblichen Verdienste um die Literatur, aber heute fast ganz vergessen: »Dieses Buch ist so unangenehm und häßlich, in der Erzählweise wie im Inhalt, daß ich mich frage, warum seine Setzer nicht in Streik getreten sind.« Es hieß, Walpole habe in einer Londoner Buchhandlung ein Exemplar öffentlich zerrissen. *Boy* wurde zu einem aufsehenerregenden Skandalfall im Kampf gegen die britische Zensur (die verkörpert war im *Sedition Act*), und E. M. Forster hielt auf dem internationalen Schriftstellerkongreß 1935 in Paris eine Rede, in welcher er das Buch eloquent verteidigte und die offizielle Zimperlichkeit anprangerte. Hanley hatte viel auszustehen. Seine Mutter und Schwester waren katholisch und litten sehr unter dem Skandal, daß hundert Exemplare offiziell verbrannt wurden. Das vollkommen unberechtigte Stigma der Obszönität blieb für den Rest seines Lebens an Hanleys Schriftstellerexistenz haften. Neue Leser haben nun die Möglichkeit, sich unmittelbar schockieren zu lassen anstatt indirekt durch ein pikantes Gerücht. Schockiert werden sie zweifellos sein, doch der Schock wird nichts mit dem Kitzel des Pornographischen zu tun haben.

Ich habe erwähnt, daß Hanley ein zurückgezogenes Leben dem aggressiven und selbstverliebten Getriebe des literarischen London vorzog. In den frühen dreißiger Jahren ließ er sich mit seiner Frau Timothy (man denke bei diesem Vornamen an Yeats' Gattin George) in Nordwales nieder. Er überredete John Cowper Powys, der damals in New York lebte, ebenfalls nach Wales zu ziehen. Die beiden Männer wurden Freunde, und es ist Powys' andauerndes Rühmen von Hanleys Genie, in Briefen wie in öffentlichen Verlautbarungen, das die Statur seines Werkes am besten zum Ausdruck bringt. Powys war mit Betonung keltisch, und Hanley wurde nun eine Art Kelte ehrenhalber. Es lag ein wenig zu nahe für die Literaturkritik, die Hanleys lyrische Ader bewunderte, an ihm etwas

Bardenhaftes zu entdecken und sogar törichterweise von einem Einfluß Dylan Thomas' zu sprechen. In *The Welsh Sonata*, zuerst 1954 erschienen und als erstes seiner Bücher von André Deutsch wiederaufgelegt (1978), wollte die Kritikerin Victoria Glendinning Echos von Thomas' *Under Milk Wood* erkennen. Die Möglichkeit eines derartigen Einflusses ist jedoch ausgeschlossen. Dylan Thomas ließ (mich unter anderen) sein »Spiel für Stimmen« erst ein Jahr oder so nach der Konzeption von *The Welsh Sonata* hören. Es gibt bei beiden eine ähnliche poetische Strategie, aber Hanley fehlt der recht pubertäre Humor von Dylan Thomas. Die Tatsache, daß auch er viel für den Rundfunk schrieb (und später auch für das Fernsehen), hat mehr mit der Notwendigkeit des Geldverdienens zu tun als mit irgendeinem Wunsch, walisische Stimmen launig hörbar werden zu lassen.

Hanley wurde durch die kargen Einnahmen als Romancier entmutigt und begann in den sechziger Jahren, für das Theater zu arbeiten. *Say Nothing* wurde 1962 im Theatre Royal (Stratford East) aufgeführt, eine angemessene Wahl insofern, als diese Bühne unter Joan Littlewood eng mit dem nichtkommerziellen und avantgardistischen Theater verbunden sein sollte. Ein Kritiker wie Kenneth Tynan sah in *Say Nothing* eine emphatisch zeitgenössische Technik des systematischen Understatements – Beckett und Pinter wurden vergleichend genannt. Das Stück wurde in New York und Helsinki (vom finnischen Nationaltheater) gegeben, brachte Hanley aber kein Geld ein. Die Produktion für die BBC sicherte dagegen fixe Honorare und Wiederholungsprämien (John Tydeman, der Leiter der Hörspielabteilung, teilt mir mit, daß insgesamt neunundsiebzig von Hanleys Stücken ausgestrahlt wurden). Der Autor sehnte sich jedoch nach der Bühne, einer kapriziösen Geliebten, die ihn abwies. Als ich in den sechziger Jahren *Say Nothing* im Fernsehen sah, war ich wie viele Zuschauer beeindruckt von der Kraft des Stücks, doch fehlte ihm vollkommen die charmante Leichtigkeit, die man mit britischen Bühnenerfolgen verbindet. Hanley blieb kompromißlos und zu wahrhaftig, um bequem zu sein.

Er brauchte – und braucht immer noch – das Plädoyer verehrungsvoller Leser. Einer davon ist der Amerikaner Frank G. Harrington, der 1987 einen schmalen Band mit dem Titel *James Hanley: A Bold and Unique Solitary* veröffentlichte. Diesem Werk verdanke ich einige biographische und bibliographische Informationen, die ansonsten schwer zu finden sind. Man stellt sich gelegentlich gerne vor, daß es eine der vorgegebenen Aufgaben des literarischen Amerika ist, die vernachlässigten britischen Genies vor dem Vergessen zu retten. Hierzulande wird, wie ich angedeutet habe, die Vernachlässigung diagnostiziert wie eine Krankheit, angesichts derer man ungern die Gummihandschuhe auszieht. Amerika sieht das Übel im geringen Umfang des Publikums und reicht die Medizin der philologischen Rehabilitation. Dies gilt nicht allein für die Literatur. Die fast vergessene Musik von Peter Bax und Peter Warlock ist von amerikanischen Sozietäten gefördert worden, die in Großbritannien keine Entsprechung finden. Wir sind ein undankbarer Haufen und stolz auf unser Philistertum.

Harrington hatte den Vorteil, daß er Hanleys Autobiographie *Broken Waters* gelesen hatte, veröffentlicht 1937 und schon lange nicht mehr greifbar. Als man sich 1983 um eine Neuauflage bemühte, räumte Hanley ein, er habe das Buch nur auf das Drängen von Chatto & Windus hin geschrieben und dies seither sehr bereut. Harrington findet in diesem Buch einen optimistischen Humor, den die Romane entschieden meiden. Allen Mitteilungen zufolge konnte Hanley liebenswürdig und gastfreundlich sein, glücklich (nach Seemannsart), die Nacht hindurch das Garn seltsamer Geschichten und bizarrer Erinnerungen zu spinnen. Der Mann behielt bis ins Alter die ganze körperliche Zähigkeit seiner Jugend. Er war schlank, sah gut aus, hatte eine Adlernase und blaue Augen, war kräftig. Er war ein Mensch starker Zuneigungen, nicht zuletzt für seine Wahlheimat Wales. Er liegt auf dem Friedhof von Llanfechain begraben.

Die Liste seiner hinterlassenen Werke ist beeindruckend. Typischerweise wurde die Bibliographie fern vom Mutterland erstellt, von Linnea Gibbs in Vancouver (eine der wenigen kritischen Studien seiner Romane wurde in Melbourne von Edward Stokes veröffentlicht). Dem Verlag André Deutsch bleibt die heroische Aufgabe, Hanleys beste Werke einem neuen Publikum zugänglich zu machen. Man wartet mit Interesse darauf, was heute die Leser mit *Boy* anfangen werden. Wäre es ein Werk unserer Zeit und nicht ein Überbleibsel der dreißiger Jahre, könnte man Lob erwarten, in dem der unausgesprochene Wunsch mitschwänge, der Autor hätte so etwas besser nicht geschrieben. Man würde das Buch jedenfalls nicht auf der Shortlist für den Booker Prize finden. Hanley war nie ein Autor, der für einen solchen Preis in Frage käme. Andererseits war er einer jener Schriftsteller, deren Eignung für den Nobelpreis erst posthum deutlich wird. Hanley selbst wollte – sehr vernünftig – diesen Preis John Cowper Powys zuerkannt sehen. Die Tatsache, daß einmal ein Romancier diesen Preis erhalten hat, der ebenso kompromißlos ist wie Hanley – William Faulkner, so unwahrscheinlich das damals schien – erinnert uns daran, daß höchster Verdienst und kleiner Leserkreis zusammengehen können. Der Nobelpreis hat sich allzu oft auf das Populäre und Banale eingelassen. Begründet wurde er, möchte man meinen, eigens für Künstler wie Hanley.

Ich kann keinen Anspruch auf die Kennerschaft erheben, welche die Männer und Frauen besitzen, die einen Großteil ihres Lebens der Rehabilitierung Hanleys gewidmet haben. Ein praktizierender Romancier muß sich mit Bedauern von der Philologie verabschieden. Er kann einem großen toten Vertreter des eigenen Handwerks nur den Tribut seiner Verehrung darbringen und das Mitgefühl eines Mitleidenden. Denn Romane zu schreiben, heißt hauptsächlich leiden, wenn auch mit Glück und Ausdauer diese Leiden manchmal in eine Art gedämpfter Freude verwandelt werden können. Der Romancier erwartet finanzielle

Belohnungen nicht als sein gutes Recht, obwohl man ihm verzeihen könnte, wenn es ihn empört, diesen Lohn von der Billigware und dem ranschmeißerisch Modischen eingestrichen zu sehen. Hanley hat mit der Kunst, die er unbeirrt praktizierte, nicht viel verdient, aber er ist alt geworden in dem Bewußtsein, daß er das, was er machte, gut gemacht hat. Im Gegensatz zu manchen von uns, die vor den sich aufhäufenden Rechnungen und der drohenden Wohnungskündigung kapitulieren, blieb er kompromißlos. Er versuchte, den Lesern ästhetische Schocks zu versetzen, nie aber, ihnen mit leichtem Vergnügen zu Gefallen zu sein. *Boy* ist ein typisches Beispiel seiner Auffassung von der Kunst des Romanciers. Dieser Roman scheint die Kunst zu leugnen, indem er von allen Schrecken der Wirklichkeit starrt. Doch ist er trotzdem bedeutende Kunst.

Anthony Burgess, 1989

1

»Fearon! Was ist denn bloß los mit dir, Junge?«

Zum dritten Mal schon an diesem Morgen hatte Mr. Jackson, der Lehrer, Veranlassung, den Jungen nach vorn zu rufen und ihn wegen seiner Unaufmerksamkeit im Unterricht zu bestrafen. Und jetzt hatte er ihn während der Geschichtsstunde erwischt. Der Junge stand mitten im Raum, den Rücken zur Klasse, den Blick hinauf in die zornigen Augen des Lehrers gerichtet, der jetzt seinen Stock mit einer Entschiedenheit befingerte, welche den Jungen zum ersten Mal in seinem Leben wahre Angst empfinden ließ. Recht oft schon hatte er den Stock bekommen, sich aber wenig daraus gemacht. Nach ein paar Minuten klang der Schmerz ab, und er vergaß den Zwischenfall bis zum nächsten Anlaß. Jetzt aber war da noch etwas anderes als der Gedanke an den zeitweiligen Schmerz, der ihm zugefügt wurde. Es kam die Demütigung hinzu. Er hätte dies nicht so stark empfunden, wären da nicht die besonderen Umstände gewesen, unter denen er litt. Jedesmal hatte er vor der Klasse gestanden. Der Lehrer hatte ihm dieselbe Frage gestellt. Auf jede Frage hatte er dieselbe Antwort gegeben. Die anderen Jungen in der Klasse waren recht amüsiert über diese neue Form der Unterhaltung, die einer der ihren bot. Mr. Jackson ragte hoch über dem Jungen empor.

»Was ist mit dir heute morgen? Immer, wenn ich aufschaue, ist es dasselbe: Du starrst die Wand gegenüber an. Was ist denn los? Ist da etwas an der Wand, das dich unterhält oder interessiert? Du warst immer so ein guter Junge. In letzter Zeit ist es, als hättest du den Verstand verloren. Ich lasse mir das nicht gefallen, Junge. Ich werde dich jedesmal züchtigen, wenn du mir nicht gehorchst, und du forderst es noch heraus. Stell meine Geduld nicht auf die Probe!«

Fearon stand da und starrte den Lehrer an, seine Zunge klebte am Gaumen, die Angst kreiste wie ein heftiger Windstoß um sein Herz. Der Lehrer war mit den Erklärungen, die er für sein Verhalten gegeben hatte, nicht zufrieden. Er hatte das Gefühl, er müsse der Sache auf den Grund gehen. Sie schien so geheimnisvoll. Plötzlich brüllte er in Fearons Ohr.

»Also! Bist du taub oder nur störrisch? Du ignoranter Junge. Sag mir's, oder ich bestrafe dich exemplarisch vor der ganzen Klasse! Ich lasse mir das nicht bieten! Schon der größte Teil der Woche vertan, und bald ist Prüfung ...« Bei sich selbst dachte er: »Wenn jetzt die halbe Klasse ist wie dieser Bursche, wird der Bericht vom Inspektor mich in kein gutes Licht setzen. Dieser verdammte Bengel.«

»Also! Hast du mir nichts zu sagen? Kannst du mir nicht mitteilen, was bei dir nicht stimmt?«»Es stimmt alles bei mir, Sir«, sagte der Junge schließlich. Es schien ihn große Anstrengung gekostet zu haben, diese wenigen Worte zu sprechen.

»Ja! Genau das hast du schon gesagt, vor einer Stunde, und genau dasselbe gestern. Ich glaube, du bleibst zur Essenszeit besser hier, und ich bringe dich zu Mr. Sweeney ins Büro. Vielleicht kriegt der aus dir heraus, was ich nicht herausbekomme. Geh auf deinen Platz. Ich bestrafe dich nicht. Du bist mir unbegreiflich.«

Der Junge kehrte mit gesenktem Kopf auf seinen Platz zurück. Er war den Tränen nah. Er wurde rot, das Blut stieg ihm in den Kopf. Er konnte nicht still sitzen, ständig waren seine Finger in Bewegung, er trommelte mit ihnen auf die Bank. Er wagte nicht, nach rechts oder links zu sehen. Scham erfüllte ihn. Er wagte nicht aufzublicken.

»Fearon! Hast du gehört, was ich gesagt habe? Schlag bitte das Buch auf und fahre mit deiner Arbeit fort.«

Mit zitternden Händen öffnete der Junge das Oxford-und-Cambridge-Geschichtsbuch und versuchte, sich trotz seiner zunehmenden Aufregung auf Wat Tyler und dessen kurzlebigen Aufstand zu konzentrieren. Doch seine Gedanken waren chaotisch. Er konnte nicht wirklich mit der Arbeit beginnen. Er tat nur so, und nach zwanzig Minuten wagte er einen verstohlenen Blick umher. Alle schienen beschäftigt, die Köpfe waren über die Bücher gesenkt, der Lehrer trug Korrekturen in die Hefte auf seinem Pult ein. Ein seltsames Schweigen erfüllte das Zimmer, regelmäßig akzentuiert vom Kratzen der Feder des Lehrers, wenn er seine Initialen in ein Heft setzte. Einmal schaute er zu der Bank hin, wo der Junge saß, sah, daß dieser sich nicht mit seiner Lektion befaßte, beschloß diesmal aber, sich die Ansprache und den Energieaufwand zu ersparen. Er begriff den Jungen nicht, und das war's dann eben. Als die Essenszeit kam, standen die Jungen von den Bänken auf und marschierten in langer Schlange aus dem Zimmer. Nur Fearon und der Lehrer blieben. Und nun, da die anderen fort waren, wirkte der Raum öde, er schien größer geworden zu sein, und für den zu Boden starrenden Jungen schienen die Wände weiter entfernt und der Lehrer war kleiner geworden. Doch als sein Name gerufen wurde, verging die Illusion, und Mr. Jackson ragte höher denn je empor. Er rief den Jungen direkt nach vorne zu seinem Pult. Fearon näherte sich mit gesenktem Kopf.

»Ich habe gesagt, ich bringe dich zum Direktor, aber ich hab's mir überlegt – das lasse ich sein. Mir scheint, es lohnt sich nicht, sich deinetwegen Mühe zu machen. Als du hierhergekommen bist, warst du ein guter Junge, du hast deine Lektionen gut durchgenommen, du hast sogar Anzeichen einer den anderen Schülern überlegenen Intelligenz gezeigt. Was nun aber in der letzten Woche über dich gekommen ist, das weiß ich nicht; ich zerbreche mir auch nicht länger den Kopf, ich bin jetzt fertig mit dir. Du kannst tun, was du willst. Wenn du bei der Prüfung keine gute Figur machst, hast du dir das ganz und gar selbst zuzuschreiben. Geh jetzt nach Hause.«

Offenbar hatte Fearon diesen Befehl nicht gehört, denn er blieb immer noch dort stehen und hob sogar den Kopf, um dem Lehrer in die Augen zu sehen.

»Bist du taub?« schrie der den Jungen an.

»Nein, Sir.«

»Dann geh. Geh mir aus den Augen. Du irritierst mich. Du langweilst mich.«

Der Junge brach in Tränen aus. Sie quollen aus seinen Augen, liefen seine blassen Wangen hinab; seine beiden Hände bebten vom Gefühl, das er erlitt. Dies war etwas Neues für Mr. Jackson. Und wie er dastand und Fearons tränenüberströmtes Gesicht betrachtete, in dessen Augen eine Art stummer Bitte lag, fühlte er in sich eine Veränderung. Vor dieser fürchtete er sich einen Augenblick lang. Es schien, als würde er bald Mitleid mit diesem Jungen haben. Er sagte mit halberstickter Stimme: »Geh heim. Ich hab's dir doch gesagt.«

Der Junge regte sich nicht. Da stieg der Lehrer vom Podest des Pultes herab, legte ihm die Hand auf die Schulter und sagte beinahe flüsternd: »Fearon, warum kannst du nicht tapfer sein wie meine anderen Jungen und mir sagen, was los ist? Etwas treibt dich um, und du schämst dich, es zu sagen. Hör gut zu! Ich möchte, daß du es mir erzählst, so, als wäre ich dein eigener Vater…« Bei der Erwähnung des Wortes »Vater« erschauerte Fearon, ein Vorgang, der Mr. Jackson sich hinabbeugen und prüfend in das Gesicht des Jungen schauen ließ. Er spürte, wie sich dieses Mitleid in ihm regte. Er nahm Fearons Hand und führte ihn zur ersten Bank, wo sich beide hinsetzten.

»Hab keine Angst«, begann der Lehrer. »Nur ich bin da, und was du sagst, das sagst du nur mir. Komm jetzt. Sei ein Mann wie die anderen Jungen. Hab Mut. Sei anständig. Heraus damit. Es wird dich erleichtern.«

Mr. Jackson zeigte sogar ein Lächeln, obwohl der Junge es nicht erwiderte. Endlich sprach er.

»Ich hab Angst«, fing er an – stockte plötzlich, und fuhr dann fort: »Ich will nicht von der Schule. Ich will nicht fortgehen. Nein. Nein. Ich will nicht fortgehen.«

»Erklär mir das alles«, drängte der Lehrer.

Mühselig stammelte sich der Junge durch seine Erklärung. Er sagte, am zwölften März würde er dreizehn Jahre alt, und mit diesem Tag würde ihn sein Vater von der Schule nehmen. Seine Mutter wollte, daß er arbeiten ginge. Sie hatte ihm gesagt, daß auch andere Jungen in diesem frühen Alter von der Schule müßten, um ihren Eltern zu helfen.

»Und hast du keine Brüder oder Schwestern, die älter sind als du?« fragte Mr. Jackson.

»Nein, Sir! Oder ja, ich habe einen Bruder gehabt

und eine Schwester. Sie sind beide während des Kriegs gestorben, Sir.«

»Ah ja! Ich verstehe. Nun ...?«

»Ich will nicht fortgehen, Sir. Ich möchte nicht von der Schule. Aber meine Mutter und mein Vater wollen unbedingt, daß ich gehe. Und ich habe Angst gehabt, Sir. Ich wollte mich um ein Stipendium bewerben. Ich wollte etwas studieren. Ich wollte Drogist werden, Sir. Aber jetzt hat es keinen Zweck. Ich muß nächste Woche fort.«

»Was!« Dem Lehrer schien es wie ein Ultimatum. »Aber das ist doch gewiß ... «

»Meine Mutter war schon bei Mr. Sweeney, Sir. Und sie war beim Schulamt. Da muß ich nächste Woche aufs Büro, und wenn ich bei denen die Prüfung bestehe, kann ich von der Schule abgehen.«

»Und willst du diese Prüfung bestehen?« fragte Mr. Jackson.

»Nein, Sir«, sagte der Junge. »Das will ich nicht.«

Nach dieser Antwort begann Mr. Jackson ein langes Verhör und stellte hundert Fragen, die den Jungen mehr denn je beunruhigten und verängstigten. Was war sein Vater? Ging seine Mutter zur Arbeit fort? Trank sein Vater? Konnten sie die Miete bezahlen? Waren es anständige Leute, gingen sie in ihren Gottesdienst? Gingen sie hin und wieder zur Pfandleihe? Wie alt war sein Vater? Seine Mutter? Lebten sie schon lange hier in der Stadt?

Und all diese Fragen versuchte Fearon zu beantworten, so gut er es vermochte, während er bemüht war, seinen Eltern und sich alle Demütigung zu ersparen – vor allem im Falle seiner Eltern, da hatte er Angst, der Lehrer könne selbst herumzureden beginnen.

Fearon spürte bereits ein Mitgefühl bei dem Mann. Das war es, wovor der Junge Angst hatte. Die wollten kein Mitleid. Außerdem dachte er, der Lehrer könne dann Anlaß finden, bei den anderen Lehrern vom Leben eines Schülers zuhause herumzuschwatzen. Sein Vater war Monteur im Dock. Ja, sein Vater trank, aber nicht arg. Seine Mutter ging arbeiten bei der Frau vom Chef, der die Monteure in der Leyland-Abteilung von der Huskisson-Halle beaufsichtigte. Nein, seine Mutter war nie beim Pfandleiher gewesen, so weit er wußte, obwohl sie manchmal mit der Miete im Rückstand waren. Nein. Ob sie die Kleider von seinem Vater über das Wochenende versetzte, das wußte er nicht. Ja, seine Mutter und sein Vater arbeiteten hart, waren anständige Leute. Als Antwort auf eine weitere Frage sagte der Junge, sein Vater habe schon immer in den Docks gearbeitet. War sein Leben lang ein Dockmann gewesen. Er war einundsechzig Jahre alt. Seine Mutter, glaubte er, war etwa zwei Jahre älter als er.

Mr. Jackson stützte den Kopf auf die Hand und starrte auf das Pult. Er versuchte, sich das häusliche Leben dieses Jungen vorzustellen, er schaute in die Zukunft und sah ebendiesen Jungen in zehn Jahren vor sich. Er erinnerte sich auch, daß der Junge bei dem Wort »Vater« erschauert war. Dies ließ ihn konzentriert nachdenken. Warum dieses Erschauern? »Gott!« dachte er. »Irgendwas ist bei der Familie Fearon wirklich eigenartig.« Plötzlich zog er seine Uhr hervor und entdeckte, daß er kaum mehr eine halbe Stunde für sein Mittagessen hatte. Er stand sogleich auf und sagte, als er zum Lehrertisch schritt: »Also gut, Junge. Du kannst jetzt heimgehen. Versuch in Zukunft, fleißig zu arbeiten. Es fällt alles auf die

Klasse zurück, und ich möchte gerne stolz auf meine Jungens sein. Inzwischen will ich sehen, was sich für dich tun läßt.«

Fearons Gesicht hellte sich auf. Er stotterte ein »Danke, Sir. Haben Sie vielen Dank, Sir« hervor, obwohl Mr. Jackson das kaum hörte, da er bereits halb zur Türe hinaus war und schon die Steintreppe hinabeilte. Er ging die Straße hinunter in Richtung des Lokals, das er immer aufsuchte. Bei Kaffee und Kuchen überlegte er sich die Sache. Er versuchte, sie aus allen möglichen Blickwinkeln zu betrachten. Dann entließ er das Problem mit einem plötzlichen Kopfschütteln aus seinen Gedanken. Und er wußte auch, daß es ihn nie mehr bekümmern würde. Was ist denn, sagte er sich, schließlich und endlich diese Affäre? Eine von Hunderten, eine von Tausenden, vielleicht von Millionen. Er lächelte. Was hatte es für einen Sinn? Gar keinen. Hoffnungslos. Vergeblich. Schluß damit. Es hatte in seiner Laufbahn eine Zeit gegeben, da hätte er derartigen Problemen Mitgefühl und Energie und Zeit gewidmet, aber jetzt standen die Dinge anders. Er war ermüdet. Er hatte es satt. Es war sinnlos, zu helfen, sinnlos, es auch nur zu versuchen. Fearon war nur ein weiterer Name, der auf eine Liste von Tausenden kam. Mr. Jackson schüttelte traurig den Kopf, während er auf die Rechnung wartete. »Nein. Nein«, sagte er tonlos vor sich hin.

Er war zu lange Lehrer unter den armen Kindern der Stadt gewesen, um nicht zu wissen, wie sinnlos das alles war. Um nicht zu wissen, daß die große Zwecklosigkeit aller Bemühungen spottete, alles verlachte; die menschliche Anstrengung glich stets einem gelähmten Riesen. Ein dummer Streich. Das war das ganze Leben. Ein boshafter, dummer Streich. Mr. Jackson bezahlte seine Rechnung und verließ das Lokal. Wieder sah er auf die Uhr. Er hatte noch zehn Minuten zur Verfügung. Er ging zum Garten der Kirche, die neben der Schule lag, und saß dort und starrte durch das Geäst eines Baumes hindurch die unablässige Flut der Menschen an, die in der Mittagsstunde vorbeiströmte. Er hatte noch keine zwei Minuten dort gesessen, als die Klingel ertönte, und er stand sofort auf und ging zum Schulhof. Dort versammelte er seine Klasse und ließ sie hinauf in ihr Zimmer marschieren. An diesem Nachmittag machten ihm die Jungen gar keine Scherereien, und er hatte im Hinblick auf die bevorstehende Prüfung ein besseres Gefühl. Ein Besuch vom Schuldirektor persönlich nahm zwanzig Minuten seiner Zeit in Anspruch, und ehe Mr. Sweeney wieder ging, bemerkte er, Fearon müsse um vier Uhr in sein Büro geschickt werden, die Angelegenheit sei wichtig. Mrs. Fearon war wieder bei ihm gewesen. In wenigen Worten erläuterte er Mr. Jackson, daß die Dinge bei den Fearons nicht zum besten standen. Der Vater war anscheinend erst jetzt wieder nach sieben Monaten Streik auf seinen Arbeitsplatz im Dock zurückgekehrt. Der Junge sollte nächsten Freitag die Schule verlassen, falls er morgen die Prüfung bestand.

»Morgen?« rief der Lehrer.

»Ja«, erwiderte Mr. Sweeney. »Er wird morgen hier nicht am Unterricht teilnehmen, sondern gleich morgen früh zum Schulamt gehen.« Es würde keine lange Prüfung sein, auch keine schwierige. Es ging lediglich darum, das Ausmaß der Intelligenz des Jungen präzise festzustellen. Ja, das war auch alles.

Mr. Jackson stand da und starrte die hagere Gestalt

des Rektors an, wie sie das lange Zimmer durchschritt. Dann wandte er sich an die Klasse und verkündete laut: »Schlagt Seite achtundsiebzig auf. Die Herrschaft der Tudordynastie.«

Eine Reihe pochender und raschelnder Geräusche, als die Seiten der Geschichtsbücher hastig aufgeblättert wurden. Dann ein Augenblick Stille. Die Jungen sahen den Lehrer an. Mr. Jackson sagte mit langsamer, schnarrender Stimme: »Ich möchte, daß ihr das Kapitel für euch durchlest und dann zwanzig Minuten lang über das Gelesene nachdenkt. Anschließend werde ich euch der Reihe nach befragen. Fangt an.«

Der Wald von Köpfen neigte sich wie mit einer einzigen Bewegung, es gab ein wenig Geklapper und Geflüster. Fearon hatte wie die anderen sein Buch bei dem Abschnitt geöffnet, der die Herrschaft der Tudors erklärte. Dem Jungen schien das recht fade, langweilig und uninteressant. Unter der Bank lag, versteckt zwischen zwei Schulheften, ein Band von Walter Scott mit dem Titel *Rob Roy*. Im Augenblick fand der Junge *Rob Roy* sehr viel interessanter als den Inhalt des Geschichtsbuchs. Von Zeit zu Zeit spähte er vorsichtig umher. Die anderen Jungen waren ganz bei der Arbeit. Er schämte sich wieder, daß er sich nicht wie sie konzentrieren konnte. Mr. Jackson war beschäftigt, schrieb an seinem Pult. Fearon begann, die sorgfältig geputzten braunen Stiefel seines Lehrers zu betrachten und wünschte sich, er hätte selbst so ein Paar. Er war so mit diesen Schuhen beschäftigt, daß er kaum hörte, wie Mr. Jackson zu ihm herüberrief, er solle auf seine Arbeit achtgeben, und hinzusetzte: »Auch wenn du nächste Woche die Schule verläßt.«

Kaum daß diese Worte gesprochen waren, fuhr

eine Woge des Getuschels durch die Bänke; das Murmeln schien den ganzen Raum zu füllen, kreuz und quer, auf und ab. Eine Geräuschblase, über die hinweg Mr. Jackson sich nur mühsam Gehör verschaffen konnte. Die Blase wurde größer, das Geflüster lauter, und alle Köpfe in der Klasse drehten sich zu dem Jungen Fearon hin. Er erwiderte die starrenden Blicke jedoch nicht. Er saß nur sehr ruhig, sehr still da, den Kopf auf die aufgestützten Ellbogen gelehnt, sein Blick klebte auf Seite achtundsiebzig, obwohl seine Gedanken weit weg von dieser Geschichtsepoche waren. Seine Gedanken waren durchaus anderswo. Er saß bereits in dem Amt in der Stadt vor einer bebrillten Person, die ihn an den Leichenbestatter erinnerte, dessen Unternehmen in der Straße lag, wo er wohnte. Und diese bebrillte Person überschüttete ihn nun mit Fragen, die er nicht beantworten konnte. Da erschien sein Vater auf der Szene, und als er hörte, daß sein Sohn die Prüfung nicht bestanden hatte, war er wild vor Zorn geworden.

»Was? Was war da? Konntest eine simple kleine Prüfung wie die da nicht bestehen. Na, Gott segne dich, du ignorante kleine Sau.«

Er antwortete seinem Vater: »Ich hab nicht anders können. Es war bestimmt nicht meine Schuld.« Er stand geduckt vor seinem Vater, der sich nun wohl anschickte, Schläge auf ihn herabregnen zu lassen, als plötzlich eine Stimme ihn zurückholte in die Wirklichkeit.

»Fearon! Du mußt Mr. Sweeney aufsuchen, ehe du heute nachmittag gehst.«

»Jawohl, Sir.«

»Also gut«, sagte Mr. Jackson. »Aber starr mich

nicht derartig an, Junge.«

»Nein, Sir. Natürlich nicht, Sir, es tut mir leid.«

Und der Junge versuchte wieder, sich auf das Geschichtsbuch zu konzentrieren. Wie er da in der Schulbank saß, schien er klein und unbedeutend, denn die meisten anderen Schüler waren größer, robuster, für die Welt abgehärtet. Das Geflüster hatte aufgehört, obwohl gelegentlich ein Junge sich umdrehte, um ihn rasch anzuschauen und dann ebenso rasch zu seiner Lektion zurückzukehren, wenn der Blick des Lehrers in seine Richtung schweifte. Die Jungen dachten an Fearon und seinen bevorstehenden Abgang. Wenn sie ihn ansahen, schienen ihre Augen zu sagen: »So so! Was für eine Überraschung. Gehst weg, ehe du vierzehn bist. Euch muß es ja wirklich schlimm gehen. Ist deine Mutter so arm, daß sie dich hier wegholen muß? Hm?« Fearon wußte bereits, welche Gedanken ihnen durch den Kopf gingen. Es war ihm, als müsse er nochmals in Tränen ausbrechen, doch wieder überrollte ihn ein Gefühl der Scham, und er hielt stand. Von Zeit zu Zeit starrte er auf die Wanduhr und fragte sich, wann der Zeiger endlich die Vier erreicht haben würde. Dann wäre er frei. Frei von den Augen, die ihn musterten, dem strengen Blick Mr. Jacksons, dem Meer des Geflüsters, dem Kichern aus den von gewölbten Händen verdeckten Mündern. Frei von allem bis morgen. Ehe Fearon es noch begriff, schrillte die Klingel schon, und eine Abfolge wilder Bewegungen brach aus, als die Jungen auf die Füße stolperten und über Bänke und Stühle hinweg zur Türe polterten. Als sie hinausgerannt waren, spürte er eine Hand auf seiner Schulter und sah, sich umwendend, daß das der Lehrer war, der ihn daran erinnerte, er dürfe erst nach

Hause, wenn er beim Direktor gewesen wäre. Fearon verließ sofort das Zimmer und begann den langen Aufstieg die Steintreppe hinauf, wo er sich oben nach rechts wandte und schlotternd vor Mr. Sweeneys Türe stehenblieb. Eine Zeitlang stand er da und überlegte hin und her, ob er anklopfen oder wegrennen sollte. Doch drinnen im Büro sprach jemand, und ein Schritt näherte sich der Tür. Gerade, als er klopfte, öffnete sich die Tür und eine Schülerhilfskraft kam heraus, rotgesichtig und mit irritierter Miene. Mr. Sweeney, der Fearon erblickte, sagte mit freundlicher, leiser Stimme: »Herein! Komm herein, Fearon.«

»Ja, Sir. Jawohl, Sir«, erwiderte der Junge und trat in das Büro. Mr. Sweeney schloß die Tür hinter ihm und sagte: »Setz dich in diesen Stuhl. Ja. Dort.« Fearon nahm Platz. Der Direktor zog einen Stuhl neben den Schreibtisch und setzte sich fast genau dem Jungen gegenüber hin. Er machte keine Umschweife und begann sofort.

»Also! Wie du weißt, gehst du morgen zum Schulamt. Den Weg kennst du. Mußt pünktlich um neun dort sein. Komm nicht zu spät. Du müßtest lange warten, wenn du jetzt die Prüfung versäumst. Du weißt, wo die Sir Thomas Street ist?«

»Ja, Sir«, antwortete Fearon.

»Mr. Jackson hat mir gesagt, er hätte die letzte Woche viel Mühe mit dir gehabt. Vorher warst du immer ein so guter Junge. Du mußtest nie zur Bestrafung hierherkommen. Ich bin überrascht. Was ist der Grund für all deine Unaufmerksamkeit bei den Lektionen? Macht dir irgendetwas Sorgen? Oder hast du etwas angestellt? Ich wette, das ist es, und du hast jetzt Angst, es offen zu sagen!«

»Es ist nicht so, wie Sie meinen, Sir«, sagte der Junge. »Und ich habe keine Angst, es offen zu sagen. Es ist so, Sir, daß meine Mutter mich von der Schule nimmt und ich nicht gehen will. Ich möchte lieber hierbleiben, Sir. Ich mag die Schule. Ich habe Angst vor meinem Vater, weil ich weiß, was er machen wird. Er hat gestern abend zu meiner Mutter gesagt, daß das die einzige Möglichkeit wäre. Und ich wollte nicht zu so einer Arbeit gehen, Sir.«

»Arbeit?« sagte Mr. Sweeney. »Arbeit! Was für Arbeit?«

»Ich weiß nicht, Sir, aber Mutter sagt, es ist im Dock irgendwo. Mein Vater arbeitet da in einer Montagetruppe.«

»Ach, deswegen wollen sie dich von der Schule weg haben. Hmm. Ich verstehe.«

Der Rektor saß ein paar Augenblicke lang schweigend da und rieb sich das Kinn, während er den unverwandten Blick des Jungen spürte, und als er Fearon anschaute, sah er in dessen Augen eine Bitte, die er nicht zu ignorieren vermochte.

»Wenn ich irgendwie helfen kann –«, begann der Rektor. »Weißt du, es gibt so viele Jungen, denen es genauso geht. Und manche, Fearon, die haben dann später etwas aus ihrem Leben gemacht. Sie haben sich durchgekämpft. Sie haben niemandem etwas von ihren Nöten gesagt, und doch haben sie es geschafft. Aber vielleicht gibt es ja eine Möglichkeit. Schauen wir mal … Hast du irgendeine besondere Begabung für etwas? Gibt es irgendein Handwerk oder einen Beruf, wo du gerne anfangen würdest?«

»Ich wollte Drogist werden, Sir. Aber wie ich das meiner Mutter gesagt habe, hat sie nur gelacht. Mein

Vater war noch schlimmer. Er hat gesagt: ›Du wirst das, was ich will, und nichts anderes.‹ Es hat keinen Sinn, Sir. Mein Vater braust immer gleich auf, und er wird sich auf nichts einlassen. Es ist zu spät, Sir. Wenn ich diese Prüfung nicht bestehe, macht er argen Krach. Die anderen Jungen reden auch alle schon darüber.«

»Sind deine Leute so arm, daß sie dich mit dreizehn von der Schule nehmen müssen? Was für einen Unterschied machen denn zwölf Monate? In der Zeit kannst du doch keine Wunder tun. Dein Vater und deine Mutter sind unvernünftig. Arbeitet dein Vater, Fearon?«

»Ja, Sir. Aber regelmäßig ist es nicht, und er war jetzt sieben Monate am Streiken.«

Zum ersten Mal in seinem Leben sah Mr. Sweeney den Jungen vor sich genau an. Er sah einen dünnen und für sein Alter deutlich zu kleinen Jungen, in seinen Schuhen nicht größer als fünf Fuß, vor sich auf dem Stuhl sitzen. Er hatte weinrosa Haut und die braunsten braunen Augen mit großen Pupillen – diese Augen erinnerten den Rektor an das klare Wasser des Forellenflüßchens in Ballinasloe, wo er einst seine Kindheit verbracht hatte. Seine Hände waren dünn, fast blutlos, und die Finger verjüngten sich zu den Spitzen hin, fast so wie die einer Frau. Sein Hals war schmal. Auf dem wohlgeformten Kopf saß ein großer Schopf schwarzlockiges Haar. Die Nase war klein; die Nasenflügel bebten oft wie die Nüstern eines Pferdes. Der Junge war sehr ärmlich angezogen. Tatsächlich sah der Direktor, daß seine Kleider eigentlich die seines Vaters waren, zurechtgeschnitten für seinen kleinen schlanken Körper. Er stand da und schaute den Jungen genau an, versuchte, bestimmte Dinge ohne weitere Fragerei herauszufinden. Er meinte, die Augen selbst, die Kleider, das ganze Wesen von Fearon, das so sehr einem einzigen Erschauern glich, könnte ihm einen Schlüssel zu seinem Leben zuhause und auf der Straße geben – denn hier saß ein Junge, der offensichtlich den größten Teil seiner Zeit auf den Straßen verbrachte. Er erinnerte sich jetzt genau, daß er einmal eine Anfrage vom Polizeipräsidenten oder jedenfalls dessen Sekretär erhalten hatte, wo es um Informationen über einen Jungen namens Arthur Fearon ging, dessen Eltern um einen Ausweis und einen Gurt nachgesucht hatten, damit er Zeitungen verkaufen könne. Und wie er daran dachte, stieg ein Bild seines eigenen Sohnes vor Mr. Sweeney auf. Der Unterschied war markant. Er versuchte sich vorzustellen, was für Leute die Fearons sein mochten. Er war auf jeden Fall der Ansicht, daß sie in ihrem Sohn nichts anderes sahen als eine Einnahmequelle. Ja. Er erinnerte sich deutlich. Vor fast zwei Jahren. Er wäre gerade eben erst elf Jahre alt gewesen. Aber der Antrag war abgelehnt worden. Er spürte einen kleinen Schub Genugtuung, als er daran dachte, daß er entscheidend beteiligt gewesen war, das zu verhindern. Ja. Anders konnte man die Sache nun einmal nicht betrachten. Es war ihr Sohn. Sie hatten jedes Recht, so mit ihm zu verfahren, wie sie wollten. Und es schien Mr. Sweeney offensichtlich, daß sie entschlossen waren, ihn im Dock arbeiten zu lassen. Er seufzte, denn er mußte daran denken, wieviele von seinen Schülern schon von ihren Bänken weggezerrt worden waren (manche willig, viele unwillig), um in diesem zarten Alter zur Arbeit unter die Männer geschickt zu werden. Er atmete erleichtert auf, als er an seinen eigenen Sohn dachte, der jetzt siebzehn war und seine Prüfung für die Universität machte. Es schien traurig, daß ein Junge wie Fearon von der Schule fortgenommen werden sollte. Obwohl der Junge es nicht wußte, hatte Mr. Jackson ihn im Auge behalten, und bei zwei Anlässen hatte er zu Mr. Sweeney gesagt: »Dieser Junge, der Fearon, Sir. Er kommt mir absolut brilliant vor. Ich habe ihm gestern Nachmittag eine Reihe Aufgaben gegeben, mit sehr komplizierten Problemen, und er hat sie mit vollkommener Leichtigkeit weggeputzt. Ich denke wirklich, er sollte sich beim städtischen Wettbewerb um das Stipendium anmelden, Sir.«

Ja, der Direktor war sich dieser beiden Episoden bewußt. Aber seine Antwort hatte gelautet: »Das Bedauerliche ist nur: Wenn der Junge gewinnt, dann sind die Eltern gegen das Studium und behaupten, sie könnten für seinen Unterhalt dort nicht aufkommen. Tatsache ist, Jackson, daß Leute dieser Art mir ausschließlich von einer einzigen Idee erfüllt scheinen: ihre Kinder sofort von der Schule zu nehmen, sobald irgendeine Gefahr besteht, daß sie Intelligenz oder Brillianz zeigen. Es hat keinen Zweck, Jackson. Ich wollte, ich könnte auch nur die Hälfte von dem tun, was ich mir für diese Jungen wünschte. Es gibt Fälle, wo sie es wirklich verdient hätten, und daß es mir nicht gelingt, die Eltern davon zu überzeugen (und in manchen Fällen auch die Behörden), das macht mich besorgt und traurig.«

Mr. Sweeney sagte sich noch einmal, daß alle Anstrengungen sinnlos waren. Daß Hoffnung an sich schon eine Sünde war. Es war zu spät, um irgendetwas zu unternehmen. Es war keine Frage der Behörden, sagte er sich, der Eltern, der Regeln oder Gebräuche, der Ökonomie. Es war eine Frage der Menschennatur überhaupt. In der lag eine grundsätzliche Fäulnis. Er hatte es schon lange erkannt. Er kümmerte sich nicht mehr darum. Er war all dessen müde. Es hatte keinen Sinn, irgendjemanden überzeugen zu wollen. Die Sache ging ihn nichts mehr an. Jungen wie Fearon drängelten sich in endlosem Strom durch die Schule. Aber sie hatten keine Chance. Er erinnerte sich an den Fall eines Jungen namens Harrison, der, obwohl seine Eltern ganz einfache Arbeiter waren, ein großes mathematisches Talent gezeigt hatte. Der Junge war zur Arbeit unter die Nieter auf der Werft geschickt worden. Wahrscheinlich war er immer noch dort, glühte die Nieten vor und würde sein ganzes Leben ein Glühhandlanger bleiben. Es gab sogar Eltern, die eifersüchtig auf ihre Kinder wurden. Mr. Sweeney hatte Hunderte von Eltern befragt, er hatte den demütigen Bekenntnissen von Hunderten von Jungen gelauscht, hatte ihre geheimen Hoffnungen und Sehnsüchte kennengelernt wie kein anderer. Und doch mußte er selbst äußerst vorsichtig sein. Niemand schien dieser riesigen Maschine zu entrinnen, die täglich die Hoffnungen der Menschen mit ihrem Rad zermalmte. Er wandte sich zu dem Jungen und sagte: »Also gut, Fearon. Ich will sehen, was man für dich tun kann. Ich werde selbst mit deiner Mutter sprechen. Ist das in Ordnung?«

Das Gesicht des Jungen schien sich bei diesen Worten aufzuhellen und er antwortete: »Ja, Sir. Danke, Sir. Haben Sie vielen Dank, Sir.«

Fearon rannte fast aus dem Zimmer. Aber kaum hatte er die Straße erreicht, als diese Traurigkeit ihn wieder beschlich. Er konnte nicht anders, irgendwie wußte er, daß alles, was der Direktor sagen mochte, alle Vorstellungen, die er seinem Vater machen würde, kaum etwas ausrichten konnten. Mr. Fearon war ein sturer Mann, einer, der um jeden Preis seinen Kopf durchsetzen würde, und der Junge stellte sich die hitzigen Worte zwischen dem Direktor und seinem Vater vor. Er hatte diesen Streit schon oft gehört. Es hatte viele Auseinandersetzungen über die Frage gegeben, was mit ihm getan werden sollte. Wie er die Straße entlangging, sah er eine Gruppe von fünf Jungen unter einer Laterne stehen. Er erkannte sie sofort. Aber er sagte nichts, als er vorüberkam. Jemand schrie etwas. Jemand lachte laut. Das war alles.

Der Junge kam an der Haustür an und klopfte. Seine Mutter öffnete. Er wollte etwas sagen, als eine Hand sich ausstreckte, ihn am Kragen packte und in die Küche zerrte. Es war sein Vater. Die große, breite Gestalt steckte noch in Drillichhose und -jacke, so, wie der Mann von der Arbeit gekommen war. Im hellen Licht der Küche konnte man Fearons Vater besser erkennen. An seinen Gesichtszügen war nichts Besonderes. Ein grobes Gesicht mit kleinen grauen Augen, die gerne zwinkerten, und mit stumpfer Nase, unter der gleich ein brauner Schnurrbart saß. Mr. Fearons Haar war so kurzgeschnitten, daß es fast wie ein Wunder schien, daß der Friseur nicht gleich die Kopfhaut mitgenommen hatte. Er sah aus wie ein gewohnheitsmäßiger Knastschieber. Die breiten Kiefer und der große Mund zeigten an, was er war: ein harter, störrischer Mensch, der das Auf und Ab des täglichen Lebens nun ungerührt hinnahm. Einer, der durch Mühen und Stürme und Epidemien hindurchgehen konnte. Seine Hände waren groß, sehr rot, mit blauen Adern, die fast bis zu den Fingerspitzen verliefen. Er war ein starkbehaartes Individuum. Er zerrte seinen Sohn in die Mitte des Raumes. Der Tisch war schon für seine Abendmahlzeit gedeckt. Die Uhr auf dem Kaminsims zeigte gerade fünf. Fearons Mutter saß zusammengekauert in einem Lehnstuhl neben dem Feuer, die Arme verschränkt, und ihr breiter Rücken glich dem eines Kohlenträgers. Sie regte sich nicht und sagte nichts, sondern starrte nur in die Flammen. Der Vater sagte: »Was glaubst du denn, was das für eine Zeit ist, um aus der gottverdammten Schule heimzukommen? Du Tunichtgut. Ich weiß, warum du spät dran bist. Ja, ich weiß Bescheid! Weil deine Mutter dich zum Gemüsehändler geschickt hat, zu Mr. Dumfey, wegen der Arbeit nachts und samstags! O ja, ich weiß es …«

»Nein, Dad, es war nicht …«

»Schnauze! Sprich du nicht so zu mir. Sag mir, wo du gewesen bist. Los!«

Er fing an, den Jungen grob zu schütteln. Fearons Mütze war heruntergefallen, das Haar fiel ihm über die Augen. Der Vater hatte ihn an der linken Schulter gepackt. Als er keine Antwort von seinem Sohn bekam, schüttelte Mr. Fearon ihn wieder, diesmal noch heftiger.

»Man hat mich in der Schule behalten.«

»Lügner!« schrie der Vater. »Ich brech dir jeden Knochen im Leibe einzeln, wenn du mir so kommst!«

Er schleuderte den Jungen gegen die Wand und begann, seinen Gürtel zu lösen. Als er dies sah, preßte Fearon sich gegen die Wand. Mrs. Fearon saß da wie in Stein gehauen. Er sah, wie sein Vater sich näherte. Er wollte gerade etwas sagen, als ihn das Schnallenende des Gürtels am Nacken erwischte. Er schrie nicht auf.

Instinktiv legte er die beiden kleinen Hände vors Gesicht, um weitere Schläge abzuwehren.

»Warum bist du nicht gleich nach Hause gekommen, wo deine Mutter dir's doch gesagt hat? Hä?«

»Bin ich doch.«

Der Gürtel fuhr wieder herab. Der Junge begann nun zu weinen. Dies hatte auf seinen Vater eine eigenartige Wirkung, denn er warf sofort den Gürtel in eine Ecke, hob seine rechte Hand und ließ sie auf das Gesicht des Jungen niedersausen.

»Sag die Wahrheit. Sag die Wahrheit, oder ich richte dich zu, daß du morgen gar nicht in die Schule kannst. Du kleines Schwein du. Frech sein, das kannst du.«

»Mr. Sweeney hat mich dabehalten. Ich mußte um vier Uhr in sein Büro. Ich bin von der Schule direkt hergekommen. Ehrlich!«

Der Mann schlug ihn mit einem einzigen Hieb nieder. Wie der Junge hinfiel, hockte er sich auch hin. Ohne weitere Fragen zu stellen, schlug er auf seinen Sohn ein, wobei er die ganze Zeit schwer keuchte wie ein Pferd, als die Hände sich hoben und senkten, während der Junge keinen Laut von sich gab. Fearons Gedanken waren anderswo. Er starrte Mr. Jacksons braune Stiefel an und fragte sich, ob er selbst jemals ein so schönes Paar Schuhe haben würde. Das Schweigen ging dem Vater auf die Nerven. Er brüllte dem Jungen ins Ohr, ihn fast betäubend.

»Ich bring dich um! Das mach ich wirklich! Ich mach's! Wenn du mir nicht sagst, warum du nicht nach Hause gekommen bist. Ich besorg dir's. Mein Entschluß steht fest. Du Aas.«

Aber Fearon sprach nicht. Mr. Fearon schlug nach seinem Kopf, verfehlte ihn, stolperte auf die Füße.

Er versetzte dem Jungen einen gemeinen Tritt. Dann ging er zum Tisch und setzte sich hin. Er begann seine Abendmahlzeit. Kein Laut außer der malmenden Bewegung seiner Kiefer. Selbst die Frau drehte sich nicht um. Einmal murmelte der Mann: »Wie deine Mutter. Genau so bist du. Auch so ein widerspenstiges Schwein wie deine Mutter. Aber ich zeig's dir schon noch. Das werden wir ja sehen. Und, bei Gott, wenn du nächste Woche die Prüfung nicht bestehst, schlag ich dich für's ganze Leben krumm. Als ich in deinem Alter war, da mußte ich aufstehen und arbeiten gehen. Ich mußte um fünf Uhr raus und hab einen Milchkarren durch die halbe Stadt gezogen, für ein paar Shilling die Woche. Hier hast du die Chance, über ein Pfund die Woche zu verdienen, und du rümpfst die Nase. Dir besorg ich's. Wart nur ab. Ich hab hart arbeiten müssen für meinen Lebensunterhalt, und, bei Gott, ich seh schon zu, daß du es auch mußt. Möchte in ein Büro gehen. Wie die anderen Jungen. Wer zum Teufel sind denn schon die anderen Jungen? Was würdest du auch in einem Büro anstellen? Intelligent! Kannst dir nicht mal die eigenen Hosenträger festmachen. Arbeit, das brauchst du, und zwar jede Menge. Richtig harte Arbeit. Du kleines Aas, hast dich sogar vor dem Zeitungsverkaufen gedrückt, als deine Mutter sich so viel Mühe gegeben hat damals.«

Zum ersten Mal, seit er von der großen Hand hingeworfen worden war, sprach Fearon.

»Das war die Polizei damals. Sie haben mich keine Zeitungen verkaufen lassen, weil ich minderjährig war.«

Mr. Fearon knurrte und sagte: »Mit der Geschichte kommst du diesmal nicht durch. Da hab ich schon dafür gesorgt. Und nächsten Freitag gehst du von der Schule. Du ziehst ein Paar lange Hosen an und hängst dir einen Abklopfhammer an den Gürtel, und dann legst du los. Herrgott nochmal, da sind junge Schwengel drunten in den Docks, die sind nicht halb so alt wie du, na ja, jedenfalls bloß junge Hüpfer, und die arbeiten schon wie die Männer. Gute Jungs. Und dir paßt's nicht, weil's dir zu schmutzig ist! Wenn du dich so sauber halten würdest wie diese Jungs da, dann wär alles in Ordnung. Jetzt rauf mit dir, die Treppe hoch, daß ich dich nicht mehr sehen muß. Los! Eh ich dich mit einem Tritt hochschicke!«

Der Junge erhob sich und verließ die Küche. Sobald er fort war, drehte sich die Mutter um und sagte zu ihrem Mann: »Soweit brauchst du das nächste Mal nicht gehen, alter Zornbock, immer gleich aufgeregt. Du wirst eines Tags noch einfahren, so, wie du ihn behandelst.«

»Wie war das? Verdammt noch mal! Liegst du mir nicht seit Wochen in den Ohren, daß er aus der Schule soll? Hauchst du mir nicht dauernd was ins Ohr wegen diesen gottverdammten Schulden und jenen gottverdammten Schulden? Bist du nicht zufrieden? Was in Gottes Namen soll ich denn noch machen?«

»Du sollst ihn bißchen besser behandeln. Du bist immer gleich so schrecklich aufgeregt.«

»Herrgott nochmal, du bist ja dabeigesessen wie ein Sack und hast nix gemacht. Zum Teufel damit. Mir ist der Bursche ab jetzt völlig egal. Mach, was du willst. Aber komm nicht und hauch mich an wegen den Schulden. Als ob ich für die verantwortlich wäre.«

»Verantwortlich! Natürlich bist du's! Wer hat dich denn durchgebracht, als du gestreikt hast? Das sag mir mal. Und wenn ich will, daß der Junge aus der Schule kommt, dann ist es auch, um dir zu helfen. Du vollbringst keine großen Wunder, mein Herr, ganz und gar nicht. Und egal, wo er jetzt arbeitet, das Geld liefert er bei mir ab, nicht bei dir. Ich hab einen Haufen Schulden, die hab ich machen müssen, solang du rumgerannt bist und hast einen auf Rechte der Arbeiter gemacht und Revolution. Wär besser, wenn du dich mal um dein Zuhause kümmerst. Mich fragst du nie, wie ich zurechtkomme. O nein! Das fällt dir nicht ein. Dir nicht. Solang du dir den Bauch vollschlägst und dich jeden Abend mit deinen Freunden vollaufen lassen kannst, da spielt nix anderes eine Rolle. Sag jetzt kein Wort mehr über Arthur. Er geht von der Schule. Natürlich. Aber das ist, damit es uns allen hilft. Du bist keine so große Nummer, laß dir das mal gesagt sein.«

»Du würdest einen Heiligen zur Weißglut bringen. Ja, das würdest du. Die ganzen letzten sechs Wochen hast du mich zu Tode genervt. Kann ich Arthur in Jack Kidneys Truppe reinbringen? Kann ich ihn bei Tom Johnson reinbringen? Kann ich ihn zu den Anstreichern tun? Also, ich hab's dir gesagt. Er hängt sich jetzt den Hammer an den Gürtel, und zwar rasch. Du machst mir keine Vorwürfe mehr. Ich hab mein ganzes Leben lang hart gearbeitet. Und was ist, wenn ich gestreikt hab? Wir haben wenigstens gekriegt, was wir wollten. Und jetzt sitz ich hier nicht mehr länger rum und hör mir das Gekeife an. Ich geh jetzt los. In diesem gottverdammten Haus ist immer irgendwas.«

»Ja, und wer fängt immer damit an? Du hängst hier immer mürrisch rum und suchst Streit. Hättest du mal gemacht, was ich gesagt habe, dann müßte Arthur nicht von der Schule.«

»Was willst du denn eigentlich von mir haben, Herrgott nochmal? Du glaubst doch nicht, ich hol mir Geld von der Gemeinde oder geh auf Stütze! Oder? Ja, das würde dir ähnlich sehen. Du bist zu allem fähig.«

»Geh ich etwa nicht auch arbeiten? Was ist denn los mit dir? Du bezahlst hier für niemand außer dir selber. Ich zahl für mich, und bald zahlt Arthur auch für sich selbst. Spiel dich bei mir bloß nicht auf wegen deinen lausigen paar Pfund die Woche. Die schlucken die Schulden sofort. Deine Schulden! Du hast noch nie viel Verstand gehabt. Wenn's nach mir gegangen wäre, dann wärst du in Amerika geblieben und hättest uns da längst eine Existenz aufgebaut. Aber nein. Du bist ja so schlau. Das ist immer dein größtes Problem.«

Mr. Fearon sprang vom Tisch auf. Er brüllte: »Hältst du jetzt dein gottverdammtes Maul oder soll ich dir's zumachen? Geld! Geld! Bei dir heißt's immer nur Geld, Geld, Geld! Ich hab dich die ganzen Jahre ausgehalten und jetzt behauptest du, ich tu nix. Zur Hölle mit dir mitsamt dem verdammten Jungen! Der ist der Grund für alle Probleme bei uns! Mir steht's bis hier! Da kann einer ja gleich ins Wasser gehen!«

»Na geh doch, geh ins Wasser! Da mach ich mir keine Sorgen! Ich sag dir bloß, du gehst zu weit mit Arthur, und eines Tages wird's dir noch leid tun.«

»Aber du hast doch die ganze Sache angefangen! Der Bursche braucht doch nicht glauben, daß er in die Docks muß, damit ich im Alter versorgt bin! Oh nein! Ich bin noch für ein paar Jährchen gut! Bei Gott, das bin ich. Ich mach meine Arbeit so gut wie ein Junger.«

»Du bist ein alter Strunzer, das ist alles, was du bist. Geh doch zum Teufel.«

»Du mußt das letzte Wort haben, und wenn's dich

umbringt«, brüllte er seiner Frau ins Ohr.

»Du hast ohnehin immer rumgeknurrt wegen dem Jungen«, bemerkte sie, worauf er erwiderte, das sei nie so sehr seine Sorge gewesen wie die ihre. Sie habe immer an ihm herumgemacht, der Junge solle jetzt endlich arbeiten gehen.

»Na, jetzt bist du doch zufrieden, oder?« sagte er, als er sich abwandte, um die Küche zu verlassen. Als er weg war, nahm die Mutter ihren Platz am Feuer wieder ein. Mr. Fearon war nach oben in sein Zimmer gegangen. Während er vor dem Spiegel stand und sich rasierte, glaubte er, ein Schluchzen zu hören und hielt plötzlich inne. »Was für ein kleiner Arsch«, murmelte er. »Immer am Rumheulen.« Dann schrie er mit aller Stimmkraft, daß der ganze Treppenabsatz zu zittern schien: »Und vergiß nicht, du holst mich morgen um fünf am Tor vor den Docks ab, damit ich weiß, wie's gegangen ist!«

»Ja, Dad.«

Stille. Der Junge schlief ein. Gegen Mitternacht kroch die Mutter hoch in ihr Bett. Mr. Fearon lag schon seit drei Stunden da. Er schnarchte und gab Geräusche von sich wie ein Eber. Nachts wachte der Junge mit plötzlicher Angst auf. Er hatte geträumt. »Laß mich zufrieden, du!« rief er.

»Die verfluchte Straße hier«, sagte Mr. Fearon, den der Aufschrei plötzlich geweckt hatte. »Da kann einer kein Auge zutun.«

Mrs. Fearon schlief fest. Er schaute auf sie hinunter. Er blies die Kerze aus und legte sich wieder hin. »Die ganze verflixte Straße weiß jetzt bald von dieser gottverdammten Chose«, murmelte er, ehe er wieder einschlief.

2 Mr. Fearon traf seinen Sohn am nächsten Abend vor dem Tor zum Dock. Er sagte: »Also! Was hat der Mann gesagt?« Schweigen. Langsam überquerten sie die Straße. Wieder sprach der Vater zu ihm.

»Also! Was hat der Mann gesagt?«

»Der Mann hat ... hat gesagt ...«

»Jetzt mach doch deine gottverdammten Kiemen auf, Herrgott nochmal!« schrie Mr. Fearon. »Was hat er gesagt? Du bist wohl taub. Hast du dich heute morgen gewaschen?«

»Natürlich hab ich das«, erwiderte der Junge.

»Also, was in drei Teufels Namen hat er zu dir gesagt? Hast du denn jetzt bestanden? Das ist doch leicht zu beantworten!«

»Der Mann hat gesagt, ich ... ich ...«

»Jesus!« rief der Mann. »Was ist denn los mit dir? Hast du wieder was falsch gemacht?« Er schaute hinunter in das bleiche Gesicht seines Sohnes.

»Ich hab die Prüfung bestanden«, sagte Fearon langsam.

Sofort schlug die Stimmung seines Vaters um. Als sie an einem Laden vorbeikamen, nahm er den Jungen mit hinein und bestellte ihm ein Glas Bierhefenwasser, wobei er sagte: »Ich bin froh. Deine arme Mutter wird auch froh sein. Du glaubst nicht, Arthur, was das für uns bedeutet. Du meinst vielleicht, wir sind beide hartherzig. Glaub das nie, Sohn. Hie und da verlier ich die Geduld mit dir, aber das kommt, weil du so ein störrischer Bursche bist, wenn du Lust hast. Hier! Trink aus. Du bist in Ordnung, Sohn. Deine Mutter wird jetzt zufrieden sein. Aber das war wohl eine kurze Prüfung, was?«

Der Junge schaute zu ihm hoch und sagte: »Nein. Nein, war es nicht. Es hat nur anderthalb Stunden gebraucht. Am Nachmittag mußte ich dann noch einmal hin. Dann hat mir der Herr gesagt, daß ich bestanden habe. Am Freitag verlaß ich die Schule.«

»Und tut's dir leid?« fragte Mr. Fearon, und es lag ein seltsamer Ausdruck in seinen Augen.

»Nein«, lautete die prompte Antwort des Jungen. Sie bogen in die Clio Street ein, und wieder blieb Mr. Fearon stehen und sagte zu seinem Sohn: »Bist du sicher, daß du diese Prüfung bestanden hast? Du bist so ein Lügner, weißt du.«

»Natürlich hab ich bestanden«, erwiderte der Junge und fügte bei sich hinzu: »Wär's nur nicht so.« Er sah, wie sein Vater zu ihm herunterschaute.

»Ich bin froh, daß es dir nix ausmacht«, fuhr der Vater fort, als sie weitergingen. »So, wie's gerade läuft, ist es schwer für deine Mutter, daß sie in eine gute Laune kommt. Hat sie denn was dazu gesagt? Irgendwas?«

»Ich war noch nicht zuhaus«, sagte Fearon. »Du hast mir gesagt, ich soll direkt herkommen und dich hier abholen. Also bin ich her.«

»Ja, stimmt. Hab ich ganz vergessen.«

Sie gingen schweigend weiter nach Hause. Als sie ankamen, stand Mrs. Fearon wartend an der Tür. Sie sagte zu dem Jungen: »Was hat man dir neulich gesagt wegen dem Wegbleiben? Du warst doch gewiß nicht bis jetzt in der Schule. Es ist ja fast schon sechs.« Der Mann lachte, schob den Jungen in die Küche und sagte zu seiner Frau:

»Is schon in Ordnung. Er hat mich abgeholt, wie ich's gestern gesagt habe. Er hat die Prüfung bestanden, sagt er, obwohl ich's erst glaube, wenn ich einen Brief oder irgendwas vom Lehrer sehe. Er schwindelt immer einen solchen Dreck zusammen.«

»Ach, jetzt fang um Gotteswillen nicht wieder einen Streit an. Morgen wissen wir's.« Und die Frau begann, den Tisch für die Abendmahlzeit zu decken.

»Ich hab mit Ned Rafferty heut morgen über ihn gesprochen«, begann Mr. Fearon. »Sagt, wenn er Freitag ganz früh da ist und sich nicht hinter den anderen Jungs herumdrückt, dann nimmt er ihn rein. Die haben nächste Woche ein großes Stück Arbeit auf der *Morning Star*. Die liegt etwa sieben Wochen und das heißt jede Menge Zusatzstunden. Hoffen wir, daß er's gut macht. Dann wär ich stolz auf ihn. Es ist das Beste auf der Welt für einen jungen Burschen, früh rauszugehen und sein Brot zu verdienen wie ein Mann. Wenn er ein paar von den anderen Jungs kennenlernt, dann gibt er sein Bestes, daß sie eifersüchtig werden. Was, Arthur?« sagte Mr. Fearon und drehte sich zu seinem Sohn um, der seinen gewohnten Platz am Fenster eingenommen hatte.

»Ja«, sagte Fearon.

»Ja, was?« rief sein Vater ärgerlich.

»Ja, Vater.«

»Schon besser. Ich glaub wirklich, es tut dir leid, daß du die verdammte Prüfung bestanden hast. Los, hoch und ins Bett. Mir wird jedesmal ganz elend, wenn ich dich so anschaue.«

»Jetzt laß schon gut sein«, sagte Mrs. Fearon. »Gibt für alles eine Grenze. Der Junge hat noch keinen Tee gehabt. Bleib hier, Arthur, mach dir nichts aus deinem

Vater. Du mußt nachher was für mich in der Stadt einkaufen.«

»Da haben wir's«, knurrte der Ehemann. »Ich brauch bloß was zu sagen, dann hältst du dagegen. Stellst mich vor meinem eigenen Kind als Idiot hin. Kein Wunder, daß der Junge sich so Ideen in den Kopf setzt. Beide zerfen sich wegen ihm, und er sagt kein Wort.«

»Ach iß jetzt endlich und halt den Mund«, sagte seine Frau.

Sobald die Mahlzeit beendet war, zog sich Mr. Fearon zurück, um sich umzuziehen. Um halb acht verließ er das Haus. Der Junge war bereits einkaufen gegangen, während Mrs. Fearon, nachdem sie aufgeräumt hatte, die Abendzeitung las. »Jetzt aber«, sagte sie beim Umblättern. »Die Regierung will ein Gesetz erlassen wegen den Schulen. Hat man so was schon gehört. Mischen sich in alles ein, diese Brüder, als wenn die Eltern nicht am besten wüßten, was gut ist für ihr Kind. Also ich weiß auch nicht. Bald kann man seine Kinder nicht mehr sein eigen nennen.«

Arthur kam zurück. Mrs. Fearon sagte, ohne zu ihm aufzublicken: »Leg den Einkauf da aufs Büffet. Auf dem Emailleteller in der Küchenkammer liegt ein Stück Brot. Gehst jetzt besser zu Bett. Gute Nacht.«

»Gute Nacht«, antwortete der Junge.

»Gute Nacht, was, du frecher Hund?« schrie Mrs. Fearon. »Kein Wunder ist dein Vater immer hinter dir her. Kannst deine eigenen Eltern nicht höflich anreden. Ich weiß wirklich nicht, was heutzutage mit den Kindern ist.«

»Gute Nacht, Mutter«, sagte der Junge. Es schien, als müsse er die Worte aus dem Mund herauswürgen.

Sie gab ihm keine Antwort. Er schloß die Tür sachte hinter sich und ging die Stiegen hoch. Unten redete die Mutter nachdenklich vor sich hin.

»Hmmm! Ganz sein Vater. Und schlau. Schlau ist gar kein Ausdruck. Bringt jetzt die Lehrer dazu, daß sie Mitleid haben mit ihm. Als ob die was für ihn tun könnten. Mein Gott, wenn ich's überlege, haben diese Lehrer ja ganz schöne Nerven. Schlagen dies vor und schlagen jenes vor, als ob wir nicht selbst wissen, was man tun muß. Glauben wohl, wir sind alle Kinder. Und diese modernen Lehrer – spielen sich was auf. Ja, die spielen sich mächtig auf und haben's wichtig. Die verdammten Kinder wissen heutzutage gar nicht, was los ist. Als ich ein Mädel war, bin ich mit dreizehn weg von Dromod und hab für zwei Shilling die Woche gearbeitet wie eine Frau und bin froh gewesen um das Geld.«

Plötzlich brach sie ab. Das Geräusch eines Schlüssels in der Tür war zu hören. Ihr Mann war wieder da. Oben lag der Junge noch wach. Er starrte zum Fenster. Das Zimmer lag in vollständigem Dunkel, und nur schwächstes Licht drang von der Gaslaterne gegenüber in den Raum. Er dachte darüber nach, was seine Eltern zu ihm gesagt hatten. Er murmelte plötzlich:

»Ich wünschte, ich könnte immer sagen, was sie von mir hören wollen, aber ich kann's nicht. Ich wünschte, ich könnte sein wie die anderen Jungen, aber ich kann's nicht. Ich würde gern auf der Schule bleiben, aber die lassen mich nicht. Ich will gar nicht erst zu den Docks.«

Er stellte sich wieder die Befragung beim Direktor vor, und er dachte an den Rat, den dieser ihm gegeben hatte. Dann sah er noch einmal Mr. Jacksons braune

Stiefel und wünschte sich von ganzem Herzen, daß seine Eltern ihn Lehrer werden ließen. »Es muß schön sein«, dachte er, »wenn man so tolle Stiefel tragen kann.« Sein Bewußtsein blieb einen Moment lang leer. Dann erschien etwas Neues vor ihm. Er runzelte die Stirn, als konzentriere er sich auf die Gedanken, die ihn nun befielen. Er dachte daran, wie er mit dem Jungen gesprochen hatte, der oben in der Straße wohnte. Er war ihm begegnet, als er vom Einkaufen für seine Mutter zurückgekommen war. Der Junge war ein Jahr jünger als Fearon. Er hielt ihn unter der Straßenlampe an.

»Hallo, Fearon«, sagte er.

»Hallo, Corby«, antwortete Fearon.

»Stimmt das, daß du nächsten Freitag von der Schule gehst?«

Ein Kloß bildete sich in der Kehle des Jungen, und nun, da er sich an den Vorfall erinnerte, kam der Kloß wieder.

»Ja, am Freitag geh ich.«

»Warum? Du bist noch keine dreizehn, oder?«

»Ich werd in ein paar Tagen dreizehn«, sagte Fearon. »Ich will gar nicht gehen, aber mein Vater und meine Mutter möchten's unbedingt. Ich hab sie gefragt, ob ich nicht bleiben kann, und sie haben Nein gesagt.«

»Das ist echt gemein«, bemerkte Corby. »Ich hab Frankland in der Klasse sagen hören, daß deine Leute schlimm dran sind. Also mein Vater ist Elektriker drunten bei der Dockverwaltung. Ich bin sicher, der kann dir eine Stelle besorgen, sobald du vierzehn bist.«

»Nützt nix«, sagte Fearon. »Ich muß jetzt gehen, oder meine Mutter schreit wieder rum, wenn ich zu spät komme.« Er wandte sich zum Gehen, als der andere Junge ihm die Hand auf den Arm legte und leise sagte: »Frankland hat auch gesagt, daß deine Mutter den Anzug von deinem Vater und auch deinen jeden Montag ins Leihhaus bringt.«

»Der stinkende Lügner«, erwiderte Fearon zornig. »Der muß gerade reden! Dem geht es auch nicht besser als uns oder als dir.«

»Schon gut«, sagte der Junge. »Ich hab sie nur in der Klasse reden hören, das ist alles.«

Fearon regte sich in seinem Bett. Also hatten sie in der Klasse schon davon geredet. Na gut, er ging erst am Freitag weg. Vorher würde er noch ein paar von den Burschen sehen. Er würde sie beim Direktor anzeigen. Er würde alles Mr. Jackson sagen. Ein Gefühl der Demütigung und Scham senkte sich auf ihn. Das letzte, was er sah, ehe der Schlaf ihn überkam, war der Lehrer, wie er an seinem Pult saß und seine braunen Stiefel darunter hervorstreckte.

3 Um halb sieben klingelte der Wecker in Fearons Zimmer, und der Junge war aufgestanden und hatte sich die Hosen hoch gezerrt, ehe die Klingel ihren Morgengesang beendet hatte. Die laute Stimme seines Vaters drang aus der Küche zu ihm.

»Bist du auf, da oben?«

»Ja«, antwortete der Junge mit schwacher Stimme. »Ich komm jetzt runter.«

»Dann beeil dich mal in Gottes Namen. Dein Tee wird jetzt schon zwanzig Minuten lang kalt. Auf geht's. Ich geh mit dir zusammen rüber.«

Der Junge erschien zehn Minuten später in der Küche. Er hatte sich in der Schüssel auf seinem Zimmer gewaschen. Er trug eine braune Drillichjacke und Hosen, die einmal Mr. Fearon gehört hatten, die seine Mutter aber für seinen kleineren und viel schmaleren Körperbau geändert hatte. Der Vater starrte ihn böse an, als er sich an den Tisch setzte.

»Beeil dich! Jetzt setzt sich der um diese Zeit noch großartig hin. Daran wirst du dich gewöhnen, mein Junge. Ich hab manchen Morgen mit leerem Magen los müssen und deine Mutter auch, und du willst es wohl besser haben als wir. Bist du jetzt fertig?«

Fearon stürzte den Rest Tee hinunter und stellte die Tasse hin. Er holte seine Mütze aus dem Büffetschrank und wandte sich zur Tür, als Mr. Fearon fragte, ob er auch seinen Hammer dabei hätte.

»O nein, den hab ich vergessen«, sagte der Junge und rannte in die Küchenkammer, um ihn zu holen.

»Gott steh mir bei, wegen dir komm ich selbst

noch zu spät. Jesus! Erzähl du mir heut abend, daß du zu spät angetreten bist, und ich brech dir das Kreuz. Komm jetzt, los.« Der Vater drehte das Gas ab, und sie verließen das Haus. Alles war ruhig auf den Straßen. Gelegentlich kamen sie an anderen Arbeitern und Jungen vorbei, die auf dem Weg zu ihren verschiedenen Bestimmungsorten waren.

»Also«, begann Mr. Fearon. »Vergiß nicht, du erzählst dann, wie du vorankommst. Ich arbeite drüben im Hornby. Zur Essenszeit wartest du vor Farleys Kakaohaus. Ich komm dann vorbei. Wir essen was zusammen. Vergiß es nicht. Ich schau dann, ob du da bist.«

»Ja, Vater.«

Der Vater des Jungen lächelte. Diesmal hatte er gewonnen. Diesmal hatte er seiner Frau gezeigt, wo's langging. Wart mal bis Freitag, dachte er. Wart nur mal bis Freitag, dann kriegt er sein Geld. Da wird sie verdammt froh sein, ihn gehen zu lassen, so, wie ich's wollte. Was kann's ihm auch schaden? Der ist auch nicht besser als irgendein anderer Junge, der für seinen Lebensunterhalt arbeiten muß. Heuzutage werden die Kinder zu sehr verwöhnt. Na, kleine Mädchen sind doch schon morgens um sechs auf der Straße, auch wenn's noch kälter ist als heute. Kleine tapfere Goldstückchen, das sind die. Er drehte sich wieder zu seinem Sohn.

»Vergiß mir jetzt nicht, wo du hingehen mußt. Erzähl deiner Mutter und mir bloß nicht, du hast den Treff nicht finden können. Wir kennen dich. Du drückst dich, wo du kannst, damit du deine eigenen Wege gehen kannst. Aber da läuft nichts. Geh direkt rüber zum Treff. Daß du kein Abzeichen hast, das ist jetzt egal. Da sind noch andere außer dir, und die machen dasselbe. Arbeit auf Raten. Geh ganz nach vorn. Der Abräumervormann kennt dich und weiß, wer du bist. Er kann dich nicht übersehen, wenn du nach vorn gehst. Er hat mir gesagt, er setzt dich heute morgen ein. Also, ich muß hier lang. Bis dann.«

»Bis dann«, antwortete der Junge. Er stand einen Augenblick lang da und schaute seinem Vater nach. Er sah, wie er ins Dock einbog. Dann eilte er voran, um nicht zu spät zum Treff zu kommen. In seinem Herzen hatte der Junge Angst. Niemand kannte ihn. Er war nicht in der Abräumergewerkschaft. Er wußte, daß viele Jungen keine Arbeit hatten, die Gewerkschaftsmitglieder waren. Er nahm ihnen die Arbeit weg. Als er sich dem Tor zum Dock näherte, wuchs seine Angst. Warum erlaubten seine Eltern ihm nicht, auf der Schule zu bleiben? Er durchschritt das große Tor. Innen schien alles in Verwirrung. Jungen und Männer eilten in Gruppen zu den verschiedenen Hallen. Er erinnerte sich, daß sein Vater zu ihm gesagt hatte, er müsse zu Nummer fünf gehen. Dorthin machte er sich auf. Als er eintrat, wurde ihm bewußt, daß Hunderte von Augen sich ihm plötzlich zuwandten. Er wünschte, der Boden unter seinen Füßen möchte sich auftun und ihn verschlingen. Er stand da und fragte sich, was er tun sollte. Beim Umhersehen erkannte er, daß viele der Jungen eine große Gruppe bildeten und jetzt dastanden und darauf warteten, aufgerufen zu werden. Fearon ging vor, bis er am Rand dieser Menge angekommen war. Ein großer Junge zu seiner Linken sagte halblaut: »Das ist einer von den verdammten Burschen aus 'nem Büro. Diese Schleimer. Die verstecken sich hinter ihrem Lehrer oder sonst jemanden, daß er ihnen einen Zettel an den Vormann schreibt. Paß auf. Der Blödmann hier, der so bescheuert dreinschaut, der kommt bestimmt rein. Paß nur auf, Charlie.«

Fearon versuchte, nicht hinzuhören. Plötzlich sprach rechts von ihm eine Stimme: »Hallo, Süßer. Kommst wegen Arbeit, was? Wie geht's deiner Mutti? Hoffentlich hat sie nicht vergessen, dir das Unterhöschen anzuziehen.« Das Blut schoß dem Jungen in die Stirn. Er wandte sich halb um, um einen Blick auf den Sprechenden zu werfen. Er sah, daß es ein Junge seiner eigenen Größe war, der sogar noch dünner war als er. Er schwor sich in diesem Augenblick, daß der ihn kennenlernen würde. Vor so einem Burschen würde er keine Angst haben. Nicht größer und nicht besser als er selbst. Es war etwas Eingefallenes, Ältliches, Listiges an den Zügen des Jungen, das sogleich Fearons Abneigung erweckte. Er fragte sich, ob der wohl ausgewählt werden würde. Ob sie beide ausgewählt würden, und ob sie in denselben Kessel kämen. Es entstand eine plötzliche Geräuschblase der Unterhaltung, ein Surren von Worten. Der Abräumervormann war gekommen. Es war ein großer vierschrötiger Mann, eine Schildmütze übers rechte Auge gezogen. Er starrte die versammelte Menge der Jungen an. Dann schrie er mit aller Macht: »Nur zwanzig Hilfskräfte werden gebraucht. Die Hälfte von euch kann abhauen! Ich brauch bloß zwanzig!«

Als sie diese Worte hörte, drängte die Menge sofort nach vorn, wobei die verschiedenen Mienen dem Vormann zeigten, welche Wirkung seine Worte jeweils gehabt hatten. Schon stießen einige der größeren Jungen tonlose Flüche aus, die erfahreneren und mutigeren fluchten direkt halblaut über den Mann, der jetzt anfing, seine zwanzig Jungen auszusuchen. Sobald Fearon sah, was geschah, spannte sich sein ganzer Körper an, eine Welle der Furcht schoß durch ihn hindurch und mit wilder Bewegung begann er, sich durch die Menge zu quetschen. Andere Jungen, die dies sahen, folgten seinem Beispiel, und es schien, als müsse der Vormann nun Zoll um Zoll zurückgedrängt werden, am Ende ins Dock selbst. Er brüllte wie ein Stier.

»He! Was in Gottes Namen glaubt ihr Hurensöhne, was ihr da treibt? Sagt mir das mal! Zurück! Zurück da, ihr Krüppel, oder ich nehm keinen einzigen!«

Immer noch preßte sich Fearon nach vorn. Er sah nicht die riesenhafte Gestalt des Vormanns noch die Masse von Leibern, die mit ihm selbst zusammen vorandrängte, er sah nur seinen Vater, dessen bösen Gesichtsausdruck. Fearons Gesicht war rot. Jede seiner Bewegungen, behindert von seinen schlecht sitzenden Kleidern, ließ ihn als einen unbeholfenen Jungen und als sonst gar nichts erscheinen. Er ließ seinen Abklopfhammer fallen, der sofort auf dem Boden weitergekickt wurde, und bei seinen Anstrengungen, zu verhindern, daß das Werkzeug ins Dock hinausgeschleudert wurde, fiel er hin. Dutzende von Füßen trampelten über ihn hinweg. Dann kam er wieder hoch. Er schaute ans entlegene Ende der Halle. Und da sah er, daß sechzehn Jungen ausgewählt worden waren. Die Angst durchfuhr ihn. Er drängte wild nach vorn, und die anderen Jungen, die ihm auswichen, ließen ihn so weit vorwärts taumeln, daß er fast den Mann umgeworfen hätte. Der packte ihn plötzlich am Hals und sagte grob in sein Ohr:

»Hallo, du Schisser. Wo kommst du denn her, du kleiner Wichser? He?«

Fearon hatte keine Angst. Endlich hatte er sein Ziel erreicht. Niemand konnte ihn jetzt mehr zurückhalten. Und er war entschlossen, seine Eltern nicht zu enttäuschen. Er war entschlossen, sich hier auswählen zu lassen. Er schaute hoch in das aufgeschwemmte Gesicht des Abräumervormanns. Der Mann grinste auf ihn herab. Die anderen Jungen schoben sich immer noch heran.

»Ich heiße Fearon. Mein Alter hat gesagt, ich soll zu Ihnen kommen. Hat gesagt, daß er neulich mit Ihnen über mich gesprochen hat. Da bin ich.«

Der Vormann lachte. »Da bist du, ja?«

Fearon senkte den Kopf, als der Mann plötzlich hinzusetzte: »Und wer zum Teufel ist dein Alter? Nie den gottverdammten Namen gehört! Fearon! Fearon! Fearon!«

Eine Sirene ertönte. Sofort packte der Mann Fearon an der Schulter und sagte: »Also! Geh nach vorn und stell dich zu den anderen. Los.«

Er wählte drei weitere Jungen aus und sagte dann zum Rest: »Haut ab.«

Als Fearon jetzt in den vorderen Teil der Halle ging, spürte er alle Blicke auf sich gerichtet, seine Ohren waren voll Geflüster, wütendem Gemurmel, Drohungen. Als er sich zu den anderen sechzehn stellte, starrten sie ihn abweisend an. Er war ein Fremder. Alle schienen seine Jacke genau zu mustern. Das führte dazu, daß er an sich selbst herunterschaute. Er konnte nichts sehen, was da nicht gestimmt hätte, und fragte sich immer noch, was es da wohl zu schauen gab, als ein sommersprossiger Junge einen anderen anstieß und (laut genug für alle) sagte:

»Das ist jetzt der neuste Trick. Sonderausgabe

vom Vormann. Steht sich gut mit seinem Alten. Das Schwein ist nicht mal in der Gewerkschaft. Da müßte man mal nach dem Rechten sehen, verdammt noch mal.«

Das Gesicht Fearons wurde röter denn je. Sein ganzer Körper brannte vor Scham bei dem Gedanken, daß er anderen Jungen die Arbeit wegnahm, die ein größeres Anrecht darauf hatten. Er verfluchte innerlich seinen Vater, weil der ihm keinen Rat gegeben hatte, keinen Hinweis. »Der weiß doch bestimmt«, sagte er bei sich, »wie es hier zugeht. Die Docks sind voll von Jungs mit Gewerkschaftsabzeichen und keiner Arbeit. Und mich nimmt man beim ersten Mal.« Seine Überlegungen wurden unterbrochen, als der Vormann herkam und ihnen befahl, an Bord der *SS Cordovian* zu gehen. »Mitkommen! Macht schon, ihr Penner!« schrie er.

Die Jungen eilten in Richtung des Schiffs, das im Sandon-Becken lag. Während sie rasch einhergingen, musterte Fearon die anderen Jungen. Von ein paar wenigen abgesehen, schienen alle kleingewachsen wie er selbst. Sie schritten selbstbewußt aus, auftrumpfend. Fearon aber fühlte sich merkwürdig und unbeholfen in seinen langen Hosen und der schlecht sitzenden Drillichjacke. Es war das erste Mal, daß er lange Hosen anhatte. Er kam sich schäbig vor, fehl am Platz. Mr. Jacksons braune Stiefel löschten den Horizont aus. Es war, als könne er sie nie vergessen. Er dachte, zu unterrichten wäre sicher eine feine Sache, und die Lehrer, die stellten doch was vor. Jedenfalls konnten sie sich Sachen kaufen, die ihnen gefielen. Er wußte sogar von Lehrern, die ihre abgelegten Kleider an die ärmeren Jungen verschenkten, obwohl es da nichts gab, was ihm passen würde, er war eben so klein. Mr. Jackson hatte ihn einmal gefragt, welche Schuhgröße er hatte. Als er es ihm sagte, schüttelte der Lehrer den Kopf und erwiderte: »Wie schade. Ich hätte da ein altes Paar Schuhe. Ich dachte, sie würden dir passen. Wie kommt es, daß ihr jetzt keine Polizeistiefel mehr bekommt?«

»Polizeistiefel, Sir?«

»Ja.«

Fearon erklärte ihm, daß die Polizei ihm dieses Jahr kein Paar Stiefel zugeteilt hatte, weil seine Mutter die alten versetzt hatte. Da lachte der Lehrer.

»Jetzt könnte sie das nicht mehr machen, Fearon. Die Polizei versieht sie jetzt alle mit einem Prägestempel, die Pfandleihen nehmen Polizeistiefel oder Polizeikleidung nicht mehr.«

Damals hatte der Junge zum ersten Mal Mr. Jacksons nagelneue braune Stiefel aus der Nähe gesehen. Und seither hatte er davon geträumt, genau so ein Paar selbst zu besitzen, und in dieser Stimmung ging er jetzt zum Schiff hinüber. Er schwor sich, daß mit dem ersten Wochenlohn, den er verdiente, ein Paar braune Stiefel gekauft werden würde, genau wie das, welches der Lehrer trug. Er wußte, wie er es anstellen müßte. Es gab viele Jungen, die ihren Eltern nur die Hälfte von dem gaben, was sie wirklich verdienten. Fearon wußte, daß das die einzige Chance war, die langersehnten braunen Stiefel zu bekommen.

Sie rannten fast durch die Halle. Hintereinander stiegen sie die Gangway hinauf. Wie jeder auf das Deck hinabkam, wurde sein Name gerufen, und er bekam eine Marke mit seiner Nummer. Die gab er ab, wenn er mit der Tagesarbeit fertig war, und bekam sie am nächsten Tag wieder ausgehändigt. Fearon wurde mit vier anderen Jungen zusammen angewiesen, runter in die Bilge zu gehen. Er hatte noch nie etwas von einer Bilge gehört und fragte sich, wie es dort wohl war. Er faßte Mut, den sommersprossigen Jungen, der mit ihm ging, danach zu fragen. Der Junge lachte und zeigte seine schwarzen Zähne.

»Wart's nur ab. 'Ne Bilge ist der Sammelplatz für allen möglichen Scheißdreck. Puh! Der Gestank. Und weißt du was«, flüsterte er fast wild in Fearons Ohr, »wir Jungs bekommen keinen Penny extra dafür, daß wir da runter gehen, aber die verdammten Kesselschmiede, die haben's gut. Die gehen da nicht rein, wenn sie nicht den Überstundentarif bekommen, das Anderthalbfache.«

»Oh!« sagte Fearon, dessen Interesse geweckt war, und der Sommersprossige fuhr fort: »Jawohl! Wart nur, bis du da runter kommst. Ich kenn das schon. Ich versuche immer, um diese Chose rumzukommen, aber heut morgen, da hab ich Pech. Bis zu den Knien im stinkenden Wasser. Lenzen! Lenzen! Gottverdammtes Wasser voller toter Ratten und was weiß ich alles. Das erste Mal, als ich da runter bin, hab ich eine Woche lang gestunken. Meine Mutter hat meinen Overall verbrennen müssen. War nicht mehr zu gebrauchen.«

»Was zahlen sie denn da?« fragte Fearon.

»Genau den Abräumertarif natürlich«, antwortete er. »Da wären wir, mein Junge.«

Sie stiegen die Leiter in den Maschinenraum hinunter. Auf halbem Weg hinab hielt der Sommersprossige inne, wandte sich zu Fearon und sagte: »Menschenskind. Jetzt geh ich hier in den gottverdammten Maschinenraum runter anstatt in die Bilge.« Sie stiegen die Leiter wieder hinauf. Als sie den Kabelsteg entlanggingen, begegnete ihnen der Abräumervormann.

»Hallo! Wo geht ihr denn hin?«

»Bilge«, sagte Fearon.

»Dann beeilt euch, verdammt noch eins«, antwortete der Mann.

Die beiden Jungen rannten nach vorn auf die Steuerbordseite und stiegen die lange Leiter an Luke eins hinunter. Fearon, der plötzlich hinunterschaute, sah die höhlenhafte Ausdehnung des Zwischendecks, jetzt leer und ohne Fracht, und tief drunten erschien eine Art Brunnenloch. Die Farbe des Wassers konnte er nicht ausmachen, obwohl der Geruch ihm bereits in der Nase hing. Immer eine Sprosse über ihm stieg auch der sommersprossige Junge herunter. Er rief zu Fearon hinab: »He! Jetzt mach mal zu, verdammt noch mal. Weißt doch, daß der lange Kerl bald vorbeikommt auf seiner Inspektionstour. Wenn er sieht, daß wir noch gar nicht angefangen haben, gibt's Krawall, das sag ich dir.« Worauf Fearon sagte: »Schon gut. Mach dir nicht ins Hemd, Kumpel, fressen kann er uns nicht.«

Sie waren die Leiter nun halbwegs hinuntergestiegen. Fearon sah im Hinabschauen, daß das Bilgewasser eine grüne Farbe hatte. Der Geruch trat jetzt noch stärker hervor. Er sagte: »Puuh!« Der Sommersprossige lachte und sagte grinsend: »Scheiße, wir haben noch nicht mal angefangen. Weißt du, daß du bis zum Bauch in dem Dreck stehen mußt?«

Fearon sah zu ihm auf.

»Wie war das?« fragte er überrascht. »Glauben die, wir stehen den ganzen Tag in dem Dreck da?«

»Nicht den ganzen Tag«, sagte der andere Junge lächelnd. »Nur acht Stunden. Wirst dich bald dran gewöhnen.«

Sie stiegen weiter hinunter. Der Sommersprossige rief: »Halt! Hier gehen wir rein und holen unsere Sachen. Die Eimer und Zugtaue liegen da.«

Die beiden Jungen schwangen sich unter der Leiter durch und stellten die Füße auf das eiserne Deck. Ihre Stimmen hallten vulkanisch in den riesenhaften Räumen. Haufen von Plunder lagen herum, alte Zeitungen mit den Überresten von Mahlzeiten, Wellblechstücke, Tauenden. Fearon war sich sicher, daß er eine Ratte über das Eisendeck hatte rennen hören. Er wandte sich fragend an seinen Gefährten.

»Besser lebende als tote. Hier drunten kriegst du's mit jeder Menge toter Ratten zu tun.«

Plötzlich rief der Sommersprossige aus: »Mensch! Eigentlich sollte ja noch ein Junge hier unten dabei sein, und der ist noch nicht hier. Jemand muß da runter und das Zeug am Seil hier hochschicken. Bis jetzt sind wir nur zwei. Wir werfen 'ne Münze. Kopf geht runter, Zahl bleibt oben. Sobald der andere kommt, das kann jetzt nicht mehr lange dauern, schicken wir ihn runter, dann soll er mal 'ne Weile lenzen. Also, was nimmst du?«

»Ich hab keinen Roten«, sagte Fearon, was den anderen Jungen grinsen ließ. Sein Mund schien sich von einem Ohr zum anderen zu erstrecken. Er sagte zu Fearon:

»Ich hab einen Halfpenny hier. Los geht's. Was soll's sein, Kopf oder Zahl?«

»Zahl«, sagte Fearon und wieder lachte der Sommersprossige, als die Münze Kopf zeigte. Er sagte:

»Runter mit dir, mein Junge. Du zuerst in die Scheißgrube.«

Er schob Fearon einen Lenzeimer in die Hände.

»Runter mit dir. Ich schick die Eimer am Seil nach unten. Paß auf. Paß gut auf. Fallhöhe fünfundzwanzig Fuß, mußt du wissen.«

Langsam schwang sich Fearon auf die Leiter hinaus und fing an, hinabzusteigen. Nach und nach verschwand er dem Blick, denn je tiefer er stieg, desto dunkler wurde es. Ein Ruf drang plötzlich die Leiter empor.

»Wie wär's mit einem gottverdammten Licht! Kann überhaupt nichts sehen hier!«

Und die Antwort dröhnte zu dem zitternden Jungen auf der Leiter hinab.

»Verdammt! Hab ich ganz vergessen. Ich schick dir gleich 'ne Lampe runter. Hast du Streichhölzer?«

»Nein«, kam die Antwort Fearons zurück, und der andere Junge sagte zu sich selbst: »Was ist denn das für ein Penner? Hat keine Münze, hat kein Streichholz dabei.« Er band eine der Lampen an das Transportseil, nachdem er zuerst ein paar Streichhölzer unter das Lampenglas hineingeschoben hatte. Dann ließ er sie hinunter und rief dabei: »Kommt was runter! Kommt was runter! Aufgepaßt.«

Fearon stand auf der letzten Leitersprosse. Der Geruch ließ es ihm fast schlecht werden. Einmal fiel er fast von der Leiter. Er rief zu dem anderen Jungen empor: »Ist es tief?«

»Bis zu deinen Knien, das ist alles. Paß auf, daß du die Lampe hier nicht an die Rübe kriegst! Hast du sie?«

»Noch nicht!«rief Fearon, und ein Fuß glitt von der Leiter in das stinkende Wasser. Er zitterte, als sein Fuß damit in Berührung kam. Dann packte er den Stier bei den Hörnern, stieg von der Leiter und fand sich sofort bis zu den Knieen im grünen Schleim. Er spuckte aus, immer wieder, als hinge sein Leben davon ab. Er ließ den Lenzkübel ins Wasser. Er hörte ein Geräusch. Die Lampe baumelte gegen die Leiter. Und nun konnte er nicht mehr deutlich verstehen, was der andere zu ihm hinabschrie. Er langte empor und tastete nach der Lampe. Er ergriff sie. Er schüttelte das Seil als Signal, daß sie unten angekommen war. Dann tastete er in der Dunkelheit in der Lampe nach den Streichhölzern. Er fand sie und riß eines an seinem Hosenboden an. Sogleich war der ganze Tümpel zu erkennen. Es gelang ihm nach einiger Mühe, die Lampe anzuzünden, und er hängte sie an die Leitersprosse. Er rief zu dem anderen empor: »Schick 'nen Eimer unter. Schick zwei Eimer runter.«

Eine Minute später hörte er sie die Leiter entlang herunterklappern. Er nahm sie vom Seil und hing sie mit ihren Haken an die unterste Sprosse. Dann fing er mit der Arbeit an. Er lenzte, als wär jede Minute seine letzte. Er hatte das Gefühl, daß er schöpfen mußte ohne Ausruhen und Unterlaß, daß er weiter und weiter machen mußte und alles in seinem Kopf und seinem Herzen ertränken, alle Gegenstände ringsum auslöschen. Und so schnell er die Kübel füllte, machte er sie an dem Seil fest und rief, so laut er konnte: »Hoch damit! Rauf!« Hinauf und hinunter, hinauf und hinunter wanderten die Eimer. Fearon betrachtete die Szene zu seinen Füßen und sagte bei sich: »Gotteswillen, das schaut aus, als braucht man bald ein Jahr, bis man den ganzen Dreck rausgeholt hat.« Eine große graue Ratte klatschte in den Eimer.

»Äääh!« rief er. »Hoch damit! Hoch damit.«

Jemand kam die Leiter herunter. Die Schritte hallten in den Höhlentiefen wider. Endlich schaute Fearon von seiner Arbeit auf und sah, daß es sein Arbeitskollege war. Der sommersprossige Junge stieg gleich ins Wasser und kam dorthin, wo Fearon stand, mit einem Lenzschöpfer in der einen und einem Eimer in der anderen Hand.

»Der andere Bursche ist da«, sagte er. »Der Lange ist auch vorbeigekommen. Hat mich gefragt, wo du bist. Ich hab gesagt, du schickst das Zeug hoch. Er sagt, wir müssen beide nach dem Essen zu Loch Nummer drei.«

»Hat was gesagt?« rief Fearon aus.

»Was ich dir gesagt hab«, antwortete der andere. »Was glaubst du denn? Wir sollen aufhören mit der Arbeit? Das wär's natürlich. Ich krieg jetzt schon zuviel und bin erst 'ne Minute hier.«

»Das ist großartig«, bemerkte Fearon. »Erst sagen sie dir, geh runter in die Bilge, und wenn sie feststellen, daß sie 'nen Fehler gemacht haben, dann sollst du dorthin gehen, wo du gleich hättest hinsollen. Großartig. Jesus! Mich kannst du auswinden. Schau her. Alles durchweicht.«

»In dem verdammten Kessel bist du bald wieder trocken«, sagte der andere. »Ich kenn das hier. Holst dir vielleicht 'ne Erkältung, aber das ist hier drunten nicht viel. Verstehst schon.«

Die beiden Jungen fuhren fort, ihre Eimer zu füllen. Einmal kam der Eimer herunter, und ehe er die Stelle erreichte, wo Fearons Hand darauf wartete, ihn zu ergreifen, gab der Knoten nach und der Eimer fiel ins Wasser. Der andere Junge fluchte, was wiederum

Fearon zum Nachdenken brachte. Er hatte so etwas noch nie im Leben gehört, und die Wörter waren ihm neu.

»Muß man sich mal vorstellen«, sagte sein Genosse. »Kann den Eimer nicht richtig festgemacht runterschicken. Am liebsten würd ich ... Zum Teufel, ich wünschte, wir könnten den nächsten Kübel voll mit lebendigen Ratten zu ihm hochschicken. Was würd ich lachen, wenn eine ihm hinten in die Hose kriecht. Junge!«

»Bist du schon lang bei dieser Art Arbeit?« fragte Fearon, als er seinen Eimer hochschickte.

»Knapp zwei Jahre«, erwiderte der andere. »Was glaubst du, wie alt ich bin?«

»Um die vierzehn«, sagte Fearon.

»Gelogen, ich bin sechzehn geworden«, sagte der andere. »Wie alt bist du?«

»Fünfzehn«, sagte Fearon, und er war in diesem Augenblick froh, daß er das gesagt hatte. Es war eine Lüge, das wußte er natürlich. Aber er sagte zu sich: »Fünfzehn. Klar! Das ist ab jetzt mein Alter.« Er fing an, seinen Eimer mit dem Schmutz zu füllen.

»Komisch, daß der Lange uns beide will«, bemerkte er zu seinem Gefährten.

»Na, Gottes willen, du weißt doch, weshalb, oder?«

»Ja, ich weiß«, sagte Fearon.

Ja. Er wußte, warum, obwohl er es nicht zu dem sommersprossigen Jungen sagte. Sie waren beide klein. Sie waren gerade die Art Jungen, die man brauchte, um in einen Kessel reinzukommen. Oder sogar in die Röhren. Der andere Junge grinste wieder. Fearon fragte ihn nach dem Grund. Er empfand immer Mißtrauen einem Menschen gegenüber, der ständig grinste wie dieser Junge.

»Nix. Nix. Hier gibt's nicht viel zu grinsen«, sagte der und schrie hinauf, der Eimer solle hochgezogen werden. Plötzlich gab es einen Schrei: »Obacht!«, aber der Junge war nicht schnell genug. Fearon, der begriff, was geschehen war, sprang gerade noch rechtzeitig beiseite. Der Eimer voll Wasser und Schleim stürzte direkt auf den sommersprossigen Jungen.

»Du schlampiges Schwein!« brüllte er die Leiter hoch. »Du schlampiger Bastard! Wart nur, bis ich ins Zwischendeck komme!«

»Das ist das beschissene Seil«, drang die Antwort zu dem Jungen hinab. »Fang bloß nicht an und erzähl rum, ich kann keinen anständigen Knoten an den Eimer machen.«

»Anständiger Knoten am Arsch von deiner Großmutter!« schrie der andere, während er sich den grünlichen Dreck mit dem Schöpfer von der Jacke und den Hosen schabte. Dies wurde von vielen Flüchen begleitet. Er schrie laut:

»Scheißkerle! Die schicken einen hier runter, wo ein verdammter Kesselschmied oder Zimmermann oder Monteur sich weigern würde, wenn er nicht extra bezahlt wird, aber wir bekommen einen Scheißdreck. Jedenfalls bin ich entschlossen wie nie, ich hau hier endgültig ab auf ein Schiff, nix wie raus. Ich hau ab in die Staaten. Da hab ich jede Menge Onkel und Tanten, hier nicht. Kannst du deine Schnürsenkel drauf wetten«, fuhr er fort, »überall muß es besser sein als hier. Ich hab jetzt zwei Jahre hinter mir, und was bringt's? Die Bezahlung ist gut, aber schau dir bloß den Dreck an und die Hitze und die Kälte und alles. Ist's nicht wert, Kumpel«, schloß er.

»Und ist es so einfach, ein Schiff zu erwischen?« fragte Fearon.

»Na ja, es ist einfach und ist es auch wieder nicht, wenn du verstehst, was ich meine. Außerdem kann man immer als blinder Passagier an Bord gehen, wenn einer wirklich unbedingt in die Staaten oder nach Kanada will.«

»Ach!« rief Fearon aus. Und mit einem Mal schien er tief in Gedanken.

Er schaute diesen anderen Jungen an, der drei Jahre älter war. Der Blick, den er auffing, schien brutal. »Ja«, dachte Fearon, »der muß gelegentlich richtig gemein sein.«

Der Junge und die Arbeit schienen hervorragend zueinander zu passen. Die erniedrigende Arbeit und das Niedrige des Jungen schienen sich wie Kraftfelder anzuziehen. Während Fearon überlegte, ob es wohl ein gute Idee wäre, dem Beispiel dieses Jungen zu folgen und sich nach einem Schiff umzusehen, ereignete sich wieder ein Zwischenfall, ähnlich wie der erste, doch war es diesmal Fearon, über den sich der Inhalt eines Eimers ergoß. Er fluchte und schrie nicht wie sein Genosse. Er fing ruhig an, das Zeug von seinem Gesicht, den Händen und Kleidern abzukratzen, während der andere lachte. »Diesmal hast du ein Maulvoll abgekriegt«, sagte der sommersprossige Junge. Fearon gab keine Antwort. Und der andere nahm gleich an, Fearon fürchte sich vor dem Jungen im Zwischendeck, und schrie hinauf: »He, du da droben! Dir brech ich dein … Genick! Du blöder …! Du Wurm, du …!«

Er schob Fearon zur Seite und fing an, die Leiter hochzuklettern. Eine Stimme rief:

»Es war nicht meine Schuld, ich sag's dir doch. Der

Eimer ist rausgerutscht. Wer hat denn den Knoten überhaupt drangemacht?«

»Ich brech dir das Genick! Ich sag's dir!« erwiderte der andere und hastete immer weiter die Leiter hinauf. »Wofür hältst du uns eigentlich? Du solltest mal hier unten Hand anlegen und den Dreck lenzen, ich wette, da stellst du dich nicht so blöd an. Wenn du deinen Teil hier unten abbekommst ...«

Da kam ein leiser Ruf von dem Jungen oben: »Das Holzauge kommt!«

Der Junge auf der Leiter stand stocksteif, reglos. Er versuchte zwei-, dreimal, zu Fearon hinabzurufen, daß der Vormann oben an der Luke war. Fearon hatte jedoch bereits gemerkt, daß etwas nicht stimmte. Er kam hinter seinem Genossen die Leiter hoch.

»Ist alles in Ordnung«, flüsterte der Junge im Zwischendeck. »Alles klar. Der Sack ist wieder weg. Essenszeit.«

Fearon beglückwünschte sich dazu, daß er im richtigen Moment wieder nach oben gekommen war. Er hatte das Gefühl, recht lange drunten gewesen zu sein. Die drei Jungen gingen im Zwischendeck weiter, bis sie zur Luke Nummer drei kamen, die gleich hinter dem Maschinenraum lag. Der sommersprossige Junge meinte, sie könnten ebensogut auf diesem Weg nach oben gehen, dann wüßten sie schon, zu welcher Luke sie nachher müßten.

»Aber wir gehen dann zum Kessel, oder?« fragte Fearon.

»Na klar! Das weiß ich. Glaubst, ich hab keine Ahnung, wovon ich rede? Du verdammtes Weichei. Die Luke da runter, das ist der beste Weg in den Maschinenraum. Und wie du weißt, müssen wir durch den

Maschinenraum, wenn wir zum Kessel wollen.«

Fearon gab irgendeine Antwort, ehe er den anderen die Leiter hoch folgte. Er war einen Augenblick lang wie geblendet, als er auf Deck in das volle Tageslicht trat.

»Wo gehst du hin?« fragte sein Kollege.

»Ich muß meinen Alten treffen«, antwortete Fearon. »Der arbeitet beim Hornby.«

»Oh. Na, ich geh zur Dünnen Lizzie. Da hol ich mir immer das Essen. Kriegst du die beste Tasse Tee an der ganzen Dockstraße, bei der Lizzie. Also bis dann.«

Fearon eilte durch die Halle. Es war fünf nach zwölf, und er mußte pünktlich um ein Uhr wieder da sein. Sein Vater würde bereits auf ihn warten; er rannte halb, bis er das Hallenende erreichte. Dann entdeckte er, daß er noch eine Viertelmeile zurücklegen mußte, bis er zum Hornby-Dock kam. Endlich war er dort. Eine Menge Männer stand in Gruppen vor dem Tor, sie rauchten, unterhielten sich, manche hatten sich sogar auf den Boden hingelegt. Letztere schienen alt zu sein, und die Arbeit hatte diese alten Männer offenbar wieder hilflos wie Säuglinge gemacht. Der Junge bemerkte unwillkürlich die verschiedenen Mienen dieser Männer. Und wie er diese sah, verspürte er eine Traurigkeit in seinem Herzen, daß all diese alten Männer immer noch arbeiten mußten wie die jungen. Er hatte gesehen, wie sie an Wintermorgen wie Wölfe gegeneinander gekämpft hatten. Er hatte sie beinahe auf den Knien um einen Tag Arbeit betteln sehen. Er erinnerte sich, wie der Lehrer in der Schule den Jungen immer eingeprägt hatte, daß Liverpool eine der großen Hafenstädte der Welt war. Er eilte an diesen Männern vorüber, bis er zum Kakaohaus kam. Dort fand er seinen Vater. Dieser kam ihm entgegen.

»Hallo! Na, wie ist's gegangen? Hm?«

»Gar nicht so schlecht«, erwiderte der Junge und neigte den Kopf, als wolle er seine erbärmliche Erscheinung nach vier Stunden im stinkenden Dreck bis zu den Knien und in völliger Dunkelheit besehen.

»Du siehst aus, wie wenn man dich jetzt bemitleiden sollte«, sagte sein Vater. Der Junge lachte.

»Es ist der Gestank«, sagte er. »Alle sagen Stinker zu mir.«

»Wirst noch Schlimmeres hören, eh du tot bist«, sagte sein Vater. »Hör gar nicht hin, was irgendeiner sagt, mein Junge. Du machst jetzt die Arbeit von einem Mann. Da kannst du den verdammten Kopf hochtragen. Muß man sich nicht schämen dafür. Das sag ich dir. Ich hab schlimmere Sachen tun müssen, als ich in deinem Alter war.«

Fearon dachte sich, er habe schon genug darüber gehört, was sein Vater alles vollbracht hatte, also sagte er eher beiläufig: »Ich hab heute morgen zwei Ratten getötet. Große graue.«

»Hast du das? So, so! Haben sie dich an den Beinen gekitzelt?«

Sie gingen beide in das Lokal. An den grobgezimmerten Holztischen saßen alle möglichen Männer. Kaum hatten sie sich hingesetzt, als ein Mann am Nachbartisch plötzlich ein »Bääh!« hervorstieß und nach einer Pause ein »Puuh!«. Er drehte sich zu dem Tisch hin, wo der Junge mit seinem Vater saß. Er starrte den Jungen böse an. Der Vater bemerkte es, stand sogleich auf und sagte: »Was ist los mit dir, Sportsfreund?«

Der Mann lachte und sagte: »Ich will zum Essen keinen ... serviert bekommen.«

»Was soll das heißen?« knurrte Fearons Vater. »Was ist los? Wir stören dich doch nicht, oder?«

Der Mann lachte wieder. Er sagte sehr langsam: »Ihr stört meine Verdauung.«

»Du hältst dich ja für ganz schlau, ja? Ein ganz ein Schlauer bist du.«

Eben als sich in den anderen Gästen schon die Hoffnung regte, es würde nun eine richtige saubere Prügelei anfangen, kam eine umfangreiche Dame hinter der Theke hervor und sagte zu Mr. Fearon: »Is schon in Ordnung, Mister. Nehmen sie nur den Kleinen mit nach draußen. Der stinkt die ganze Bude voll. Wo ist der denn gewesen?«

Fearon senior erkannte, daß es zwecklos war, hier fortzufahren, also scheuchte er den Jungen hinaus. Er riet ihm dann, sich bei Parry's ein Bierhefewasser und ein Teilchen zu holen. Er selber würde ein Glas Ale im Darby trinken.

»Ich stinke wohl wirklich ganz schlimm«, dachte der Junge, als er über die Straße ging, in Richtung seines Lokals. »Kein Wunder, daß mein Kumpel es satt hat. Ich ja auch. Mensch – ich sollte eben eigentlich doch in der Schule sein. Junge! Das waren tolle Stiefel, die Mr. Jackson immer angehabt hat.« Er war auf der anderen Seite angelangt und ging die Raleigh Street hoch. Im Lokal servierte man ihm ein Glas Hefewasser und ein gezuckertes Teilchen, wenn die beiden Kellner sich auch in ein Hinterzimmer zurückzogen, bis der Junge wieder gegangen war. Fearon fiel dies gleich auf. Er fühlte sich noch mehr beschämt, noch nutzloser, noch unbeholfener und schmutziger und hoffnungsloser denn je. Er schwor sich sogar, daß er es eines Tages seinen Eltern heimzahlen würde, die ihn ausgerechnet dorthin geschickt hatten, wohin er gar nicht wollte. Er ging zum Schiff zurück. »Wünschte, sie wären tot, ehrlich«, murmelte er.

4 Der sommersprossige Junge, der Jackson hieß, wartete auf Fearon, als dieser um ein Uhr das Deck betrat. Fearon sah ihn an der Tür zum Salon stehen. Er ging hinüber.

»War der Lange schon hier?«

»Nee, ich warte hier, bis der auftaucht. Du kannst ja jetzt machen, was du magst. Aber ich fang erst an, wenn man mir erklärt, wo ich loslegen soll. Verstandewuh?«

Fearon lachte und lehnte sich neben Jackson an die Türe. Sie standen noch nicht lange dort, als der Erwähnte auftauchte. Sobald der Mann die beiden Jungen da stehen sah, schnitt er ein ärgerliches Gesicht und sagte: »Also, wie wär's denn?«

Jackson grinste.

»Runter mit euch in den verdammten Maschinenraum, ihr beiden Raben«, knurrte er, und die beiden Jungen gingen zur Leiter hinüber. Der Abräumervormannn schrie ihnen hinterher: »Vergeßt die Nummer von dem Kessel nicht, wo ich euch hingeschickt hab. Und kein Kartenspiel da drinnen, oder die Firma schmeißt euch raus, und zwar achtkantig.« Er sah zu, wie sie die Leiter hinab verschwanden. Als sie in den Maschinenraum hinabkletterten, fragte Fearon seinen Kumpel, ob sie beide in denselben Kessel gehen sollten, was Jackson mit einem nachdrücklichen »Ja« beantwortete. »Gut«, dachte Fearon. »Der Bursche ist nicht schlecht, wenn ich ihn auch erst seit fünf Minuten kenne.« Er hielt auf halber Höhe der Leiter an, um sich die Hose zurechtzuziehen. Seine Kleider waren mit Wasser und Schleim aus der Bilge vollgesogen.

»Wir stinken kräftig, wenn wir um fünf hier rausgehen«, bemerkte Jackson, als sie wieder festen Grund betraten. Die beiden gingen durch den Maschinenraum in den Heizungsraum. Sie konnten schon ein schwaches Klopfen hören. Das Geräusch ließ Fearon mit der Hand an seine hintere Hosentasche fahren, und er rief: »Scheiße! Ich hab meinen Hammer irgendwo verloren.«

»Jesus! Hast ihn nicht in die Bilge fallen lassen, oder?«

Was genau das war, was der Junge getan hatte. Er sagte es Jackson.

»Kannst du dir nicht einen bei den anderen abgreifen?« fragte Jackson, dem der neue Junge anfing, leid zu tun. Obwohl er nichts zu Fearon gesagt hatte, war ihm doch klar, daß an diesem Nachmittag dem Neuen irgendwas passieren würde. Es passierte immer was mit den neuen Jungen. Er war selbst mal ein Neuer gewesen und hatte seine Erfahrungen gemacht. Er mochte gar nicht mehr daran denken. Er hätte Fearon gern gewarnt, aber er wußte, daß das nichts bringen würde, denn wenn einer von den anderen es herausfand, dann wäre er im selben Boot, und es würde ihm vielleicht noch schlimmer ergehen als Fearon. Die beiden Jungen erreichten den Kessel. Fearon zögerte. Aber Jackson sagte sofort, als er sah, was in dem Neuen vorging: »Mach dir keine Sorgen, Kumpel. Ist schon in Ordnung. Du gewöhnst dich dran. Manchmal ist es heiß. Aber mit deinen patschnassen Kleidern spürst du die Hitze nicht. Gehst du zuerst oder soll ich?«

»Mir gleich«, sagte Fearon. Er schien winzig, wie er nun den riesigen schwarzen Umriß betrachtete:

den Kessel. Einen der Kessel dieses großen Frachtdampfers. Er sah die kleine Klappe, durch welche die Abräumer kriechen mußten. Jackson beobachtete seinen Gesichtsausdruck. Dann sagte er: »Also gut. Geh du zuerst. Hier. Ich helf dir rauf.«

Er bückte sich und wartete, bis Fearon bereit war, auf seinen Rücken zu steigen. Fearon hatte bereits die große Hitze bemerkt, und wie er nun unschlüssig dastand, wurde der Junge drunten ärgerlich, weil er sein Zögern spürte, denn er wußte, daß jeden Moment der Lange, wie der Abräumervormann genannt wurde, vorbeikommen konnte. Wenn er rausfliegen würde, gäbe das einen fürchterlichen Krawall zuhause. Fearon wußte ja nicht, daß sein Leben zuhaus schlimmer war als bei ihm. Er sagte leise: »Komm jetzt, Mann. Ich möcht nicht den ganzen Tag hier stehen und auf dich warten. Wovor hast du denn Angst? Der verdammte Kessel beißt nicht. Der bringt dich nicht um. Um fünf Uhr marschierst du wieder raus, und alles ist in Ordnung, oder ich will nicht Jackson heißen. Tom Jackson. Wie heißt du denn eigentlich?«

»Fearon«, erwiderte der andere. »Arthur Fearon.«

Jackson lachte und sagte: »Also denn, Arthur, auf geht's. Kann nicht den ganzen Tag warten. Der verfluchte Vormann kommt jetzt jeden Augenblick. Mach zu.«

Endlich spürte er das Gewicht des anderen Jungen auf dem Rücken. Fearon stand einen Augenblick bloß da. Sein Gesicht war jetzt direkt vor dem kleinen Kesselloch. Drinnen schien es sehr heiß, die Dunkelheit war fast undurchdringlich, und er fragte: »Gibt's denn kein Licht? Da ist es dunkel drin wie die Hölle.«

»Ach Jesus! Geh erst mal rein! Wir können dann

leicht Licht machen. Mein Rücken gibt jetzt gleich nach, wenn du die ganze Zeit auf mir draufstehst. Alles in Ordnung bei dir?«

»In Ordnung«, sagte Fearon, und seine kleine Gestalt verschwand in die Dunkelheit. Mit geübter Behendigkeit folgte ihm der andere sofort. Sobald Fearon den eisernen Boden des Kessels berührte, schrie er laut.

»Hergott! Das ist ja glühendheiß. Hier brenn ich zu Tode.«

»Schnauze!« knurrte der andere. »Du stirbst schon nicht. Hast du Streichhölzer?«

Das ganze Innere des Kessels schien sich mit Dampf aus den nassen Kleidern des Jungen zu füllen. Der Gestank wurde unglaublich, und Jackson hielt sich die Nase zu, als Fearon das Streichholz anriß. Sie schauten sich mit wilden Blicken um. Dann zog Jackson eine Unschlittkerze aus der Tasche, zündete sie an und schaute umher, wo er sie in irgendeiner Nische unterbringen könnte. Es gab keine, und endlich sagte Fearon, er habe eine Streichholzschachtel in der Tasche. Nützte ihm das vielleicht was?

»Gib her«, sagte der andere. Nach ein paar Augenblicken hatten sie die Kerze angebracht. Fearon fiel sein Hammer ein, und er stieß seinen Gefährten an.

»Na, meinen kann ich dir nicht geben, oder? Warum hast du dir nicht einen geholt, wie ich dir gesagt hab?«

»Aber wo denn? Ich hab nirgendwo einen gesehen.«

»Jetzt geh mal und klau dir auf jeden Fall irgendwas, mit dem du Krach machen kannst. Findest sicher was im Heizungsraum.«

Doch Fearon schien Angst davor zu haben, aus dem Kessel hinauszugehen. Und jetzt begann Jackson ihn zu hassen. Wer war der Kerl überhaupt, dem man hier auf Schritt und Tritt helfen mußte? Außerdem glaubte er niemals, daß der schon fünfzehn war. Er dachte, der könnte vielleicht von einer Reformanstalt weggelaufen sein oder irgend so einem Ort, wo man hingeschickt wurde, wenn man nie in die Schule ging. »Wer das wohl ist«, sagte sich Jackson. »Wer den wohl hergeschickt hat. Sieht nicht so aus, als hätte er schon mal irgendwo gearbeitet. Der Schlag soll ihn treffen. Wenn ich mir das so überlege. Ich halt ihn fast 'ne Viertelstunde vor dem Kessel in die Höhe, und jetzt erwartet er, daß ich hingeh und ihm 'nen Hammer besorge. Da hat er auf den Falschen gesetzt. Ich hol keinen Hammer für den oder sonstwen. Ich muß meine eigene Strecke laufen, ich kann nicht irgendwelchen Pennern helfen, die hier ankommen und gleich genommen werden mit 'nem Zettel vom Büro oder weil sich jemand mit dem Vormann gut steht.«

Jackson war Mitglied der Gewerkschaft und haßte alle, die sich weigerten, beizutreten. In dieser Hinsicht war er ein echter Eiferer. Er wandte sich zu Fearon, der auf dem Bauch neben der Kesseltür lag. Er wußte, daß Fearon dort lag, weil er Angst hatte. Schließlich rief Jackson verzweifelt durch das Halbdunkel.

»Also, Kumpel! Was wirst du jetzt machen? Jemand muß hier klopfen, oder es gibt Ärger. Hier!« sagte er plötzlich und warf seinen eigenen Hammer Fearon fast ins Gesicht. Fearon hob ihn auf und kroch zur Kesselwand. Hier war die Wandung dick mit Salz zugekrustet. Er begann, das Salz abzuklopfen. Jackson kam zu ihm her und sagte, er würde sich selbst einen

Hammer besorgen. Fearon solle weiterhämmern, bis er, Jackson, zurückkam. »Ist gut«, sagte Fearon, und sein ganzer Körper erzitterte. Und der andere Junge, der dieses plötzliche Zittern sah, begann, ihn mehr denn je zu hassen. Er schrie ihm ärgerlich ins Ohr: »Der Teufel hol dich, Junge! Du hast Angst, loszugehen und dir einen Hammer zu besorgen, und jetzt geb ich dir meinen und geh selber los und will mir einen klauen – und da hast du nun verdammt noch mal viel zu viel Angst, um allein zu bleiben. Menschenskind, wer hat dich eigentlich hier runter geschickt? Wo wohnst du denn? Was ist dein Alter? Ein Sonntagsschullehrer? Ist mit deiner Mutter alles in Ordnung? Vielleicht weiß sie nicht mal, daß du hier drunten bist? Ach Herrgott nochmal, vergießt du jetzt welche?« Denn Fearon hatte zu weinen begonnen. Er versuchte, aufzustehen, konnte es aber nicht. Es war ihm schlecht. Die Hitze, der Gestank, der Dreck und die ganze entsetzliche Situation ekelten ihn an, und er wollte laut hinausschreien: »Bring mich fort hier! Bring mich fort! Ich will nie wieder hierher.«

Etwas rührte Jackson. Er war noch nie im Leben so bewegt gewesen. Er beugte sich hinunter, legte dem anderen die Hand auf den Rücken und sagte: »Ich weiß auch nicht. Ich blick da nicht durch. Du hättest gar nicht hier runter kommen sollen. Ich sag dir was. Morgen gehst du nach unten zu Mr. Sloan. Das ist der Glüher. Ich bin sicher, du könntest eine Stelle bei den Nietern kriegen. Ja, da bin ich sicher. Komm, mach dir nichts draus. Bald ist es fünf. Hier, gib den Hammer her. Du gehst jetzt rüber in die Ecke ganz hinten, wo dich niemand sehen kann, und ich klopf, soviel's braucht. Jedenfalls für den Rest vom Nachmittag.«

Fearon kroch in die entfernteste Ecke und streckte sich aus. In zwei Minuten war er eingeschlafen. Plötzlich hörte das Klopfen aus den benachbarten Kesseln auf. Jackson lauschte angespannt. Dann hörte er vier deutliche Schläge auf dem nächsten Kessel. Das war ein Signal. Er entschied sofort, daß er nichts mit der Abmachung zu tun haben wollte, von der er an diesem Mittag im Kakaohaus hatte reden hören. Er beschloß, den Kessel zu verlassen und sich irgendwo zu verbergen, bis die Zeremonie vorbei war. Denn die Abräumertruppe hatte beschlossen, Fearon zu initiieren. Jackson lauschte wieder. Er war sicher, daß Fearon fest schlief. Langsam kroch er über den heißen Boden der übelriechenden Metallhöhlung, bis er das Ausgangsloch erreichte. Jetzt zeigte ihm ein schwaches Licht, daß eine der Sturmlampen angezündet worden war und auf dem Boden beim Kessel gegenüber stand. Schon konnte er die Stimmen der anderen Jungen hören und wußte, daß sechs davon ihre Kessel verließen und sich zu der Stelle begaben, wo die Lampe brannte. Er wollte sich hinter seinem eigenen Kessel verstecken, bis es vorbei war. Er befürchtete, man könne ihn sehen. Dann würde er auch zu Boden geworfen werden. Es gelang ihm, sich hinauszuarbeiten, und er sprang auf den Boden hinab. Langsam kroch er um den Kessel herum. Dann setzte er sich auf dem eisernen Deck nieder und wartete. Und während er wartete, lauschte er angespannt. Er war sicher, daß die Stimme, die er jetzt hörte, einem Burschen namens Davies gehörte. Dann, als man die Stimme rufen hörte: »Kennt ihr Shacklady?«, wußte Jackson, daß es Davies war. Er saß still.

»Shacklady? Klar kenn ich den«, antwortete einer der Jungen.

»Kennt ihr Fearon?«

»Der Neue. Klar, den kennen wir alle. Der ist doch heute morgen ausgewählt worden? Das erste Mal, daß er beim Treff war, da möchte ich wetten. Hat ausgesehen, als ob seine Mutti ihn angezogen hat, eh er hierher ist. Scheiße, haben doch alle über ihn geredet.«

Jackson erinnerte sich mit einem Mal an den Vorfall. Es waren viele Jungen beim Treff gewesen heute morgen. Als der Vormann Fearon genommen hatte, gab es Gekicher und Gemurmel und ärgerliches Gefluche unter den anderen.

»Ja, also, was ist mit dem?« hörte er einen anderen Jungen sagen.

Davies lachte.

»Na, den weihen wir mal heute nachmittag ein.«

»Ja!« Dies im Chor, aber nicht laut genug, daß es jemand im Maschinenraum hätte hören können.

»Alles klar«, sagte Davies.

Jackson wußte, daß sie jetzt an dem Kessel standen, wo Fearon schlief.

»Ach, Krampf«, rief einer von ihnen aus. »Wir müssen ja da rein, wenn wir was machen wollen.«

»Fünfe können da nicht rein, du Schwachkopf«, sagte ein anderer der Jungen. »Wir müssen ihn rausbringen. Wer geht freiwillig und schnappt ihn sich und holt ihn?«

»Ich mach's«, sagte einer.

»Ich auch«, sagte ein anderer.

»Wartet!« sagte Davies. »Können nicht alle da rein.« Dann fügte er plötzlich hinzu: »Paßt hier auf! Ich fisch mir selber den Penner da raus.«

Er war schon drinnen im Kessel, ehe die anderen Jungen Zeit gehabt hätten, auf zehn zu zählen. Davies war sechzehn und war schon fast drei Jahre Abräumer. Er war es gewohnt, durch Einstiegslöcher zu klettern, ebenso wie Bilgen leerzulenzen und andere Drecksarbeiten zu übernehmen, für welche die verschiedenen Reedereien immer Jungen suchten. Die Sterblichkeitsrate unter diesen Unratsklaven der Zivilisation wurde nie von irgendeiner der Firmen zum Gegenstand einer Untersuchung gemacht, obwohl zuweilen ein Junge in einem Kessel der Hitze erlag oder erstickte, oder in dem stinkenden Wasser im Schiffskiel ertrank. In solchen Fällen veranstaltete man eine Sammlung für die Eltern, und einmal zahlte eine der Firmen sogar der Mutter eines Jungen eine Entschädigung. Die Gewerkschaft, mittlerweile im Bündnis mit den Reedern, konnte sich kaum zum Sprachrohr der gewöhnlichen Bedürfnisse und Wünsche der Jungen machen. Diese Jungen blieben ihr ganzes Leben lang Jungen, für immer. Sie nahmen eine schwarze Markierung auf der Stirn hin, auch die Augenhöhlen wurden schwarz, ihre Hände glichen nicht denen von Kindern – was viele von ihnen waren – sondern denen von Landarbeitern. Unter den Jungen gab es eine Redensart: »Einmal Abräumer, immer Abräumer.« Davies war überall in den Docks bekannt. Er war ein Junge, der schon wie ein Erwachsener dachte. Es lag etwas Gemeines in seiner Natur, das seinem Lebensberuf ganz und gar angemessen schien. Und wenn man seine kleinen, eng beisammenstehenden Augen sah, begriff man gleich das Wesen dieses Jungen. Alle andren Jungen im Dock fürchteten ihn. Er war in der Gegend als tyrannischer Schläger bekannt, brutal, schmutzig, ja viehisch.

Die wartenden Jungen sahen nun einen Kopf hervorkommen. Es war Fearon. Zwei Paar Hände schossen vorwärts und ergriffen die Schultern des Jungen. Langsam zogen sie seinen Leib heraus und legten ihn auf den Boden. Er gab keinen Laut von sich. Sie dachten, er sei auf natürliche Weise schläfrig von der Hitze, doch tatsächlich war Fearon in einer Art Koma. Davies kam herausgekrochen und glitt geräuschlos zu Boden.

»Hier lang«, flüsterte er den anderen zu.

Sie zogen sich alle hinter den Kessel Nummer vier zurück. Einer trug die Sturmlampe. Die Szene war wie aus Dantes Inferno.

Die ganze Zeit hatte Jackson dagesessen wie eine Statue und keinen Laut getan. Er bedauerte nun nachgerade, daß er den Kessel verlassen hatte. Wenn nun jemand kam? Wenn einer von den Technikern hier durchkam und entdeckte, was vor sich ging? Er hatte das Gefühl, daß es die einzig sichere Lösung wäre, wenn er wieder in seinen eigenen Kessel ging und erneut mit der Arbeit anfing. Wenn kein Geräusch hörbar war, dann würden sich die Leute in der Nachbarschaft der Kessel, die ja wußten, daß eine Abräumtruppe hier bei der Arbeit war, über die plötzliche und anhaltende Stille wundern. Jackson kam auf die Füße und ging lautlos zu seinem Kessel. Er kletterte hinauf, zwängte sich hinein und kroch auf dem Bauch voran, bis er den Hammer erreichte, den Fearon liegengelassen hatte. Er hob ihn auf und behielt ihn für alle Fälle in der Hand. Er war jetzt in Sicherheit. Wenn er jemanden kommen hörte, würde er sofort beginnen, Lärm zu machen, und damit alles Mißtrauen zerstreuen, was sich hier wohl ereignen mochte. Indem er sich selbst absicherte, schuf er auch Sicherheit für die anderen, obwohl er das nicht bedachte. Er dachte nur an sich selbst. Die konnten mit dem Neuen anstellen, was sie wollten. Er hatte nichts damit zu tun. Er nahm daran nicht teil. Er haßte Davies, und der ältere Junge wußte das. Sie hatten sich ein-, zweimal auf der Straße vor den Docks wegen derartiger Geschichten geprügelt, und Davies war immer siegreich gewesen. Trotzdem hatte Jackson keine Angst. Er hatte Mut, und obwohl er erst fünfzehn war, konnte er sich hinstellen wie ein Mann. Es machte ihn zu einem geachteten Mitglied der Truppe. Sie konnten sich darauf verlassen, daß er bei allen denkbaren Streitereien ihre Sache vertrat.

Inzwischen waren die anderen Jungen, nachdem sie sich Fearons bemächtigt hatten, ins Dunkel zurückgezogen und hatten einen als Posten aufgestellt, der melden sollte, wenn der Vormann kam – der im allgemeinen jede Stunde vorbeischaute, um nachzusehen, ob bei der Arbeit irgendwie gefaulenzt wurde. Wenn er einen Jungen erwischte, der nichts tat, wurde dieser meist am selben Abend rausgeschmissen und bekam nie wieder Arbeit am Treff. Jackson, der sich nun gegen das Einstiegloch lehnte, konnte die anderen reden hören. Er empfand den starken Wunsch, sich zu ihnen zu gesellen, nur um zu sehen, wie der Neue seine Medizin schlucken würde. Er war noch nie von etwas so überrascht gewesen. Fearon war ein merkwürdiger Bursche, dachte er. Er hörte eine Stimme sagen: »Tut, als ob er schläft, der Penner. Kein Wunder, haben sie ihn mit Jackson in den Kessel geschickt. Die wußten, mit wem sie ihn da losziehen lassen.«

Jackson spitzte sogleich die Ohren, als er seinen Namen genannt hörte. Er kroch aus dem Kessel und ging außen herum, bis er einen Punkt erreicht hatte, von dem aus er den ganzen Vorgang sehen konnte, ohne gesehen zu werden. Er war selbst wie alle neuen Jungen durch diese Mühle gegangen, doch wie er nun nach vorn blickte, war ihm, als hätte er gewiß so etwas noch nie im Leben gesehen. Die fünf Jungen standen um Fearon herum, dem sie die Füße mit einem Stück Seil zusammengebunden hatten. Jacke, Unterhemd und Hose hatte man ihm ausgezogen. Zu seinen Füßen lag, was er nicht sehen konnte, eine Kruke Schieferöl. Einer der Jungen befingerte eine weiße Tüte, die eine Art Pulver enthielt, das aussah wie gemahlener Kalk. Alle grinsten sie auf den neuen Jungen hinunter. Nun schlug er die Augen auf, und der Anführer der Truppe sagte sofort: »Na, Jungs, endlich ist er aufgewacht. Jetzt können wir loslegen.«

Die Jungen kamen näher, was den Kreis enger zog, und Jackson hatte nun Mühe, zu sehen, was geschah. Er war es schließlich zufrieden, zwischen Hughes' Beinen hindurchzuschauen. Hughes war siebzehn und bekannt als »der Buckel«.

»Sind wir soweit?« fragte er plötzlich, und ebenso plötzlich entstand ein kleiner Aufruhr. Der Posten hatte mit einem Mal von seinem Ende des Kessels herübergeflüstert: »Vormann! Lampen!«

Dann Schweigen und wieder die alte Ordnung, denn ebenso rasch hatte der Junge dann geflüstert: »Gut! Vormann weg, die Luft ist rein. Weiter gut aufpassen.«

Jackson kauerte sich in eine eigenartige Position. Dann sagte Hughes: »Also! Wir fangen jetzt an. Wo ist der Gefangene, meine Herren?«

»Hier!« sagten die anderen im Chor, wenn auch

all dies in einem Flüsterton geschah, der nicht weiter trug als bis zu dem Kessel, wo sie standen. Plötzlich fragte einer der Jungen: »Wer ist in eins und zwei?«

»Laß den nur«, antwortete der Anführer. »Ist nur einer für die beiden Kessel geschickt worden. Was soll's? Die anderen warten. Also, mein gottverdammter Mr. Fearon, Sie werden jetzt gleich in den Orden der Abräumer und Drecklenzer eingeweiht. Klar?«

Es gab einen plötzlichen Schrei, wieder einen allgemeinen Aufruhr, und alle Jungen waren im Nu zu ihren Kesseln zurückgerannt, aus denen einen Augenblick später ein Dauerbeschuß von Hammerschlägen erklang. Der Junge in Fearons Kessel kroch weiter hinein denn je und ließ eine Speichelspur auf dem heißen Boden zurück. Die Hitze war zum Ersticken. Eine plötzliche Stille. Dann vier kurze Schläge. Jackson arbeitete sich wieder zum Einstieg hin und schob den Kopf hinaus. Kein Laut. Dann hörte man vom Kessel Nummer fünf nochmals vier Schläge. »Da läuft irgendwas«, sagte Jackson halblaut und zog sich wieder in den Kessel zurück. Doch jemand hatte ihn gehört. Es war Hughes. Er stand direkt unter dem Kessel, in dem Jackson lag. Wie er dorthin gekommen war, begriff Jackson nicht, und er hörte Hughes sagen: »Natürlich läuft da was, du Blödmann. Hast du's nicht gewußt? Wir weihen jetzt den neuen Burschen ein. Kommst du auch raus?«

»Nein«, sagte Jackson und verschwand wieder.

Ein Junge kam zu Hughes herüber.

»Hallo«, sagte er.

»Hallo!« antwortete der andere. »Alles bereit jetzt. Können nicht den ganzen Tag lang hier rumhängen.«

Der Neuankömmling, der eine Hasenscharte hatte,

sagte: »Hier lang.« Sie stellten sich wieder als Gruppe auf. Jetzt band Hughes Fearons Hände. Plötzlich begann der Junge, mit den Beinen zu zappeln, er versuchte, sich zu befreien. Er begriff nicht, was ihm bevorstand. Er erinnerte sich, daß er gezittert hatte, als er in den Kessel gekommen war. Dann war es ihm von der Hitze schlecht geworden. Endlich war er eingeschlafen. Was machten die anderen hier? Warum war er nicht an der Arbeit in seinem Kessel mit Jackson? Er schien verwirrt. Er hörte den größten der Jungen sagen: »Na, wann fängt die Nummer an?«

»Hab's doch nicht so verflucht eilig, Kumpel.«

Und der mit der Hasenscharte sagte: »Liegst gleich selber auf dem Rücken, wenn du nicht das Maul hältst.« Eine Anweisung, die der Junge prompt befolgte.

»Jetzt«, begann Hughes, »beginnen wir mit der Einweihung eines neuen Mitglieds in den Altehrwürdigen Orden der Wohlanständigen Abräumer und Drecklenzer, Name: Arthur Fearon. Alter: fünfzehn. Fearon, beantworte alle Fragen, die man dir stellt.«

Hughes beugte sich hinunter über den Jungen auf dem Deck, und der Kreis war plötzlich ein Halbkreis geworden. All die anderen knieten nun mit dem Gesicht zu Hughes.

»Hat man dir schon mal in einem Kessel die Hosen ausgezogen?«

»Laßt mich los!« sagte Fearon. Er wollte auf der Stelle losschreien, aber es lag etwas in der Luft dieses Ortes, das ihm Angst machte. Auch war er vernünftig genug, um zu wissen: Je rascher er die Fragen beantwortete, desto besser für ihn. Er fürchtete sich nicht so sehr vor den Schmerzen, die man ihm antun mochte, als vor dem Gedanken, daß sie später alle entlassen werden könnten. Er konnte nicht wagen, nach Hause zu gehen und zu sagen, man habe ihn entlassen. Er wußte, sein Vater würde ihn umbringen. So beschloß er, die Fragen zu beantworten, so gut er konnte. Er sagte: »Nein.« Die anderen Jungen lachten hierauf.

»Nächste Frage«, sagte die Hasenscharte. »Hast du schon einmal gesehen, wie deine Schwester sich im Bad gewaschen hat?«

Diese Frage ließ Fearon lachen, denn sie hatten kein Bad, und er hatte keine Schwester. Hughes schaute böse drein und stieß ihn mit dem Stiefel an, als er sagte: »Also?«

»Nein.«

»Der kleine Lügner«, sagte einer der Jungen.

»Halt du dein Maul«, sagte der Hasenschartige, und Hughes wandte seine Aufmerksamkeit wieder dem Jungen zu, der auf dem Boden lag.

»Hast du mal deine Mutter gesehen, wenn's ihr da nicht so gut ging?«

»Nein«, antwortete Fearon.

»Hast du schon mal Eier gesehen?«

»Hunderte«, erwiderte Fearon prompt.

»Die Eier meine ich nicht«, sagte der mit der Hasenscharte, als Hughes ihn mit dem nächsten Satz unterbrach: »Arthur Fearon. Steh auf.«

Dann fiel ihm ein, daß der Junge noch gefesselt war. Blitzschnell hatten sie seine Arme und Füße befreit. Der Junge stolperte hoch. Hughes führte ihn ans Ende der Reihe und sagte: »Jeder, an dem du vorbeikommst, erwartet, daß du dich verbeugst.«

Fearon lachte. Das plötzliche Lachen machte Hughes zornig, denn er warf Fearon, der schwer hinschlug, auf den Rücken, und sagte leise: »Jetzt!«

Sofort rissen sie ihm die Schuhe ab. Dann bedeckten sie seinen Körper mit dem Schieferöl und streuten die juckige Baumwolle über ihn aus. Danach stellten sie sich auf, zwei links, drei rechts, und ihre Strahlen kreuzten sich.

»Er ist blöd«, sprachen sie im Chor, »er ist manoli. Er ist ein kleines Arschloch. Das ist er! Das ist er! Ha, ha, ha!«

Fearons Gesicht war gerötet, und er fragte sich, wann das Ende kommen würde. Es kam in Form eines Rufs: »Lampen!«

Fearon lag auf dem Boden des Kessels, während Jackson etwas in sein Ohr sprach. Er konnte sich nicht erinnern, wie er hier hereingekommen war. Er schnappte nach Luft wie ein Fisch. Dann schien es, als ersticke er, und Jackson bekam große Angst um ihn.

»Was ist denn? Sie haben dich das verdammte Zeug doch nicht schlucken lassen, oder? Das haben sie bei mir gemacht. In ein, zwei Minuten bist du wieder in Ordnung. Bald machen wir Schluß. Fast schon halb fünf. Als sie dich in der Mangel hatten, bin ich in den Heizraum, wo die Messinguhr ist. Was hast du für einen Heimweg?«

Fearon antwortete nicht. Er konnte es nicht. Sein Herz war voll. Sein Hirn schien zu brennen. Er wußte, er würde diese Art Arbeit nicht durchstehen, und er war entschlossen, nie mehr in das Dock zu gehen. Er haßte seine Eltern jetzt. Mehr denn je haßte er sie. Fearon dachte nach. »Nein. Sie haben's mich nicht schlucken lassen. Aber sie haben mich zu was anderem gebracht.«

Sein einziger Wunsch war, von diesem Ort zu fliehen und nie mehr den Fuß in einen Kessel zu setzen. Er fing mit langsamer, schleppender Stimme an: »Jackson! Ist das Nieten 'ne gute Arbeit?«

»Klar doch. Ich war mal einen Monat lang Glühbursche, dann hab ich Nieten angebracht.«

»Ach! Ich würde lieber das mal versuchen als hier weitermachen. Das hier ist furchtbar.«

Er stellte sich vor, wie es wäre, wenn er möglicherweise zu den Nietern käme. Das war gewiß etwas Interessanteres, als dreckiges Salz aus einem Kessel zu kratzen und in der Bilge bis zu den Knien im Schleim zu waten. Er hatte einmal seinem Vater das Essen gebracht, als der auf einem Öltanker im Canada-Dock gearbeitet hatte. Schon damals hatte es den Jungen interessiert, zuzusehen, wie die Männer die Nieten in das Schiff trieben. Er stand lange Zeit da und schaute dem Jungen am Glühfeuer zu. Er beobachtete, wie der Blasebalg betätigt wurde, bis die Weißglut anzeigte, daß die Niete bereit war für den Anbringer. Von all den Dingen, die er auf dem Schiff gesehen hatte, schien dies die erste Arbeit, die für ihn einen deutlichen Zweck oder Plan hatte. Das wurde ihm mehr denn je klar, als er bei einer anderen Gelegenheit einem Former in der Gießerei der Firma zuschaute, die dem Canada-Graving-Dock direkt gegenüberlag. Man arbeitete an einer Welle für ein großes Passagierschiff. Fearon kannte den Former, weil der ein Freund von seinem Vater war. Der Vormann hatte ihn in die Werkstatt gelassen, der war auch ein Freund und ein alter Schiffskamerad von Mr. Fearon. Mit diesem Former erblickte Fearon zum ersten Mal in seinem Leben einen schöpferisch Arbeitenden. Einen Mann, der seine Arbeit tat. Einen Mann, der etwas mit seinen Händen erschuf und mit seinen vielen pochenden

Gedanken. Einen Former. Er stand vor der furchtbaren Hitze des Feuers und dachte Dinge.

Wenn man sich das vorstellte! All die Nieten, die dieser Junge schon erhitzt haben mußte. Hunderte und Aberhunderte. Tausende. Und der Junge hatte eine jede weißglühend an den Anbringer weitergegeben. Hatte die schweren Schläge des Hammers gehört, der, über Deck geschwungen, die Nieten an ihre Stelle trieb. So viele Nieten, erhitzt und an ihre Stelle gehämmert. Er sagte sich, daß der Glühbursche am Ende seiner Tagesarbeit singend übers Deck laufen und rufen könnte: »Schaut euch die ganzen Nieten an. Die hab ich aufgehitzt.«

Wie er nun auf dem Bauch im Kessel lag, dachte der Junge über diese Dinge nach. Wonach er sich in Wahrheit sehnte, war es, etwas zu tun, das er gerne mochte, und es so gut zu machen, daß er am Ende sagen konnte: »Seht ihr das! Meins. Das hab ich gemacht. Ich hab das getan. Mit meinen Händen.«

Durch das Tun seiner Hände würde er der Stärke eines Schiffs etwas hinzufügen. Einer zweckgerichteten Stärke. Deren Zweck man nicht fühlen oder erfahren oder erkennen konnte, nur sich vorstellen. Nur durch Zeit und Erfahrung würde dieser Zweck seinen inneren Reichtum enthüllen. Denn das Schiff, das durch die bekannten und unbekannten Wasserwüsten pflügte, verließ sich auf die Nieten, die der Junge erhitzt hatte. Verließ sich auf die Sicherheit, mit welcher der Anbringer und der Hammerschlagmann sie befestigt hatten. Fearons Bewußtsein hatte noch nicht den Grad erreicht, wo die kleinste Idee im Geiste eine Ausweitung erfährt, wo die Vision hinter der Idee hervortritt. Er begriff nur, daß ebenso schnell, wie die

Nieten erhitzt wurden, ein Junge mit ihnen losrannte, der sie mit sicherem, aber leichtem Griff zwischen den Backen einer langen Zange hielt. Und daß der Anbringer sie schnell, als wäre die Zeit selbst aus Gold, aus der Zange riß. Daß in einem Augenblick die Niete festgehämmert worden war, ein Teil des Schiffs.

Diese Gedanken fuhren durch Fearons Geist, während er sich die ganze Zeit schwach der Gegenwart des anderen Jungen bewußt war. Wußte, daß dessen Denken sich mit der Uhr und der Stunde befaßte. Auch er selbst würde froh sein, wenn die Sirene zum Schlußmachen ertönte. Die Sirene würde bedeuten, daß man sich eine Zeitlang vom Schmutz und Lärm verabschieden konnte, von der Hitze und Kälte, von der ganzen Dreckigkeit. Fearon zitterte jedesmal, wenn er an die Arbeit heute Morgen in der Bilge dachte. Er versuchte, an den Freitag zu denken, was Lohn bedeutete und etwas Geld für ihn selbst. Schluß mit der Arbeit für ein ganzes Wochenende. Aber der Freitag schien Jahrhunderte entfernt. Er verbannte die Idee aus seinen Gedanken. Jackson mußte ihn schütteln, ehe er begriff, daß die Stunde geschlagen hatte. Er war wie eine große tote Ratte. Er konnte sich kaum auf den Füßen halten, als er aus dem Kessel herausgestiegen war. Der andere Junge nahm seinen Arm und half ihm durch den Heizraum. Er trug Fearon halb die Maschinenraumleiter hinauf. Jackson, der unter seinem Schmutz lächelte, rief aufgeregt: »Herrgott nochmal! Das ist der längste Tag, den ich je in einem Schiffskessel verbracht hab. Ich wette, du bist auch froh, daß du wieder rauskommst. Mach dir keine Sorgen, Kumpel. Mach, was ich dir gesagt hab. Versuch, in eine Nietertruppe reinzukommen. Wird auch gut bezahlt. Da wären wir.«

Sie kamen beim Steg heraus, gingen den entlang und gaben ihre Nummern bei dem Mann oben an der Gangway ab. Fearon fiel fast ins Dock, als er die Gangway hinunterging. Ein Dockpolizist, der am Fuß der Gangway stand, glaubte, der Junge sei erkrankt, und rannte halb auf ihn zu, um ihn in seinen Armen aufzufangen. Jackson sagte, es sei schon gut. Der habe im Kessel Kopfschmerzen bekommen. Er würde ihn nach Hause bringen. Er wisse, wo er wohne. Der Polizist sagte: »Verdammt noch eins, der stinkt nicht schlecht. Also gut, mein Junge. Bring ihn weg nach Hause.«

Halbwegs die Raleigh Street hoch blieb Fearon stehen und sagte zu seinem Gefährten: »Is' schon gut, Kumpel. Danke. Ich komm jetzt gut nach Hause. Wiedersehen.«

»Wiedersehen, Fearon, Junge«, antwortete Jackson und war schon bald von der Dunkelheit verschluckt.

Den ganzen Weg nach Hause weinte Fearon. Er murmelte in einem fort: »Ich kann's nicht. Ich kann's nicht. Nein. Es hat keinen Zweck. Ich kann es nicht. O Gott, wenn sie mich wieder in die Schule gelassen hätten. Mensch, das muß toll sein, wenn man einen Lehrer zum Vater hat.«

Als er zuhause ankam, saß sein Vater am Tisch und wartete auf ihn. Er lächelte und sagte: »Na! Wie geht's so? Wie ist's gewesen?«

Fearon setzte sich auf seinen gewohnten Platz und sagte: »Hab's satt.«

»Was!« – und selbst Mrs. Fearon drehte sich von ihrer Näharbeit herum, als sie ihren Mann schreien hörte.

»Hab's satt«, sagte Fearon noch einmal. »Ich bin

ganz durchnäßt. Ich bin voller Dreck von oben bis unten. Meine Haut ist völlig versengt. Mein Kopf dröhnt. O Mutter! Es ist schrecklich, schrecklich!«

Er brach in Tränen aus.

»Fängst du wieder an, verdammter Bastard«, sagte der Vater, der vom Stuhl aufgestanden war und zu seinem Sohn hinüberging. »Was ist denn jetzt los?«

»Hab's satt«, sagte Fearon, und es lag vollkommene Müdigkeit und Traurigkeit in seiner Stimme. Wie er dies sagte, hob er die Hände an den Kopf, um den Schlag abzuwehren, den sein Vater ihm versetzte.

»Dad!« kreischte er. »Dad! Bring mich um. Ich geh nicht zurück. Ich tu's nicht. Ich geh nicht zurück, Mutter! Laßt mich irgendwo anders hin, irgendwohin. O Dad, Dad, Dad, Dad!«

Er spürte, wie ihn die Arme seines Vaters packten, in die Luft hoben und plötzlich wieder hinwarfen. Er kam mit dem Hinterkopf auf und lag still.

»Du Schwein! Immer gleich so aufgeregt!« brüllte seine Frau. »Irgendwann zahlst du noch mal für deine verdammte Wut.« Sie ging hin zu ihrem Sohn und beugte sich über ihn. Er war sehr bleich. Er seufzte.

»Arthur!« murmelte sie, »Arthur«, und streichelte mit ihrer großen rauhen Hand seinen Haarschopf.

»Laß ihn in Ruh«, sagte ihr Mann. »Dem fehlt nichts. Der kommt drüber weg, mach dir da keine Sorgen. Der tut bloß so, das ist alles. Ich hab's jetzt gottverdammt noch mal selber satt mit ihm. Jetzt haut er schon zum zweiten Mal eine Stelle hin, nach all der Mühe, die ich mir gegeben hab für ihn. Eitler eingebildeter kleiner Bastard. Will Lehrer werden, klar, drunter tun wir's nicht. Viele Jungs wären heilfroh über die Arbeit, wo er heute morgen hin ist. Und die ganze Plackerei, bis ich's ihm verschafft hab.«

»Du warst selber nicht viel besser, früher mal«, sagte seine Frau.

Mr. Fearon lachte. »Wenigstens war ich ein Mann«, sagte er. »Eh ich fünfzehn war, hab ich schon angeheuert und hab das Kap umsegelt. Gotteswillen! Heutzutage soll man die Kinder in Watte packen, da gibt's jetzt nix anderes mehr. Der bringt mich ans Kotzen! Ans Kotzen bringt der mich! Jedenfalls mach ich jetzt Schluß mit ihm. Mit dem hab ich nichts mehr zu tun. Ich will ihn nicht mehr sehen, fort mit ihm. Ich laß ihn nicht mehr hier ins Haus.« Er schaute auf seine Uhr. »Also, ich geh ins Bett. Gut Nacht. Jesus! Das muß man sich mal vorstellen. Schmeißt einfach seine Arbeit hin, der verdammte Bengel. Und ich muß weitermachen. Bett. Arbeit. Arbeit. Bett!«

Die Frau wartete ab, bis er die Treppe hochgegangen war. Dann ging sie zu ihrem Sohn hin.

»Arthur!« rief sie aus. »Arthur, bist du verletzt, Sohn? O Gott! Dein Vater wird noch mal gehängt wegen seiner Wut.« Sie schüttelte den Jungen. Seine Augen gingen auf.

»Mutter, gibst du mir einen Schluck Wasser und läßt mich ins Bett?«

Sofort hob sie ihn mit ihren starken Armen hoch und trug ihn zu dem alten Lehnstuhl am Feuer. Sie schob ihn hinein und rannte dann in die Küche nach einer Tasse Wasser. Er trank gierig, während sie sein Haar mit ihren zitternden Händen streichelte.

»Arthur! Arthur!« sagte sie ein ums andere Mal.

Der Junge blieb still. Er sah seine Mutter jetzt nicht an. Er hatte seinen Kopf gedreht und sah zum Fenster hinüber, als befürchte er jeden Augenblick, daß jemand durch die Fensteröffnung hindurch in die Küche springen könnte.

»Arthur, Sohn!« rief sie. »Wo starrst du hin? Sag's mir!«

»Nix«, erwiderte er. Es war unmöglich, den wechselnden Ausdruck auf seinem Gesicht wahrzunehmen. Plötzlich sagte er zu seiner Mutter: »Ich hab die Arbeit da über. Hab sie über.«

»Was meinst du damit, Arthur?« fragte die Mutter.

»Ich hab's satt«, antwortete er. »Satt! Satt!«

Mrs. Fearon seufzte. »Nun ja ... Aber hör mal, Arthur, was gibt es denn für eine andere Arbeit, wo du hin könntest? Und die Bezahlung ist gut. Viele Jungen wären heilfroh. Natürlich sag ich dir nicht, daß du dortbleiben sollst. Ich hab nichts damit zu tun gehabt. Ehrlich nicht. Aber die Zeiten sind schlecht, und ich denk mir, jeder Junge sollte froh sein, wenn er für seine Eltern arbeiten kann. Ich hab viel Mühe gehabt, dich großzuziehen, Arthur. Du warst nie kräftig.«

»Ich geh da nicht mehr hin«, sagte der Junge. »Vater kann tun und sagen, was er will, aber zu der Arbeit geh ich nicht mehr zurück.«

»Was willst du denn dann machen?« fragte Mrs. Fearon.

»Ich geh zur See«, antwortete er, worauf die Mutter gleich sagte: »Zur See! Davon mag dein Vater nichts hören. Er will nicht, daß eins von seinen Kindern denselben Fehler macht wie er. Wart nur, was er da sagt.«

»Weshalb redet er dann immer davon, was er alles gebracht hat, als er jung war?«

Die Mutter lachte. »Dein Vater war immer ein wenig ein Aufschneider und ist's noch. Ach, die Männer, die mit ihm arbeiten, die machen immer ihre Witze über ihn.«

»Und wird er mich daran hindern, zur See zu gehen?«

Der Junge schaute seine Mutter an, die seinen prüfenden Blick erwiderte, als wäge sie ihre Antwort sorgfältig ab.

»Woher soll ich's wissen, Sohn? Wenn du zur See fahren willst, dann tu's. Ich halt dich nicht auf. Ich glaub so oder so nicht, daß du ein Schiff findest, weil zu viele Männer gerade arbeitslos sind.«

Langsam kehrte die Farbe ins Gesicht des Jungen zurück. Er stand auf und warf die Arme um den Hals seiner Mutter.

»Mutter!« rief er. »Ich will auf See! Ich will wirklich fort.«

»Warum?« fragte sie und hob ihre Lippen an seinen Mund. Er küßte sie und antwortete: »Ich will gehen, damit ich euch helfe. Deshalb. Und der andere Grund ist, daß ich die Arbeit dort jetzt hasse. Ich hasse sie. Hasse sie. Hasse sie. Sie ist dreckig, und die Burschen dort sind so dreckig wie die Arbeit. Äääh! Heute in der Bilge ...«

»Gotteswillen, Arthur«, sagte die Mutter, »glaub nicht, daß ich was damit zu tun gehabt habe, dich da runterzuschicken zu diesen Schuften. Ach, ich weiß genug von denen, ich hab da Sachen gehört! Nicht erst heute, schon seit Jahren. Ich mach deinen Vater dafür verantwortlich und sonst niemand.«

Fearon sah sie genau an und fragte: »Dich selber nicht?«

Im Gesicht der Mutter stand Überraschung geschrieben.

»Mich nicht! Bei Gott nicht!«

»Aber du warst die erste, die wollte, daß ich von der Schule wegkomme. Ich hab zwei Chancen auf ein Stipendium ruiniert bekommen, von dir oder von Dad. Ich wollte immer Lehrer werden. Schau dir an, was die für gutes Geld verdienen. Ein guter Beruf. Ich wollte nicht von der Schule abgehen. Warum hast du mich da weggenommen? Ich will's wissen. Jetzt!«

Großes Erstaunen malte sich auf dem Gesicht der Mutter. Sie hatte niemals einen derartigen Ausbruch erwartet. Doch war sie sich nur allzusehr dessen bewußt, daß sie den Abgang von der Schule mit durchgesetzt hatte.

Die Notwendigkeit dieser Handlungsweise war ihre einzige Verteidigung. Sie nahm sein Gesicht in ihre beiden Hände.

»Sohn«, sagte sie. »ich hab dich wegholen müssen. Ich dachte, du hättest es mittlerweile begriffen. Muß dir doch ganz klar sein, daß es schlecht steht um uns. Viele andere Jungen haben dasselbe machen müssen. Es war nicht anders möglich. Das Geld von deinem Vater reicht da nicht weit, Arthur. Und außerdem werden sie ihn bald wieder raussetzen.« Sie hielt inne, um Atem zu schöpfen.

»Und all die anderen Jungen, von denen du sprichst«, sagte der Junge, »wollten die denn weg von der Schule? Ist das fair, Mutter?«

»Arthur«, sagte die Mutter. »Eins hat das Dock dir wenigstens gebracht. Du denkst wie ein Alter.«

Ein Schweigen entstand zwischen ihnen. Nachdem sie erwogen hatte, was ihr Sohn sagte, hatte sie irgendwie das Gefühl, daß ihr Mann recht hatte: Die Jungen heutzutage waren aus Zucker, die waren arbeitsscheu, schämten sich, sich schmutzig zu machen. Je länger sie darüber nachdachte, desto klarer wurde ihr, daß es niemandem vorzuwerfen war, daß der Junge von der Schule abgehen mußte. Er war ja auch nicht anders als andere Jungen. Tausende andere Jungen. Sie drehte sich plötzlich zu ihm hin.

»Also, ich will da nichts damit zu tun haben. Wenn dein Vater reinkommt, mußt du gleich mit ihm reden. Ich habe gar nichts damit zu tun.«

Ein plötzlicher Zorn erfüllte das Herz des Jungen. Seine Antwort war wie ein Pistolenschuß: »Mein Geld, das nimmst du aber gern. Oder etwa nicht?« Und dann sah er, daß diese Bemerkung seine Mutter gekränkt hatte. Er schämte sich plötzlich.

»Na ja, Mutter. Mach dir keine Sorgen. Ist alles in Ordnung. Ich will ja auf See. Ich will Geld für euch verdienen. Ich weiß schon, wie es uns geht. Jeder Junge weiß das, der ins Dock gehen muß zur Arbeit. Glaubst du mir nicht, Mutter?« fragte er, und seine Stimme klang bittend.

»Natürlich tu ich das«, sagte sie. »Sprich mit deinem Dad. Wenn ich besser dastünde, hätt ich dich nie von der Schule genommen. Wenn's allen Müttern besser ginge, könnten sie ihren Kindern auch erlauben, sich die Arbeit auszusuchen, die ihnen am besten gefällt.«

»Ich gehe jetzt raus«, sagte er.

Die Mutter gab keine Antwort. Sie regte sich nicht von dem Fleck weg, wo sie saß. Die Tür schloß sich krachend. Sie stand auf und ging zum Hintereingang und schaute dort eine Weile die Gasse auf und ab, ob sie nicht mit irgendeiner Nachbarin für ein Stündchen die Eintönigkeit ihres Lebens verscheuchen könnte.

Mr. Fearon war mittlerweile aufgestanden und in die Küche gekommen. Sobald seine Frau den Kopf hereinstreckte, fragte er: »Wo ist Arthur?«

»Er ist rausgegangen«, sagte sie. Der Gatte grinste sie an.

»Hier kommt er nicht wieder rein«, sagte Mr. Fearon. »Schmeißt die gottverdammte Stelle hin, einfach so, nach all der Mühe, die ich mir da gegeben habe.«

»Niemand hat gesagt, daß er sie hingeschmissen hat«, sagte die Mutter.

»Ach! Hör doch auf!«, sagte der Mann. »Stimmt's vielleicht nicht, daß er nie mehr dorthin zurück will? Der geht nicht hin. Jetzt faulenzt er eben rum. Aber hier hat er nichts mehr zu suchen. Nun gut! Soll er doch machen, was er will. Hier kommt er nicht mehr her.«

Er ging wieder nach oben zu Bett. Am folgenden Morgen war der Junge noch nicht zurückgekommen. Ein stark verändert dreinschauender Mr. Fearon hörte es von seiner Frau.

»Was? Nicht zurück. Die ganze Nacht weg. Na, das wär's jetzt. Das wär's jetzt aber, verdammt noch mal. Hier kommt er mir nicht mehr rein.«

Der Mann ging in niedergeschlagener Stimmung zur Arbeit. »Jungs«, sagte er zu sich, »sind doch eine gottverdammte Plage. Aber bei Gott, ich finde diesen Wurm. Ich finde ihn, wo er sich auch versteckt. Ich stöbere ihn auf, mich macht er nicht zum Narren. O nein! Hält sich für sehr schlau. Aber ich bin schlauer. Der verschlagene kleine Wichser.«

Der Abend kam. Aber der Junge war noch immer weg. Am Teetisch bemerkte Mr. Fearon, es sei ja durchaus möglich, daß er ins Wasser gesprungen wäre.

»Ich hab einen schrecklichen Traum von ihm gehabt letzte Nacht«, sagte die Mutter.

»Traum!« rief Mr. Fearon. »Einen Traum!«

Sie antwortete nicht und sah nur zu, wie gierig er sein Essen in sich hineinschlang. »Ich hab gewußt, daß es alles so endet«, sagte sie zornig. Er sah das Blitzen in ihren Augen. »Ja, ich hab's kommen sehen. Ich hab Angst um Arthur. Hat eigentlich alles gestimmt mit dem Jungen. Und was hat er gestern gesagt? Hab's satt. Hab's satt. Das hat er gesagt. Aber du mit deiner raschen Wut hast den Standpunkt von dem Jungen nicht sehen können. Mich wundert's nicht, daß er gegangen ist. Mich würd's auch nicht wundern, wenn er nicht wiederkommt. Du gibst mir die Schuld, daß ich ihn von der Schule genommen hab. Aber warum hab ich das gemacht? Warum hab ich's gemacht? Du weißt es ganz genau, aber ich sag's dir noch mal. Als du damals dagelegen bist, da mußte ich was tun. Du hast keine Versicherung gekriegt, kein Krankengeld. Wie sollte ich denn um Gotteswillen zurechtkommen? Hast mich nie gefragt, oder? Na, Arthurs paar Shilling pro Woche von der Molkerei, die haben uns viel geholfen. Und letztes Jahr, als du gestreikt hast, da hat er uns auch geholfen. Hat sogar nachts gearbeitet und samstags, und war nur so ein kleiner Junge, zwölf Jahre alt. Warum machst du immer und immer mich für Sachen verantwortlich, die du selber aufgebracht hast?«

Mr. Fearon dachte nach. Er sah seine Frau an und sagte langsam: »Laß uns nicht streiten. Wenn ich irgendwas getan hab, dann mit der besten Absicht von der Welt. Ich wollte nur dir helfen, Mary. Nur dir helfen. Tut mir leid, daß ich gestern ausgerastet bin mit dir. Tut mir leid, daß ich ihn geschlagen hab. Ich hab nur an dich gedacht.«

Er schaute sie bittend an, und sie wußte, daß sie nichts weiter sagen konnte.

»Na gut. Laß uns nicht mehr davon reden. Ich mach mir Sorgen um Arthur. Gehst du ihn suchen?«

»Mach ich«, sagte er. »Vielleicht ist er gesprungen. Man weiß es nie.«

»Der Junge hat seit letzter Nacht nix zu essen gehabt. Das steht mal fest«, sagte sie.

»Mach dir keine Sorgen. Vielleicht hat er das Klügste auf der Welt getan«, sagte er.

»Aber jetzt ...«, sagte Mrs. Fearon. »Aber jetzt ... Ach, ich will nicht, daß er weggeht. Nein! Nein! Find ihn. Bring ihn wieder her. Bring Arthur zu mir zurück. Ich hab keine Ruhe. Ich kann nicht schlafen. Ich möchte ihn haben.« Es standen jetzt Tränen in ihren Augen. »Armer Kerl. Armer Arthur«, murmelte sie wieder und wieder.

Ihr Mann verließ das Haus. »Eine richtige Plage. Das sind solche Jungs. Eine gottverdammte blöde Plage.«

5 Fearon stahl sich lautlos über das verlassene Deck der *SS Hernian*. Das Schiff sollte diese Nacht mit der Flut auslaufen. Die Decks waren mit Abfall und Gerümpel übersät. Die Schauerleute waren eben an Land gegangen. Er hatte den ganzen Tag im Seilkasten auf seine Gelegenheit gewartet. Leise stieg er eine Treppe hinab, bis er sich auf dem Steuerbordsteg fand. An dessen äußerstem Ende hing eine Lampe von der Decke. Der Eingang zum Maschinenraum jedoch lag in völliger Dunkelheit. Er schritt jetzt schnell aus. Das stete Summen der Maschinen übertönte das Geräusch seiner genagelten Stiefel. Es war heiß und stickig, als er sich der Eisentür näherte. Er hielt an und schaute sich um. Niemand in Sicht. Er verschwand durch die Tür. Langsam stieg er dir große Eisenleiter hinunter. Als er auf den ersten Absatz kam, blieb er stehen und lauschte wieder. »Es muß drunten jemand Dienst haben«, dachte er und fügte etwas später hinzu: »Natürlich. Ein Mann hat immer Wache.« Er setzte seinen Abstieg fort. Endlich stand er auf dem Boden des Maschinenraums. Er begann, vor Furcht zu zittern, und qualvolle Gedanken überfielen ihn. Sollte er nach Hause gehen oder nicht? Er stellte sich vor, wie seine Eltern besorgt seine Rückkehr erwarteten, wie sein Abendessen auf dem Tisch stand. Er stand sinnend da, hin- und hergerissen zwischen den beiden Gedanken. In einem plötzlichen Augenblick traf er seine Entscheidung. Er hatte es nun angefangen. Er würde die Sache ans Ende bringen. Aber er mußte äußerst vorsichtig sein. Er wußte von Jungen, die in

Amerika versucht hatten, als blinder Passagier mitzufahren, und man hatte sie entdeckt, an Land gebracht, mit einer hohen Geldstrafe belegt und eingesperrt. Maschinenraum und Heizraum eines Schiffes waren ihm nun keine fremden Dinge mehr. Er wußte, in welche Richtung er gehen mußte, um den Kohlenbunker zu erreichen. Er hatte den ganzen Tag über seinen Plan nachgedacht, und er hatte beschlossen, sich im Bunker zu verbergen. Da war die Chance am geringsten, daß man ihn entdeckte. Er hatte von einem Jungen gelesen, der sich dort versteckt hatte und unter einer hinabgerutschten schweren Ladung Kohle erstickt war. Aber er war jetzt entschlossen. Schließlich, dachte er, war alles besser als in einem heißen Kessel zu arbeiten oder bis zu den Knien in einer Bilge zu stehen. Er mußte achtgeben. Es ging nicht darum, daß er es seinen Eltern zeigte, nicht darum, sich eine Freifahrt nach Amerika zu verschaffen. Es gab andere, wichtigere Dinge. Er mußte sich vor den vielen Formen des Todes hüten, vor der Entdeckung – und damit lud er Hunger und Angst ein, ständige Dunkelheit und Entsetzen, seine Gefährten zu sein. Er wußte, wenn er entdeckt würde, würde man ihn verhaften und im ersten Hafen an Land setzen. Er suchte sich langsam seinen Weg hinter den Kesseln entlang und ging weiter, bis er zur Bunkerluke kam. Es war dies eine seitlich verschiebbare Stahltür, eine Art Einstiegsschacht. Sie war nur halbgeöffnet. Sie noch weiter öffnen zu wollen, war aussichtslos, und mochte außerdem eine Ladung Kohle auf ihn herabregnen lassen. Es war ganz dunkel. Die Luft schien klamm, und starke Luftzüge schienen sich ständig zu kreuzen, wie er da stand, die eine kleine Hand an der Tür. Er tastete die Öffnung ringsum ab.

Er würde jetzt hineinkriechen. Wieder hielt er inne und lauschte still. Er dachte, das Geräusch von Stimmen aus dem Maschinenraum zu hören. Sein Herz schien ihm in den Mund zu springen. Er mußte sich beeilen. Plötzlich sagte er zu sich selbst: »Ich quetsch mich durch die Öffnung. Es ist das einzige, was ich tun kann.«

Und er tat, wie er gesagt hatte. Nach und nach zwängte er sich durch das Loch. Er stieß jetzt auf eine große Masse Kohlen. Er kam sich vor wie ein Pygmäe, der vor einem Gebirge steht. Obwohl dies ein Gebirge war, das er nicht sehen, nur spüren konnte. Er fing an, höher und höher zu kriechen. Mehrere Male glitten große Brocken Kohle an ihm vorbei nach unten, und er hielt den Atem an und steckte sich die Finger in die Ohren, während sein Herz wild pochte. Die Angst hatte ihn fest gepackt. Er streckte sich aus und lag still da, den ganzen Körper angespannt, das Gesicht von der Kohle abgekehrt. Er fühlte sich bereits hungrig. Er hatte keine Uhr. Er fragte sich, wie spät es sein mochte. Dann drehte er sich auf den Rücken und fing an, an Zuhause zu denken. Er fing an zu weinen. Er hörte nichts, sah nichts, und irgendwie hatte er das Gefühl: Er war nichts. Da gab es diesen großen Berg Kohle, und hier sein winziges Ich. Er wußte, daß Kohle die Nahrung eines Schiffes war, und daß ohne sie das Schiff nicht fahren konnte. Plötzlich dachte er: »Wenn sie nun etwa fünf Tage vom Land weg ist, Gott im Himmel, was soll ich da machen?«

Plötzlich hörte man einen tiefen polternden Lärm, und er verschloß sich die Ohren mit den Fingern. Er hatte Angst, sich zu rühren. Der Lärm setzte sich irgendwie in seinem Hirn fort. Er glitt den Kohlehaufen hinab und kam unten auf. Dann öffnete er die Augen. Immer noch dasselbe Dunkel, dasselbe Gefühl von Verlassenheit, die nicht ablassende Furcht, die ständig sich kreuzenden Luftzüge. Er fing wieder zu weinen an. Dann schlief er ein. Zweimal fuhr er aus dem Schlaf auf. Weil ihm war, als richte jemand ein Licht auf sein schreckverzerrtes Gesicht, murmelte er: »O Gott! Warum hab ich das nur gemacht? Warum bin ich nicht zuhause geblieben? Ich bin ein verdammter Feigling, hab Angst vor ein paar Hieben von meinem Vater.«

Dann bemerkte er etwas. Der ganze Boden unter ihm schien sich zu bewegen oder von einer größeren Kraft bewegt zu werden. Dazu begann die Kohle langsam nach unten an den Fuß des Berges zu rutschen. Die Luft war nicht länger stickig, der Zug, der durch das Loch hereindrang, war stärker. Da wußte er, daß das Schiff Fahrt aufgenommen hatte. Er hatte keine Streichhölzer, keinen Proviant, nichts. Er kauerte sich gegen die Kohle und zitterte heftig. Von Zeit zu Zeit murmelte er: »Mutter! O Mutter!« Er wußte nicht, wie spät es war, wo das Schiff sich befand, wie lange es schon abgelegt hatte. Wußte nicht, ob er entdeckt werden würde oder nicht. Langsam wurde ihm bewußt, daß es nun notwendig geworden war, daß man ihn entdeckte. Er würde sterben, wenn er die ganze Überfahrt lang hier blieb. Und wenn das Schiff in rauhe See geriet, lief er Gefahr, zerquetscht zu werden. Trotzdem hielt die Angst ihn fest. Denn er wußte nicht, in welchem Augenblick er sich bemerkbar machen sollte. Er durfte sich erst zeigen, wenn die irische Küste vorüber war. Die Erfahrung hatte ihn gelehrt, daß ein Schiff von dieser Tonnage erst nach fünfundsechzig

Stunden auf seinem Kurs das Land ganz hinter sich gelassen hat. Aber er konnte nicht einschätzen, wie lange er in dem undurchdringlichen Dunkel gelegen hatte. Außerdem, fiel ihm ein, war er zwei-, dreimal eingeschlafen. Wenn er nur seine Uhr mitgenommen hätte. Was war er für ein Idiot gewesen, daß er daran nicht gedacht hatte, an die Uhr und an was zu essen. Was für ein Idiot, daß er nicht einmal eine Schachtel Streichhölzer eingesteckt hatte. Er fluchte.

Er legte sich zurück und öffnete die Augen weit ins Dunkel. Innerlich sah er, wie seine Mutter sich über ihn beugte, sich um ihn kümmerte, ihn versorgte. Sah, wie sein Vater als Vater mit ihm sprach und ihn ermunterte, sich mehr anzustrengen. Das Herz des Jungen schlug laut. Wieder überkam ihn ein langes Schluchzen, und wieder erschöpfte ihn das so, daß er einschlief. Die beiden Hände übers Gesicht geschlagen, schluchzte er krampfhaft im Schlaf wie ein Kind. Das Dunkel selbst schien ihn hochzutragen, ihn in sich aufzunehmen, bis er ein Teil davon wurde. Ein Klumpen Kohle glitt an dem schlafenden Jungen vorüber. Eine große Ratte hastete über den Haufen hinweg. Finsternis. Stille.

6 Die Stahltür war geöffnet worden. Ein Kohlentrimmer schippte ums liebe Leben. Das Röhren der Maschinen ertränkte die Flüche der Heizer. Eine schwere Dünung ließ das Schiff wie ein wildes, schnaubendes Pferd springen. Hinauf, hinauf, als triebe der Schock der Gischt es aus den Wassern empor, und dann wieder überwältigend hinunter in den Graben der Wellen. Plötzlich schrie ein Trimmer: »Jesus! Toter blinder Passagier! Ein blinder Passagier! Tot! Helft mal hier!«

Er schloß und öffnete den Mund wie ein Fisch und konnte nicht glauben, daß der Körper, der ihm vor die Füße gerollt war, ein wirkliches menschliches Wesen war. »Gott!« murmelte er.

Zwei Heizer warfen ihre Feuerschaufeln weg und rannten herbei zu der Stelle, wo der versteinerte Trimmer mit aufgerissenem Mund stand.

»Geh aus dem Weg, verdammt noch mal«, sagten beide gleichzeitig.

Sie hoben den Leib des Jungen auf und rannten damit ins grelle Licht der offenen Ofentür von Nummer fünf.

»Ein Junge! Erst ein Kind!«

»Tot?« fragte der andere.

»Weiß nicht«, sagte der erste Heizer mit rauher Stimme. »Ruf den Zweiten. Schnell.«

Er legte den Jungen hin. Dann lief er nach seinem Wassergeschirr. Kam zurück und schleuderte dessen Inhalt dem Jungen ins Gesicht. Rieb ihm die Arme. Endlich zog er ihm die Hose aus und fing an, ihm die

Beine zu massieren.

Der zweite Offizier kam herbei. »Hallo!« rief er grob. »Was ist das? 'Ne neue Art Fisch?«

»Ein Junge«, erwiderte der Heizer. »Einer von den Trimmern hat ihn entdeckt. Muß sich in der Kohle versteckt haben.«

»Bringt ihn hoch auf die Krankenstation achtern. Dann wird der zweite Steward informiert. He, du«, fügte er zum zweiten Heizer hinzu, »sag Carruthers Bescheid, daß ich ihn sehen will.«

Der erste Heizer hob den Jungen auf seine Schulter und ging zur Leiter. Sehr langsam stieg er nach oben. Als er zum Einlaß gekommen war, hielt er an. Dann legte er den Jungen auf die breite Hanfseilmatte. Er stand da und schaute mit mitleidigem Blick auf ihn hinunter.

»Armer Junge«, sagte er bei sich. »Schon wieder einer. Sieben auf den letzten sieben Fahrten. Was ist denn los mit der Welt, wenn Kinder wie der so was machen müssen!« Er war ein Mann voll Mitgefühl, er hatte selber Söhne, wenn er auch geschworen hatte, daß keiner von ihnen je einen Fuß auf ein Schiff setzen sollte.

»Ein Hundeleben und weiter gar nix«, hatte er immer wieder gesagt.

Als er den Jungen zu seinen Füßen liegen sah, mußte er an seine beiden Söhne denken. Die hatten gute Stellungen an Land und würden da wohl auch bleiben, so, wie's aussah.

Plötzlich rief ihn eine Stimme an: »He! Das ist der Junge?«

Der Heizer blickte auf und sah den zweiten Steward neben sich stehen.

»Das ist er. Das arme kleine Schwein ist völlig erschöpft. Fast schon tot.«

»Heb ihn hoch und komm mit«, sagte der Steward, und er hievte den Jungen wieder auf die Schulter. Sie gingen den langen Steg entlang zum Mannschaftshospital achtern neben dem Ruderhaus.

Es war ganz dunkel vor der Krankenstation. Das Achterdeck selbst sah vollkommen trostlos aus. Weit draußen konnte man achtern gerade noch die unruhige Kielspur des Schiffes ausmachen, und querab die Hügel des Meeres. Ein einzelner Stern glänzte droben. Ringsumher hob und senkte sich die weite Wasserwüste, hob und senkte sich in stetigem Rhythmus und Getöse. Durch diese prächtige Wut hindurch pflügte die *Hernian* unbeirrbar ihren Kurs. Der Erste Ingenieur studierte gerade die Strecke, die das Schiff heute zurückgelegt hatte. Der Vierte hatte ihm eben die Zahlen gebracht.

»Hmmm!« stieß der Erste hervor und runzelte die Stirne.

Inzwischen hatte der Heizer den Jungen aufs Deck gleiten lassen und eine Wolldecke über ihn gelegt. Der Steward hatte entdeckt, daß die Glühbirne fehlte, und war mittschiffs gehastet, um eine zu besorgen.

Er kam rasch zurück.

»Da rein«, sagte er zu dem Heizer.

»Wo rein?« fragte der erstaunte Heizer, denn im Dunkel hatte er die Rückkehr des Stewards nicht bemerkt.

»Da rein!« brüllte der Steward.

»Schon gut! Mach dir doch nicht ins Hemd«, knurrte er.

Der Steward hatte das Licht angeknipst. Das

Schiffshospital enthielt vier Betten. In die oberste Koje gleich unter der Lampe legte der Heizer den Jungen.

»Gut, also«, sagte der Steward, und der Heizer ging zu seiner Arbeit zurück und war froh über diese kurze Atempause nach der Hitze drunten. Sobald die Tür sich geschlossen hatte, flößte der Steward dem Jungen etwas Brandy ein. Er wartete. Es mochten zwanzig Minuten sein, eine halbe Stunde. Endlich waren bei dem Jungen Lebenszeichen zu sehen, denn der Körper regte sich ein wenig. Sogleich flößte ihm der Steward noch ein Schlückchen Brandy ein. Die Augen des Jungen öffneten sich. Er blinzelte. Dann starrte er eine Weile die nietenbesäte Decke über sich an. Überraschung und Erstaunen zeigten sich in seinen Zügen.

Der Steward sprach zu ihm: »Bist du jetzt wach, Junge?« Und wieder: »Bist du jetzt wach, Junge?«

Die Augen des Jungen schlossen sich langsam und öffneten sich dann wieder. Er versuchte, den Kopf zu bewegen, doch das schien schmerzhaft. Die Augen weiteten sich nun, und sein Blick ging über die Gegenstände ringsum. Wieder sprach ihn der Steward an.

Dann sagte der Junge etwas.

»Wo bin ich?«

»Das ist die *Hernian*«, antwortete der Steward. »Man hat dich im Kohlenbunker entdeckt, halbtot übrigens. Warum hast du denn so etwas Blödes gemacht? Hättest von der fallenden Kohle erschlagen werden können. Jedenfalls mußt du jetzt morgen früh zum Kapitän. Mal sehen, was der dazu sagen wird.«

Der Steward war ein verheirateter Mann mit einem Sohn. Und wie er den Jungen anschaute, dachte er bei sich: »Also ich weiß auch nicht. Da kommt ein Junge daher, sieht sogar richtig anständig aus, und bringt so eine Nummer. Im Bunker auch noch. Lieber Gott!«

Der Junge versuchte, sich auf dem Kissen aufzurichten. Der Steward war ihm behilflich. Als er aufrecht dasaß, erschien er dem Steward viel jünger, als er zuerst gedacht hatte, so daß es ihm nun einfiel, dem Jungen eine ganze Reihe von Fragen zu stellen. Doch der Junge unterbrach ihn mit eigenen Fragen.

»Ist das Schiff hier die *Hernian*?«

»Ja.«

»Wohin fährt sie?«

»Erster Hafen Alexandria, weiß Gott wohin danach.«

»Hat sie Passagiere an Bord?«

»Nein. Du bist im Augenblick der einzige«, und der Steward versuchte ein Lächeln.

Zum ersten Mal lächelte der Junge auch. Der Steward hatte durch seine kleine Anstrengung die bisher unmöglich zu überwindende Schranke zerbrochen, die wohl zwischen ihnen gelegen hatte. All die Kälte, Dunkelheit, Angst, die Ratten, der Hunger und der Schrecken schienen von diesem einzigen Lächeln fortgeweht.

Der Steward legte nun die Hand hinter den Kopf des Jungen, um ihn zu stützen. Wieder gab er dem Jungen einen Schluck aus der Flasche. Dann lehnte er sich zurück, wie um diesen Jungen besser in den Blick zu bekommen, der einen entsetzlichen Tod riskiert hatte, um auf See zu gehen. Im Hinterkopf des Stewards regierte ein einziger Gedanke: »Kein Junge«, sagte er bei sich, »würde so etwas tun, wenn er nicht völlig verzweifelt ist. Vielleicht war sein Leben zuhause schlimm. Vielleicht ist er von der Schule weggelaufen oder vor der Polizei.«

Er versuchte es nun mit der Frage: »Wie alt bist du?«

»Fünfzehn«, erwiderte der Junge und setzte hinzu: »Ich hab Hunger. Könnten Sie mir was zu essen besorgen? Und wie lange bin ich denn schon auf diesem Schiff? Wo sind wir?«

Der Steward lachte. »Du bist gleich wieder in Ordnung. Der Skipper ist gar nicht so schlecht, und ich glaube, uns fehlt diesmal auch einer bei der Mannschaft. Ich geh mal und schau, ob sich in der Kombüse was abgreifen läßt. Bleib liegen. Und tu keinen Mucks, bis ich wieder da bin.«

Sobald die Tür sich hinter ihm geschlossen hatte, brach der Junge in Tränen aus. Warum hatte er so etwas getan? Und woher sollte er wissen, ob der Steward die Wahrheit sagte? Der Kapitän könnte ihn sogar an Land setzen. Wenn er nur wüßte, wie weit sie schon gefahren waren! Hatten sie die irische Küste schon hinter sich? Wie lange lag das zurück? Was dachten sein Vater und seine Mutter nun von ihm?

All diese Gedanken wurden zu einem Sturzbach. Die Helle und die Hoffnung, die das Lächeln des Stewards erzeugt hatten, verschwanden nun, und er wurde sich bewußt, daß ihm kalt war, daß er Hunger hatte, elend war, einsam.

Plötzlich ging die Tür auf, und der Steward kam mit einem Teller trockenen Haschees und einer Tasse heißem Tee herein.

»Hier«, sagte er. »Kannst du dich aufsetzen? Versuch mal, das in dich reinzukriegen. Wird schon gehen. Warst du schon mal auf See?«

»Nein«, antwortete der Junge.

»Na, umso wichtiger, daß du das hier vertilgst, denn wenn dir schlecht wird und du hast gar nichts im Magen, dann wird's blöd. Also.« Und er reichte dem Jungen den Teller Haschee und die Tasse Tee. Er stand auf der Kante der unteren Koje und lehnte sich vor, bis sein Gesicht nahe an dem des Jungen war. Er sah zu, wie er trank und die Schiffskost kaute. Es war ein hübsch aussehender Junge. Ihm gefielen die weinrosa Haut, die großen Augen, die Zartheit der Züge, der leichte Flaum im Gesicht, die schmalen weißen Hände wie die eines Mädchens.

Plötzlich lehnte er sich vor und sagte: »Junge! Küß mich.«

Einen Augenblick lang war der Junge nur verblüfft. Er begriff es nicht. Seine Gedanken waren in diesem Augenblick ganz bei seinem Magen, so daß die plötzliche Aufforderung des Stewards ihn ratlos machte. Eine plötzliche Welle der Angst schlug über sein Herz, und er streckte sich hinüber und küßte den Mann auf den Mund. Da bemerkte er, daß der Atem des Stewards nach Alkohol roch. Zusätzlich entdeckte er, daß der Mann unrasiert war. Und mit diesem ersten Eindruck wurden all die anderen Dinge, die den Steward als Mann ausmachten, offenbar. Seine Augen waren blutunterlaufen, er hatte einen struppigen Schnurrbart, sein Gesicht war aufgeschwemmt und sein Nacken stark gerötet. Doch der Geruch seines Atems war das, was sich den Empfindungen des Jungens tief einprägte. Er legte Teller und Tasse auf das Bett und sah den Mann an.

»Danke«, sagte er. »Ich kann nicht mehr essen.«

Der Steward schaute in die Tasse und auf den Teller. Seine Antwort kam wie ein Pistolenschuß: »Was ist denn los mit dem gottverdammten Zeug? Was hast du denn, du verdammter Wurm?«

All die Angst kehrte zurück. Das Gesicht des Jungen wurde bleich, seine Hände bebten. Er schrie plötzlich auf und rief dann: »Bringen Sie mich zum Kapitän!«

Der Steward lächelte. Er ging zur Tür hinüber, öffnete sie und schaute hinaus. Dunkel, das unablässige Schlagen der Schraube, das wilde Orchester von Wind und Wasser.

Er drehte sich um und schaute den Jungen an. Es war ein Gespenstergesicht.

Der Steward legte die Hand an den Schalter, und sofort war der Raum dunkel. Im nächsten Moment spürte der Junge eine Hand, die sich in das Bettzeug stahl. Nur eine Decke hüllte ihn ein. Er fürchtete sich, zu schreien. Wie ein Hypnotisierter lag er still. Dann spürte er, wie diese Hand seine Kleider lockerte. Er versuchte, einen klaren Gedanken zu fassen, vermochte es aber nicht, und plötzlich lag das Gewicht des Mannes auf ihm. Er ballte die Fäuste und murmelte: »Geh runter. Geh runter, du dreckiger Kerl.«

Er gab keinen weiteren Laut von sich, denn der Mund des Mannes hatte seine Lippen nun ganz bedeckt. Und dieser Mund saugte mehr an dem seinen, als daß er ihn küßte. Mit seinem ganzen Wesen empfand der Junge Abscheu; aber er war machtlos. Der Steward fuhr fort, am Mund des Jungen zu saugen. Dem Jungen war schlecht, der Geruch von Bier und Whisky war in seiner Nase, und er stellte sich vor, eine Horde Würmer kröchen ihm schleimig über das Gesicht. Er fuhr zusammen, denn der Mann hatte sein unrasiertes Kinn an seiner Wange gerieben.

»He, Junge«, flüsterte der Steward, »sag nix. Ich

schau schon nach dir. Versprochen, bei Gott. Ich hab selber einen Jungen.«

Und seine beiden Hände begannen, den Jungen zu betasten.

Der Mann hatte diesen Raum irgendwie ganz mit seiner Macht durchdrungen, er füllte ihn alleine zur Gänze aus. Draußen wuchteten die Wogen ein rasendes Poem über's Heck, es sah bei jedem Schlingern so aus, als würde das Heck von einer Riesenhand abrupt aus dem Wasser gehoben. In diesem Moment übertönte das Dröhnen der Maschinen im Ruderhaus achtern sogar das Gebrüll des Wassers und des Windes. Doch für den Jungen war der einzige Laut das anschwellende Grunzen des Mannes auf ihm, wie das einer gemästeten Sau.

»Du dreckiger Bastard!« konnte der Junge hervorstoßen, in das Ohr des Mannes. »Laß mich los. Hörst du? Laß mich los. Laß mich los.«

»Halt's Maul«, knurrte der Mann. »Ich mach dir das Leben zur Hölle auf diesem Schiff, wenn du was sagst. Verstehst du mich?«

Vor der Tür hörte man plötzlich jemanden schreien.

»He, Hughes! Wirst vorn gebraucht. Beeil dich.«

Als er weg war, bewegte sich der Junge. Die Luft schien noch erfüllt von seiner Gegenwart, seiner Stimme, seinem Atem, seinem schweren Keuchen, seinen großen kräftigen Händen. Er richtete sich auf. Er versuchte, aus der Koje zu steigen, griff nach vorne, fiel dann zu Boden. Es gelang ihm, den Schalter zu erreichen. Licht durchflutete den Raum. Er schaute sich überall um. Er schien selber mit Schleim bedeckt.

»Der dreckige Kerl«, sagte er. »Das dreckige säuische Schwein.«

Eine andere Stimme war vor der Tür zu vernehmen. Der Junge starrte verwirrt auf seine Kleider, als die Tür aufgestoßen wurde und ein hochgewachsener Mann mit Südwester und Gummistiefeln rief: »Raus mit dir, du da!«

7 Am folgenden Morgen, sogleich nach der Inspektion durch den Ersten Offizier, den Ersten Ingenieur und den Obersteward, wurde das Schiff für sauber erklärt: Es entsprach den Bestimmungen für Ordnung und Reinlichkeit, die auf der Flotte von Frachtern zu gelten hatten, welche Morrell & Company gehörten. Um halb zehn kam der Kapitänssteward mit einer Nachricht zum Bootsmann: »Der Junge, den man im Bunker gefunden hat, muß um zehn vor dem Skipper erscheinen. Er muß sauber sein, und« – fügte der Steward hinzu – »muß sein Frühstück bekommen haben.«

Der Bootsmann runzelte die Stirn. »Der gottverdammte Junge, der hat sein Frühstück schon gehabt. Ich hab mich drum gekümmert. He!« schrie er plötzlich, und hinter der Tür des Bootsmanns hervor erschien Arthur Fearon.

»Du mußt dich fertig machen und um zehn Uhr beim Alten antreten«, sagte der Bootsmann.

»Ja, Sir«, sagte der Junge.

»Also gut, Steward«, sagte der Bootsmann, »ich kümmere mich schon darum. Ich schick ihn mit dem Diver von meiner Wache hoch.«

Der Junge starrte dem Steward nach. Dann wandte er sich zu dem stämmigen Individuum, das Bootsmann genannt wurde, und fragte recht schüchtern: »Wird es da viel Zank geben, Sir?«

»Wie zum Teufel soll ich das wissen, Junge!« antwortete der Bootsmann.

»Du gibst vielleicht 'nen guten Kapitänsboy ab«,

fuhr er fort. »Weißt du, was ein Kapitänsboy ist?« fragte er.

»Nein, Sir.«

»Wirst du bald sehen«, sagte er lachend.

Um Punkt zehn wurde der Junge vom Diver der Backbordwache (der Donavan hieß) auf die Brücke gebracht. Als sie die Tür des Kapitäns erreichten, zitterte der Junge sichtbar. Das ließ den Mann lächeln, und er sagte leise: »Zum Teufel, der beißt dich schon nicht. Wo in Jesu Namen kommst du denn überhaupt her? Bist wie ein kleines Mädchen, steh mir bei ...«

Er klopfte fest an die Kajütentür.

»Herein.«

Der Junge hatte nie zuvor so eine Stimme gehört. Sie war vulkanisch, sie dröhnte, sie donnerte. Es wurde ihm fast schlecht, als er versuchte, sich die Erscheinung ihres Eigentümers vorzustellen. Der Mann und der Junge traten beide in die Kajüte. Der Kapitän lag auf seinem Sofa. Er schaute vom einen zum anderen. Er war unrasiert; auch er schien die letzten Tage damit verbracht zu haben, starke Getränke in sich aufzunehmen. Plötzlich sprach er: »Ist gut, Mann. Sie können gehen.«

Die Tür schloß sich. Der Junge starrte den Kapitän an.

»Setz dich hin«, sagte der Kapitän, und der Junge setzte sich. Der Mann spürte bereits die Angst, die den Jungen verzehrte, und er versuchte, sie zu beruhigen.

»Wir bringen dich nicht um«, sagte er langsam, und brummte dann: »Noch nicht!«

Der Junge setzte zum Sprechen an, aber der offenbare Ernst der Situation, der ihm nun aufging, hielt ihn zurück. Sein Mund öffnete und schloß sich wie der eines Fisches. Der Kapitän fuhr fort, den Jungen zu mustern, und ließ dabei weder Überraschung noch Interesse an dem seltsamen Neuankömmling erkennen. In den siebenunddreißig Jahren, die er die sieben Meere durchpflügt hatte, hatte er viele Fälle erlebt wie den, der ihm hier vorlag, obwohl die Blinden Passagiere – allesamt Jungen – durchaus verschieden waren. Jeder hatte seinen eigenen Grund, sich an Bord zu schleichen. Der Kapitän wußte von den Gewohnheiten und Gefühlen, Hoffnungen und Sehnsüchten der Jungen in dem Alter, da die Schule sie losgelassen hat und die Außenwelt ihrem Hoffen ganz und gar feindselig gegenübersteht.

Plötzlich setzte er sich auf und sagte: »Sag mir mal, Junge, wie alt bist du?«

»Fünfzehn, Sir«, antwortete Fearon.

»Warum hast du das getan? Hast du nicht gewußt, daß du andere in Gefahr bringst so gut wie dich selbst? Lädst vielbeschäftigten Männern wie mir Verantwortung auf. Also jetzt, warum hast du dich im Bunker versteckt? Sag die Wahrheit. Raus damit!« Er erhob sich, und sofort wuchs seine Bedeutung im Bewußtsein des Jungen, so, wie seine Statur zu wachsen schien. Er ragte hoch über dem zitternden Jungen auf.

»Also, Sir, es war so, Sir … Ich …«

»Auf geht's! Mach den verdammten Mund auf. Niemand bringt dich um.«

Fearon war den Tränen nahe. Er faßte etwas Mut. Langsam und sehr deutlich erklärte er die ganze Lage dem Kapitän. Sein Leben zuhause, seine Arbeit in den Docks, sein Wunsch, mehr zu sein als ein Arbeiter, die Haltung seiner Eltern, deren Armut und Unfähigkeit, irgendetwas für ihn zu tun. Der Mann hörte seiner

Geschichte aufmerksam zu und schloß hie und da die Augen, als helfe ihm diese Gebärde, alles aufzunehmen, was gesagt wurde, und es genau zu prüfen.

»Du kennst die Strafe, wenn man als blinder Passagier auf einen Frachter geht, nehme ich an?«

»Nein, Sir.«

Der Junge sagte die Wahrheit. Er wußte es nicht. Und er kannte das Gesetz nicht, die Methoden der Reederei. Er wußte gar nichts. Er war nur ein Junge. Er war etwas, das plötzlich in diese neue Welt der Männer geschleudert worden war. Hilflosigkeit, Blindheit, Ziellosigkeit. So hatte er sich unter sie geworfen. Was würden sie mit ihm machen? Wenn nur sein Vater ihn jetzt sehen könnte! Wie er lachen und ihn verhöhnen würde wegen seiner Schlappheit. Ja, er hatte Angst. Aber sein Vater war auch manchmal grausam zu ihm gewesen. Und trotzdem glaubte er jetzt in den Augen des Mannes Freundlichkeit gespiegelt zu sehen. Nur Freundlichkeit. Der Kapitän sprach nun.

»Also! Was hast du vorzubringen, Junge? Was soll jetzt geschehen? Wir können dich nicht einfach so mitnehmen. Ich muß meinen Bericht schreiben. Die Firma spendiert Blinden Passagieren keine Überfahrt. Also?«

»Ich kann arbeiten, Sir«, sagte der Junge und sah dem Mann ins Gesicht.

Der Kapitän lächelte innerlich bei dieser Antwort. Die konnten immer alle arbeiten. Er hatte schon einige erlebt.

»Ich weiß nicht, was sich machen läßt«, fuhr der Kapitän fort. »Wir haben eine komplette Mannschaft an Bord. Wenn wir nicht schon längst am Fastnet Rock vorbei wären, würde ich glatt ein Boot zu Wasser lassen und dich an Land schaffen. Du mußt dich irgendwie allgemein nützlich machen. Wenn wir in Alexandria ankommen, schicke ichdich zum Konsul. Vielleicht wirst du sogar eingesperrt. Was ist übrigens dein Vater?«

»Ein Arbeiter, Sir«, sagte Fearon.

»Hast du Geschwister?«

»Nein, Sir.«

»Jetzt sag mir eins, und schau mich an dabei. Warum hast du so etwas getan – dich im Kohlenbunker von einem Schiff versteckt? Du hättest ersticken können oder zerquetscht werden.«

Es lag eine gewisse Freundlichkeit im Ton des Mannes. Doch wenn er glaubte, daß dies irgendwie helfen würde, damit der Junge die Wahrheit enthüllte, täuschte er sich sehr. Im Gegenteil – diese Frage versiegelte dem Jungen die Gedanken. Er war nun wie ein Idiot, stand bloß da und fingerte an den Knöpfen seiner schmutzigen braunen Jacke herum.

»Ich weiß nicht, Sir. Ehrlich, ich weiß es nicht, Sir«, erwiderte er deutlich.

Der Kapitän lehnte sich zur Kajütenwand hin. Er drückte auf einen Knopf, lehnte sich zurück und wartete. Ein merkwürdiges Schweigen erfüllte den Raum.

Es klopfte an der Tür.

»Herein.«

Der Steward trat ein. Der Kapitän deutete mit dem Finger auf den Jungen und sagte: »Bringen Sie diesen Jungen zum Bootsmann und schauen Sie, ob der ihn zu irgendetwas gebrauchen kann. Wenn nicht, dann bringen Sie ihn runter zu Mr. Grierson. Falls es da nichts gibt, bringen Sie ihn in die Kombüse. Es muß ja irgendetwas an Bord geben, was er machen kann.«

»Geht in Ordnung, Sir«, sagte der Steward, drehte sich zu dem Jungen und sagte: »Komm mit.«

Fearon folgte dem Steward. Sie gingen das Brückendeck entlang, stiegen die Leiter hinunter und gingen mittschiffs zu einer weiteren Leiter. Als sie die hinabgestiegen waren, fanden sie sich auf einer Art Wannendeck. Sie gingen nach vorn. Zwei, drei Mann saßen auf Luke Nummer eins. Ein Chor von Bemerkungen verkündete ihre Ankunft. Dann gingen der Mann und der Junge den Laufgang hoch. Der Steward klopfte an die Tür des Bootsmanns.

»Hallo? Hallo da draußen! Was zur Hölle ist denn jetzt schon wieder los?« erklang die Stimme des Bootsmanns. Die grobe Stimme dieser vierschrötigen Person ängstigte den Jungen. Die Tür ging auf. Der Bootsmann war eigens aus der Koje gestiegen. Er wurde um zwölf auf Deck erwartet. Es war jetzt beinahe elf Uhr.

»Jesus«, rief er. »Was für ein Schiff. Was für ein Schiff! Da kann einer kein gottverdammtes Auge zutun. Was zum Teufel wollt ihr denn?«

»Wir kommen eben runter aus der Kapitänskajüte. Können Sie den Jungen brauchen?«

Ein Lächeln überzog das großflächige Gesicht des Bootsmanns, und er sagte mürrisch: »Kann ich ihn brauchen? Na! Für bißchen was Braunes hab ich jederzeit Verwendung«, und er lachte laut.

Der Junge stand da und fragte sich, was wohl sein Schicksal sein würde.

»Keine Witze jetzt«, antwortete der Steward. »Können Sie ihn in der einen oder anderen Wache brauchen?«

»Nee, kann ich nicht!« schrie der Bootsmann. »Schaffen Sie ihn hier weg, verdammt nochmal.

Bringt mich hier um den gottverfluchten Schlaf. Die Pest über all diese elenden Jungen!« Und mit einer Salve von Flüchen ging er in seine Kajüte zurück und knallte die Tür zu. Mittlerweile hatte sich ein kleiner Auflauf aus Matrosen der Hundewache und der Tagarbeiter vorne am Laufgang gebildet. Der Steward packte den Jungen an der Schulter und schob ihn durch die gaffende, neugierige Menge, wobei er im Vorbeigehen sagte: »Haut ab, ihr Penner. Was glaubt ihr denn, was hier los ist? Ein gottverdammter Jahrmarkt?«

Der Junge sah hoch in das Gesicht des Stewards. Es war nicht derselbe Mann. Als er das begriff, stellte er dem Mann an seiner Seite ein, zwei Fragen: Was würden sie mit ihm machen? Würden sie ihn an Land setzen?

Die einzige Antwort war ein kurzes Brummen, und als der Junge die Frage wiederholte, brüllte der Steward: »Herrgott, woher soll ich das denn wissen?«

»Hier«, sagte er und zog den Jungen zurück. Sie standen jetzt vor der Kombüse. Der Geruch halbgaren Essens drang dem Jungen in die Nase; er empfand keinen Hunger, es wurde ihm schlecht. Ein Zucken durchlief ihn.

Der Koch kam zur Kombüsentür. »Hallo«, rief er. »Was hast du denn da?«

»Das ist der Kleine, den sie letzte Nacht in dem vermaledeiten Bunker gefunden haben. Ich komm grade runter von der Kapitänskajüte. Bin nach vorn zum Bootsmann. Das ist vielleicht ein alter Brüllaffe. Hör mal her! Der Alte fragt, ob du den Jungen irgendwie unterbringst? Kann er was für dich tun in der Kombüse? Brauchst du einen Hilfssteward für die Messe? Mußt's nur sagen, mein Guter.«

»Das isser?« fragte der Koch, und er kam aus der Kombüse, um sich den Blinden Passagier genauer anzusehen. Der Junge stand vor ihm. Dessen Gedanken zerstoben wieder. Die ganze Geschichte hatte ihn überwältigt. Er begriff es nicht. Jetzt war er schon von einem Ende des Schiffes zum anderen gejagt worden. Und er sagte bei sich: »Und wenn der Koch mich nicht will? Wenn der Zweite Ingenieur mich auch nicht will?«

»Wie alt bist du, Junge?« fragte der Koch.

»Fünfzehn, Sir.«

»Hast du schon mal Töpfe und so gespült? Erdäpfel geschält, was?«

»Ja, Sir«, antwortete Fearon.

Der Koch wandte sich an den Steward. »Könnte 'ne Hilfe gebrauchen, der Messesteward ist krank. Sagst du dann dem Alten, daß ich ihn verwenden kann?«

»Klar doch«, sagte der Steward. »Ich überlaß ihn dir also.«

»Sicherlich«, sagte der Koch. »Ich kümmer mich schon um den Kleinen.«

Sie schauten beide dem Steward hinterher, wie er das Deck entlangging und die Backbordleiter hinaufstieg. Dann drehte der Koch sich um und schaute den Jungen an. Er betrachtete ihn einige Augenblicke lang ganz genau, ehe er ein Wort hören ließ. Dann sagte er: »Junge!« Er hielt inne, während Fearon fragend zu dem Mann hochsah.

»Jawohl, Sir.«

»Paß auf. Ich zeig dir deine Kajüte. Du schläfst in der Koje unter meiner. Du stehst jeden Morgen um fünf auf und machst die Kombüse sauber, daß alles in Ordnung ist, wenn ich Punkt sechs anfange. Du bereitest mir die Grütze hier in der großen Pfanne vor, du füllst den großen Tank hier voll mit Wasser von der Pumpe draußen. Dann fängst du an mit dem Kartoffelschälen, ein Faß voll. Danach putzt du den Fisch und machst das Gemüse sauber. Dann ist schon fast Frühstückszeit für die Ingenieure. Der Steward liegt im Bett, der hat sich 'nen Tripper eingefangen, also gehst du in die Messe rüber und deckst den Tisch für sieben Mann. Du trägst denen die Mahlzeiten auf, machst ihre Kajüten sauber, meine auch. Wenn du mal 'ne Stunde nix zu tun hast, nimmt dich der Bootsmann vielleicht, oder Mr. Grierson hat was für dich. Ich fürchte, mein Sohn, so wie's jetzt aussieht, hast du dich voll in die Patsche gesetzt, denn du bist ja nicht mal ein Mitglied von der Mannschaft. Du wirst hier bloß verwendet, wie's so schön heißt. Komm jetzt. Ich kann hier nicht viel Zeit verschwenden, ich muß zurück und zusehen, daß die nächste Mahlzeit für die Wachen rausgeht.«

Er legte dem Jungen eine Hand auf die Schulter, und zusammen betraten sie den Laufgang an Steuerbord. Ein Stück den Gang runter rechts lag die Kajüte des Kochs.

»Hier lang«, sagte der Koch, und der Junge ging mit ihm in die Kajüte.

Der Junge starrte in dem Raum umher. Es gab zwei Kojen an der Wand. Gegenüber stand ein Sofa, die Oberfläche war einst roter Plüsch, jetzt nur noch eine einzige Schicht aus Fett und Schmutz. Der Koch schlief nur selten in seiner Koje, meist auf dem Sofa, das sparte das Aus-und Anziehen. Wenn einer von den Matrosen oder Heizern ihn auf sein ewig unrasiertes Gesicht oder sein allgemein dreckiges Aussehen ansprach, parierte er mit der Entschuldigung, er könne nicht anders. Hatte keine Zeit. »Ich muß beinahe achtzehn Stunden am Tag rackern, daß ihr Penner euer Essen kriegt, und wenn ihr wollt, daß ich wie ein Chef im Ritz rumlaufe, müßt ihr entweder zusehen, daß ich bessere Heuer bekomme, oder mir noch 'ne Hilfe verschaffen.« Dann lachten die Männer, und der Vorfall war beendet. Wenn er betrunken war, war's noch schlimmer, denn dann mußte man den Koch oft aus seiner Kajüte rauszerren, damit er das Herdfeuer anmachte, daß die frühen Wachen ihr Frühstück bekamen.

Mit diesen Zuständen war der Kapitän kaum vertraut. Tatsächlich war dieser Herr den größten Teil seiner Zeit beschäftigt mit der Lektüre von Unterhaltungsromanen, wenn er nicht gerade auf der Brücke war, und das kam selten vor – nur bei dichtem Nebel, bösem Wetter und eine Viertelstunde täglich am Mittag, wenn er mit den drei Offizieren versuchte, die Position seines Schiffes festzustellen. Daraus ergab sich, daß ihn das Wohlergehen irgendeines ordinären Blinden Passagiers nicht nachdrücklich interessierte. So eine Angelegenheit überließ er dem Steward. Im Moment stand er im Kartenhaus, über das Logbuch gebeugt, obwohl das im Augenblick nicht von Interesse für ihn war. Sein Schiff sollte in fünf Tagen in Alexandria einlaufen. Bei der Ankunft würde es viel Arbeit für ihn geben. Der Konsul mußte wegen einer ganzen Reihe von Angelegenheiten aufgesucht werden, nicht zuletzt der Frage wegen, was mit dem im Kohlenbunker entdeckten Jungen geschehen sollte. Während er darüber nachdachte, wie man den Jungen an Land setzen würde, wurde eine Nachricht vom Bootsmann gebracht. Der Kapitän entließ den Steward, schloß die Tür des Kartenhauses und las:

Ausguck Joseph Parr ist nach einem Anfall verstorben. E. Antiss, Bootsmann.

»Verdammt!« rief der Kapitän.

Er schmiß den Zettel hin, zog sich Mantel und Mütze an und eilte nach vorn. Im Vorschiff lag der Mann da, wo er hingestürzt war. Der Mund war blutbedeckt. Er kniete sich hin und fühlte den Puls. Dann wandte er sich an den Ersten Offizier: »Mr. Nolan, wie lange ist es her, daß das passiert ist?«

»Ich bin eben erst selber heruntergekommen, Mr. Wood. Ich habe in meiner Kajüte geschlafen, als der Bootsmann ankam und sagte, Parr hätte einen Anfall. Er muß fast sofort gestorben sein.«

»Hmm! Verstehe. Also gut. Informieren Sie sofort einen von den Steuermannsmaaten. Sammeln sie seine Habseligkeiten ein. Bereiten Sie eine Bestattung um fünf vor. Es geht jetzt auf zwölf Uhr.«

»In Ordnung, Sir.«

Der Kapitän verließ das Vorschiff und ging in sein Kartenhaus zurück. Als er die Tür krachend zuschlug, stieß er ein weiteres und nachdrückliches »Verdammt!« aus.

Der Steuermannsmaat, den der Erste Offizier suchte, wurde entdeckt, wie er seine Kleider auf dem Mannschaftsabtritt wusch. Er wurde sofort herausgerufen.

»Duggan! Holen Sie mal ein großes Stück Segeltuch aus dem Lagerraum. Dann gehen Sie runter und fragen Mr. Grierson, ob er von seinem Lageristen zwei oder drei Feuereisen besorgen läßt. Haben Sie Garn auf Ihrer Kabine?«

»Ja, Sir.«

»Gut! Dieser Parr ist eben von uns gegangen.

Versteh ich nicht, wie er in dem Zustand durch die ärztliche Untersuchung gekommen ist.«

»Ist er tot, Sir?« fragte der verwirrte Steuermannsmaat.

»Das ist er.«

»Jawohl, Sir. Ich kümmere mich drum.«

»Wir bestatten ihn um fünf Uhr. Das ist jedenfalls der Befehl von Mr. Wood.«

»Alles klar, Sir.«

Der Erste Offizier kehrte in seine Kajüte zurück und verwünschte den Bootsmann, der seinen Nachmittagsschlaf gestört hatte. Er selbst mußte Punkt vier auf der Brücke sein.

Der Steuermannsmaat suchte sich Segeltuch, Garn und Feuereisen zusammen. Die Lampenkammer des Schiffes lag hinten auf der Steuerbordseite. In diesen Raum trugen drei Matrosen, die Freiwache hatten, den Leichnam ihres Schiffskameraden. Die Tür schloß sich hinter ihm. Die Leiche war nun ordnungsgemäß dem Steuermannsmaat überlassen. Er begann seine Tätigkeit mit Unbehagen. Unwillkürlich schaute er von Zeit zu Zeit in die blutbeschmierten Züge des Ausgucks. Er hatte den Burschen gut leiden können und des Öfteren an Land ein, zwei Gläser mit ihm getrunken. Wie er nun sein Segeltuch abmaß, mußte er immer wieder die reglose Gestalt anschauen, die so bald ins tiefe Wasser gesenkt werden sollte.

»Armer Kerl! Liebe Zeit! Was für ein gottverdammtes Leben!«

Eine Zeitlang sprach er mit sich selbst. Dann war kein Laut zu hören außer dem stetigen Geräusch der Nadel. Um dreiviertel vier war die Leiche eingenäht und wurde von zwei Matrosen zur Achterluke getragen.

Dort wurde sie abgelegt und mit einem Tau am Lukenrahmen festgemacht, damit nicht eine unerwartete See die Mannschaft ihrer zwanzig Minuten Muße beraubte und den Kapitän der Gelegenheit, aus der Bibel zu zitieren – etwas, das er bei jedem erdenklichen Anlaß gerne tat. Er ließ die Männer sogar sonntags vorne antreten, während er ihnen ein, zwei Seiten aus dem erhabenen Buch vorlas.

Während all dieser Zeit saßen der Junge und der Koch in der Kajüte des Letzteren, und der Koch erläuterte, was alles genau der Junge an Arbeit verrichten sollte. Als der Koch diese Anweisungen gerade unterbrach und seine Pfeife stopfte, kam die Nachricht vom Tod des Ausgucks von der Backbordwache.

»Ach, Jesus« war alles, was der Koch sagte. Er saß ein paar Augenblicke lang still da. Dann hob er den Blick und schaute den Jungen gegenüber an.

»Also, Junge«, hob er an, »ich fürchte, du hast dich da auf was eingelassen, was dir nicht so ganz klar ist.« Er spuckte mit großer Betonung auf den Boden.

Der Junge sah ihn an. Er den Jungen. Im selben Tonfall fuhr er fort: »Ihr Jungs erwartet immer, daß man euch wie die Hühnchen behandelt, und die Wahrheit ist doch, daß ihr allesamt bloß eine Plage seid. Eine verdammte Plage. Schau bloß dich selber an. Kommst hier an Bord, erstickst fast in der Kohle, und wie man dich findet, machst du mehr Aufruhr als sonst irgendjemand. Das ganze Schiff fragt sich, wo du herkommst, warum du gekommen bist, und wann du wieder abhaust. Der Skipper von einem Schiff wie dem hier hat keine Zeit, sich mit solchen Jungs abzugeben. Und warum hab ich mich bißchen um dich gekümmert? Weil ich selber mal ein Junge war, wenn ich auch nie so 'ne Nummer gebracht habe wie du, und weil ich drei Söhne habe, die älter sind als du. Also, Junge, du mußt dich jetzt tummeln und den Hintern hochkriegen, wie man so schön sagt. Jetzt hab ich dir so gut wie alles erklärt. Gibt es was, wo du noch einen Rat brauchst?«

»Werde ich für diese Arbeit irgendwie bezahlt?« fragte der Junge.

»Bezahlt! Bezahlt! Wer hat was von Bezahlung gesagt? Mensch, Junge, die Reederei kann sich's nicht leisten, dir was zu zahlen. Du kriegst hier Kost und Logis, und dafür mußt du arbeiten. Sobald wir in Alex sind, läßt der Skipper dich an Land bringen. Wirst wohl ein paar Tage ins Gefängnis kommen, nehm ich an, wie all die anderen auch. Dann kommst du aufs erste Schiff zurück nach Hause. Begreifst du's jetzt?«

Die völlige Verwirrung auf Fearons Zügen machte klar, daß er es nicht tat. Er starrte weiter den Koch an.

»Bezahlen! Bezahlen!« wiederholte der Koch. »Jesus! Du bist gut! Ja, das wär's. Bezahlen! Haha!«

»Also«, setzte er plötzlich hinzu, »du kommst jetzt besser mal mit und ißt was. Ist dir schon schlecht?«

»Schlecht!« Der Junge hielt inne. »Ach nein. Nein. Mir ist nicht schlecht. Alles in Ordnung, mit mir ist alles in Ordnung.«

Sie kehrten beide in die Kombüse zurück. Der Koch gab ihm einen Teller Suppe und zwei Scheiben Brot.

»Setz dich hin und iß das und schätz dich glücklich. Als ich ein Junge war in deinem Alter ...« Doch der Rest des Satzes war unhörbar für den Jungen, der zu essen begann und die Mahlzeit vor sich zu genießen. Und während er aß, dachte er an sein Zuhause. Wie würden sie ihn vermissen! Er stellte sich ihren Kummer vor. Und sie hatten ihn immer für schlapp gehalten. Jetzt würden sie schon sehen, ob er schlapp war oder nicht. Vielleicht glaubten sie, er sei tot, er liege gefährlich verletzt im Krankenhaus, er wäre bei irgendeinem Verwandten. Worauf Fearon aber am allerwenigsten kam, war, daß seine Eltern im Zusammenhang mit seinem Verschwinden an das Meer denken würden. Mr. Fearon aber dachte auf Anhieb daran. Er rechnete fest damit, einen Brief seines Sohnes aus irgendeinem merkwürdigen Winkel der Welt zu bekommen. Der Junge beendete seine Mahlzeit und reichte dem Koch Teller und Tasse hin mit den Worten: »Danke. Ich war hungrig, und das hat gut geschmeckt.«

Der Koch lächelte und sagte: »Na, dann bist du vielleicht in Form für ein wenig Arbeit. Alle die Pfannen hier müssen gewaschen und aufgehängt werden. Die Kartoffeln hier müssen bis heut Nacht geschält werden, daß sie morgen bereit sind. Dann muß das Deck abgespritzt werden. Verstehst du?«

In diesem Augenblick traf die *Hernian* eine schwere Dünung von vorn. Das Schiff begann, massiv zu stampfen, der Wind nahm zu, was den Koch bemerken ließ: »Fürchte, wir kriegen heute Nacht gemeines Wetter.«

Der Junge hatte sein Gesicht vom heißen Feuer abgewandt und starrte nun über die Wasserwüste hinweg. Es schien ihm, als würde das Schiff in Stücke gerissen. Schon waren die Wanten losgerissen. Und ihr unaufhörliches Klappern gegen die Stagen und den Mast machte ihm klar, daß ein Wind von Südwest manchmal eine furchtbare Sache sein kann, etwas, das alles auf seinem Weg zerstört. Zuhause war er an manchem stürmischen Tag unterwegs gewesen. Aber er konnte sich nicht an einen solchen Wind erinnern. Er sagte zum Koch: »Was für ein Wind, Koch.«

Wieder lachte der Koch und sagte, während er seine Pferdezähne zeigte: »Na! Ich hab's dir gesagt. Das gibt auf jeden Fall 'ne gemeine, dreckige Nacht, und vielleicht hast du's das nächste Mal nicht so eilig, fortzulaufen und auf See zu gehen. Also mein Sohn, der würde nie daran denken, den Blinden Passagier zu machen. Nicht, daß mir dein Schneid nicht gefällt. Ich mag das. Aber meiner – der interessiert sich für Motoren. Der würde nicht auf See gehen, wenn man ihm zwanzig Pfund die Woche bietet.«

Fearon saß da und dachte nach. »Na ja«, sagte er bei sich, »das ist gut und schön. Aber wenn er an meiner Stelle wäre, dann müßte er was unternehmen.« Und er dachte an das harte Leben zuhause, die ständige Armut, die Gleichgültigkeit der Eltern seinem Wohlergehen gegenüber. Als er an all dies dachte, wurde ihm klar, daß er gar nichts anderes hatte tun können. Überhaupt nichts anderes. Es mußte sein, sagte er sich. Es war sein einziger Fluchtweg hinaus aus einer monotonen Existenz. Und jetzt waren Männer hier an Bord des Schiffes, die alle auf ihre Art Mitgefühl mit ihm gezeigt hatten. Sie hatten im Grunde zu ihm gesagt: »Du kleiner Dummkopf. Warum hast du sowas gemacht? Die See ist nur was für die, die es zufrieden sind, ein Hundeleben zu führen, aber mehr auch nicht.«

Doch mußte er immer an eines denken. Es gab etwas, das er sagen wollte und nicht sagen konnte. Doch wußte er, wenn er es aussprach, würde das den Männern vielleicht helfen, den einzigen Grund zu verstehen, dessentwegen er an Bord gegangen war. Er war abwechselnd froh und wütend über die Folgen seines Entschlusses. Was hatten sie mit ihm vor? Einer hatte ihm gesagt, er wäre buchstäblich unter der Befehlsgewalt eines jeden Mitglieds der Mannschaft. Stimmte das? Er dachte nach. Soweit er seine Position hier verstand, sollte er hundert verschiedene Arbeiten leisten, und doch würde er keine Bezahlung bekommen dafür. Es enttäuschte ihn, zu erfahren, daß das Schiff in keinem westlichen Hafen anlegen würde, denn seine eine große Idee war es, in Amerika oder Kanada zu desertieren und sich nach und nach ein neues Leben zu erarbeiten. Er würde an seine Eltern zuhause schreiben und ihnen sagen: »Also, Vater und Mutter, ich habe jetzt das getan, was ich mir sehr gewünscht habe. Es ist mir gelungen. Ich will jetzt hart arbeiten und sparen. Am Ende werde ich euch beiden helfen.« Träume, dachte er.

Als er in dieser Nacht in seine Koje gegangen war, lag er eine Weile wach und hing diesen Gedanken nach. Und um ein Uhr morgens (er erinnerte sich gut daran, denn die Schiffsglocke hatte eben geschlagen), da hatte der Koch ihn geweckt. Der Koch hatte ihn zu bestimmten Dingen aufgefordert, hatte bestimmte Dinge vorgeschlagen. Fearon war ein Junge, der unter den gröbsten Männern der Docks und Werften gelebt hatte. Er lag still und lauschte den Bitten dieses Mannes. Dann sprang er aus dem Bett, ergriff eine Kleiderbürste, schlug dem Koch damit auf den Kopf und floh schließlich aus der Kajüte. Er rannte hinüber zur Kajüte des Ersten Offiziers, verstört und fast unter Tränen, und klopfte an die Tür.

Der Offizier legte eine Patience. Er drehte sich um und schrie: »Herein!«

Der Tür ging auf, und Fearon erschien, der Junge. Er schaute den Neuankömmling böse an.

»Also!« knurrte er. »Was ist jetzt wieder mit dir los?«

Einen Moment lang schien es, als wüßte der Junge es selbst nicht, denn er war es zufrieden, töricht dazustehen und den Offizier anzustarren, während dieser sich verwundert an Kopf kratzte. Er streckte einen langen Arm aus, zerrte den Jungen zu sich herüber und sagte sehr langsam: »Wo hast du deine Zunge, Kleiner? Gib Antwort. Jetzt.«

»Es tut mir leid, Sir«, begann Fearon, »daß ich Ihnen all diese Umstände mache. Aber ich hab gedacht, daß ich am besten zu Ihnen komme. Ich möchte mich über den Koch beschweren, in dessen Kajüte ich im Augenblick schlafe. Ich soll ihm in der Kombüse helfen und Messesteward für die Ingenieure sein. Er hat sich vergehen wollen an mir. Ich hab Angst, wieder in seine Kajüte zu gehen.«

Der Offizier sah dem Jungen in die Augen. Dann sagte er einigermaßen ärgerlich: »Ist der Koch betrunken?«

»Ich weiß es nicht, Sir«, antwortete Fearon.

»Führ mich zu der Kajüte, Junge«, sagte der Offizier, stand auf und legte Jacke und Mütze an. Das Paar ging mittschiffs entlang bis zu dem Gang, wo die Kajüte des Kochs lag. Der Offizier zog den Jungen am Arm. Sie hielten an, und der Junge sah zu dem Offizier hoch.

»Sag mir, was er mit dir machen wollte«, sagte der Offizier, und es lagen Freundlichkeit und Sympathie in seiner Stimme. Es wirkte auf Fearon wie Wärme, als er diesen Mann, der sonst so laut sprach, so zu sich reden hörte. Aber er konnte nicht aussprechen, was in seinem Kopf war. Stattdessen antwortete er stammelnd: »Das kann ich Ihnen nicht sagen, Sir.«

Sie erreichten die Kajüte. Die Tür stand ein wenig offen. Der Offizier klopfte scharf.

»Hallo! Hallo! Wer zum Teufel ist das jetzt wieder?«

»Machen Sie die Tür auf, Mister Koch, bitte«, sagte der Offizier mit Autorität.

Drinnen in der Kajüte war unterdrücktes Gefluche zu vernehmen. Einen Augenblick später ging die Türe auf. Der Koch stand in Unterhemd und Unterhose in der Mitte des Raumes. Der Offizier betrat die Kajüte und zog den Jungen hinter sich her. Die Tür schloß sich.

»Was ist denn los mit Ihnen, Mann?« fing der Offizier an. »Dieser Junge hat sich bei mir über etwas beschwert, das Sie ihm antun wollten. Erklären Sie sich.«

Der Koch starrte den Offizier an, dann stirnrunzelnd den Jungen.

»Tun, Sir? Ich hab dem nichts getan. Überhaupt nichts. Ich habe nicht einmal was zu ihm gesagt.«

»Doch, haben Sie«, unterbrach ihn Fearon. »Sie haben gesagt, ich soll mich ausziehen und in Ihre Koje kommen. Zweimal bin ich eingeschlafen, und immer haben Sie mich wieder geweckt.« Er wandte sich zu dem Offizier und fügte hinzu: »Das ist ehrlich die Wahrheit, Sir.«

»Komm mit mir«, sagte der Offizier. Er nahm Fearon am Arm, und beide verließen die Kajüte, wo der Koch noch immer in der Mitte des Raumes stand, das Gesicht voll maßlosem Erstaunen. »Der verdammte kleine Wichser«, murmelte, als er wieder in seine Koje kletterte. Er reckte sich, streckte eine Hand aus und knipste das Licht aus. Der Raum wurde sogleich schwarz. Das offene Bullauge war direkt über dem Bett des Kochs. Er konnte den unablässigen Wirbel der Wellen hören. Das Stöhnen des Windes.

»Der verdammte kleine Wichser«, wiederholte er.

8 Im Backbordkorridor der *Hernian* waren die Räume wie folgt angeordnet: zuerst der Abtritt, dann Leichtmatrosenkammer, Lampenkammer, Zimmermannskammer, dann die Bootsmannskajüte, der Lagerraum und die Bäckerei. In dieser Nacht schlief Fearon in der Leichtmatrosenkammer. Der Raum beherbergte normalerweise zwei Jungen, aber vor drei Monaten hatte die Firma beschlossen, gewisse Einsparungen zu treffen und hatte die Leichtmatrosen abgeschafft. Da der Raum nun leerstand, wurde der Junge auf Vorschlag des Ersten Offiziers sein Bewohner. Fearon war froh darüber. Es verhinderte, daß die Männer ihn belästigten, was wiederum hieß, daß er nicht um seinen Schlaf kam, und es verschaffte ihm auch außerdem eine gewisse Privatheit. Der Junge machte seine Koje fertig und legte sich schlafen. Er träumte. Es waren sieben Männer in diesem Traum. Der Zweite Ingenieur, der Steward, der Koch, der Bootsmann, der Kapitänssteward, der Diver von der Backbordwache und der Hauptmaschinenschmierer. Sie sprachen zu ihm und von ihm. Er hörte all ihr Flüstern. Sie verschworen sich gegen ihn. Weil er ein Junge war. Es gab keine anderen Jungen an Bord. Nur ihn. Er fing einzelne Augenblicke der Unterhaltung auf.

»Als ich ein Junge war … Jesus! Ich mußte vor dem Mast auf einem Schoner arbeiten. Wenn ich den kleinsten Fehler gemacht hab, haben sie mir den Arsch mit einem Tauende gegerbt. Ja … Als ich ein Junge war …«

»Diese verdammten Jungs sind nix wie eine verflixte Plage. Warum sollen die denn nicht arbeiten?

Warum sollen sie nicht die ganze Drecksarbeit machen? Dazu sind sie an Bord. Die kleinen Penner. Na, zu meiner Zeit … Ich weiß noch, auf meiner ersten Fahrt sind wir in einem gottverdammten Hurrikan um Kap Horn. Ich mußte mit zwei von den Seeleuten hoch. Ich war damals wie ein kleines Mädchen, seidiges Haar und schmale Hände. Diese beiden Dreckskerle wollten bei mir einen wegstecken, als wir da droben waren. Und wißt ihr was, seitdem, wenn ich mich an diese Zeit erinnere, dann hasse ich Jungs. Gott verdamm mich, ich hasse Jungs. Warum? Bloß weil ich selbst mal ein verdammter Junge war.«

»Dieser verdammte Junge bringt mich ans Kotzen. Auf jedem anderen Schiff außer dem hier, also da würde man ihn doch als was Braunes nehmen. Herrgott nochmal. Die Jungen heutzutage, das sind ganz schlaue, die wissen alles besser. Die kleinen Dreckskerle. Ich war mit siebzehn auf der *Niobe* als Matrosenkanonier. Na, jeder Mann an Bord hatte eigens für sich was Braunes. Warum kann es auf den Schiffen heut nicht so sein? Das möchte ich mal wissen. Warum nicht?«

»Verdammter Junge kommt da an Bord. Ist wahrscheinlich zuhause fortgelaufen, hat jemand bestohlen. Weiß man nie. Heutzutage machen sie nicht vor einem Mord halt. Quetscht sich in den gottverdammten Bunker rein. Wird rausgezogen. Halbtot. Alle empfanden Mitgefühl mit ihm. Kommt vor den Kapitän. Kommt zu mir. Ja. Wird für mich arbeiten. In der Kombüse helfen, hab den Penner noch gefüttert. Gut gefüttert. In der Nacht sag ich: Runter damit. Verdammter Kerl fängt zu jaulen an. Rennt zum Offizier. Heult. Nach der Mutti, nehm ich an. Was für Jungs heutzutage. Dumme kleine Rotznase. Wie ein Mädel.«

»Der kommt zu mir und heult, wer bin ich? Ein Mann natürlich. Heult wie verrückt. Ob ich das mache und jenes. Wo fährt das Schiff hin? Wann legt es an? Wird er bezahlt für die Arbeit an Bord? Was wird man machen mit ihm? All die Jungs sollte man aufknüpfen wie die Affen, sag ich zu mir, aber nicht zu ihm. Verdammter kläglicher Schlappschwanz. Ein Mann ist ein Mann, und ein Junge ist ein Junge, und manchmal ist ein Mann eben ein gottverdammter Nehmer. Als ob er das Wort nicht kennt. Ihn einfach nehmen.«

»Jungen sind kleine Teufel. Man muß sie zähmen, verdammt noch mal. Ich weiß es doch. Hatte fünf Söhne, fünfe hab ich gehabt, und ich weiß nur allzugut, von denen hab ich nie was gehabt und werd nie was von ihnen haben. Schufte. Die Wichser haben keine Ahnung, wie das Leben auf See ist. Ich war als Junge auf 'nem Viermaster in den Neunzigern. Arbeiten mußte ich da. Die Decks sauberreiben und kaum was im Bauch und kalt wie die Hölle dabei, rauf nach Neuschottland. Mußte mir einiges gefallen lassen. Auf den gottverdammten Knien am frühen Morgen mit 'nem Stück Scheuerstein in der Hand, zusehen, daß die Leitern aussehen wie neu. Die ganze Zeit vornübergebeugt. Sogar der Rotz friert dir da an der Nasenspitze fest, so kalt isses. Matrosen kommen vorbei und geben dir einen Tritt in den Hintern und langen dir da hin, wo sie nix verloren haben. Hab ich mich gewehrt? Nein. Konnte nicht. Hatte kein Recht. Nur ein Junge. Na, und jetzt bin ich ein Mann und hasse all die gottverdammten Jungs. Weiß jetzt, wie sie sind. Die muß man nehmen, wo man nur kann, die kleinen Schweine.«

Eine seitliche Dünung hatte eingesetzt, donnernde

Wellen krachten immer wieder längs gegen das Schiff, Tonnen Wasser schlugen auf die eisernen Decks. Eine dieser Wogen traf das Deck genau achterlich von der Kammer des Jungen. In ein, zwei Sekunden war seine Tür eingedrückt, und das Wasser strömte hinein, viereinhalb Fuß hoch – doch glücklicherweise schlief der Junge in der oberen Koje. Und er schlief immer noch. Ehe er sich hingelegt hatte, hatte er das Licht heruntergedreht. Er fing im Schlaf zu sprechen an. Wie die Rede der Männer, von denen er geträumt hatte, war auch die seine fragmentarisch und zusammenhanglos.

»O Mutter! O Dad! Wenn ihr mich jetzt sehen könntet. Mit diesen Männern. Ich mag sie alle außer den sieben.«

Es entstand eine kleine Pause, dann fuhr er konfus fort: »Jungen haben es schwer auf See. O Gott, wenn ich doch kein Junge wäre. Nie ein Junge gewesen wäre. Ich wünschte, ich wäre gleich als Mann geboren worden. Der Bootsmann, der haßt mich. Um fünf Uhr früh ruft er einen und sagt: ›Auf geht's, Beeilung, du Schafsnase. Raus aufs gottverdammte Deck und dreh die geknickten Schläuche richtig hin. Hol mein Frühstück aus der Kombüse!‹ Ich hasse ihn. Hasse ihn.«

Um halb fünf wurde er vom Koch geweckt, der ihm befahl, sofort in der Kombüse an die Arbeit zu gehen. Fearon fing jetzt erst an, sich seekrank zu fühlen. Sein Kopf schwindelte, sein Magen fühlte sich an, als wolle er platzen. Als er in die Kombüse kam, rauchte der Koch seinen billigen Shagtabak. Er hatte sich weder gewaschen noch angezogen. Er stand über seine bevorzugte Pfanne gebeugt. Als er den Jungen hörte, schrie er: »Auf geht's, Zimperliese. Mach voran! Die

Männer warten auf die Grütze. Das ganze Schiff redet über dich, du verflixter Rumquengler.«

Fearon schleppte sich in die heiße Kombüse. Von der Hitze, dem Tabakgeruch und den Essensdünsten wurde ihm speiübel. Er brach zusammen und ließ sich auf die eiserne Sitzfläche fallen.

»Hallo!« rief der Koch. »Was ist denn jetzt los? Hast beide Hände eingesetzt, was? Schau, daß du dich zusammenreißt. Die Männer sind wichtiger als du. Die verdammten Männer waren die halbe Nacht draußen am Arbeiten. Warten auf ihren Fraß. Ich halt sie nicht ab, wenn sie kommen und dir die Rippen kitzeln.«

Er fing an zu lachen. Der Junge sah ihn mit fast glasigem Blick an. Plötzlich neigte er sich vor und erbrach sich über den ganzen sauberen Fußboden. Der Koch fuhr herum.

»Menschenskind! Den Boden hab ich letzte Nacht abgespritzt. Geh raus an die Reling und werd da deine verdammte Kotze los. Fehlt noch! Seekrank, nehm ich an. Was zum Teufel bist du bloß hierhergekommen? Das fragt man sich. Hättest zuhause bleiben sollen bei deiner Mutti«, und wieder brach der Koch in lautes Gelächter aus.

Der Junge rappelte sich auf und taumelte aus der Kombüse. Mit großer Anstrengung blieb er auf den Füßen und konnte gerade noch verhindern, daß sein Kopf gegen den eisernen Pumpengriff schlug. Das Schiff schlingerte stark. Er rutschte von einem Ende des Ganges zum anderen. Er fiel und stöhnte mitleiderregend. Das stete Summen der Maschinen, der Geruch, der aus dem Maschinenraum quoll, ließen ihn wieder speien. Gerade da kehrte der Bootsmann zufällig von der Brücke in seine Kajüte zurück. Er brüllte los, sobald er Fearon sah: »Hol deinen Schrubber, Junge! Hol ihn schnell und mach die gottverdammte Sauerei da weg. Beeil dich, eh du auf dem Weg zum Lagerraum umkippst.« Er verschwand in seiner eigenen Kajüte, und der Junge konnte ihn lachen hören.

Der Zimmermann aß an diesem Morgen mit dem Bootsmann. Er bemerkte: »Komischer Junge das! Was ist denn heute morgen mit ihm los? Als ob er irgendwie verrückt wär.«

Der Bootsmann lachte wieder.»Wenn's dir nur ernst wär damit«, sagte er. »Weißt du«, fuhr er fort, »als Mr. Fell mir vor drei Monaten gesagt hat, daß das mit den Leichtmatrosen jetzt aufhört, na, da war ich richtig froh. Meiner Meinung ist nämlich so ein grüner Junge auf einem Schiff ganz nutzlos. Bei Passagierschiffen weiß ich's nicht, aber jedenfalls auf so einem Schiff hier. Der letzte Junge, der sich hier um mich gekümmert hat, der kam von einem dieser Schulschiffe. Ein richtiger Halsabschneider und Räuber. Ich muß dir mal von diesem Peter Larrogan erzählen ...«

Der Zimmermann sagte langsam: »Sind jedenfalls immer besser als 'ne Frau.«

Der Kapitän hatte bei einer Besprechung mit dem Ersten Offizier den Tod des Ausgucks erwähnt. Der Offizier sagte, dieser Platz müsse nun besetzt werden.

»Selbstverständlich«, sagte der Kapitän sarkastisch. »Wie wär's, wenn wir den Jungen auf's Deck stellen? Ich habe schon den Eignern telegraphiert, daß ich einen Blinden Passagier an Bord habe. Ich warte auf eine Nachricht von ihnen, was ich in der Sache tun soll.«

Eben da klopfte der Funker an die Tür. Er reichte eine Nachricht herein, die er vom Büro in Liverpool erhalten hatte. Der Kapitän las: »Anweisung Blinden Passagier in Alexandria den Behörden zu übergeben hiermit aufgehoben. Jungen als Leichtmatrosen anheuern.«

»Na bitte«, sagte der Kapitän. »Genau das hab ich mir gedacht. Dieser Junge kann sofort zu mir hochgeschickt werden, dann lasse ich ihn als Leichtmatrosen anheuern. Erspart mir viel Aufwand, ich muß im Hafen keinen Ersatzmann suchen und hab nicht den ganzen Quatsch mit den Behörden am Hals. Alles klar.«

»Jawohl, Sir.« Der Offizier verließ die Kabine und machte sich auf die Suche nach dem Jungen. Er fand Fearon auf den Knien in der Ingenieursmesse; der Kopf wankte ihm hin und her wie einem Idioten und schien jeden Augenblick von seinen Schultern in den Eimer fallen zu wollen.

»Was ist denn los, Junge?« fragte er.

»Mir ist übel, Sir«, antwortete Fearon, der von seinem Geschäft aufsah.

»Komm, komm! Das hast du bald hinter dir, mein Junge. Kapitän Wood wünscht dich zu sehen. Beeil dich. Mach dich rasch sauber und geh zu ihm. Du kennst die Offizierskajüte auf der Brücke?«

»Ja, Sir! Jawohl, Sir!«

Als der Offizier die Messe verließ, stand der Junge auf. Sein Gesicht war aschfahl, die Hände zitterten. Er sehnte sich nach nichts so sehr wie nach Ruhe. Wenn er sich nur hinlegen könnte. Irgendwo. Warum war er je weggegangen? Wie elend ihm war, wie sehr er es bereute. Und doch dachte er an das Leben zuhause, und sein Entschluß, es zu etwas zu bringen, wurde nur stärker. Er ging langsam auf die Brücke. Der Kapitän erwiderte sein Klopfen mit einem barschen »Herein!«

»Aha!« rief er aus. »Setz dich da einen Moment hin. Also, schauen wir mal. Dein Name ist ...«

»Fearon, Sir! Arthur Fearon.«

»Ja«, sagte der Kapitän. »Fearon. Fearon.« Er musterte den Jungen lang.

»Also, Fearon, uns fehlt ein Mann auf diesem Schiff, weil wir den Ausguck verloren haben. Ich hatte der Reederei schon gemeldet, daß man dich an Bord entdeckt hat, und ich habe auf den Befehl gewartet, was mit dir geschehen soll, wenn wir den Hafen erreichen. Jetzt habe ich die Antwort. Du wirst als Leichtmatrose angeheuert. Du bekommst die Vertragsbedingungen vorgelesen. Man bezahlt dir drei Pfund zehn im Monat. Du meldest dich jetzt unverzüglich beim Bootsmann, der sich dann, soweit ich weiß, um dich kümmern wird.«

»Ja, Sir«, sagte Fearon.

Der Kapitän las die Musterrolle vor. Anschließend ließ er den Jungen unterschreiben, der nun für einen sechs Monate nicht überschreitenden Zeitraum Mitglied der Mannschaft war. Danach legte der Kapitän die Papiere in eine Schublade. Er drehte sich um und sagte zu dem Jungen: »Ich denke mir, du wirst irgendwie einen guten Matrosen abgeben. Ich hoffe, du löst dieses Versprechen ein. Du schaust nicht nach einer schlechten Art von einem Jungen aus, und ich hoffe, du machst es gut, was man dir auch aufträgt.«

Der Junge errötete, seine Haut schien zu prickeln, sein Herz schlug laut. Jetzt geschah etwas, sagte er sich. Endlich geschah etwas. Und nun, da er über die ganze Geschichte nachzudenken begann, schien der Kapitän der beste unter allen Männern an Bord, und nicht der Mann, den er sich vorgestellt hatte.

Er saß da und starrte Kapitän Wood an, der seine Hände im Schoß verschränkt hatte und die Daumen drehte. Er mochte diesen Kapitän, sagte er zu sich selber. Plötzlich war es ihm, als sollte er diesem Mann sein Herz öffnen. Diesem Mann, der so milde und so freundlich erschien, wie ein Vater, wenn auch gewiß nicht wie sein eigener. Er war so anders als alle anderen und er flößte Vertrauen ein. Je länger dieser Mann ihn ansah, desto stärker wurde das Gefühl, er müsse herausplatzen mit all dem, was in seinem Herzen und seinem Kopf nach Ausdruck verlangte. Und dann sagte er: »Danke, Sir. Ich will es zu etwas bringen. Ich will etwas werden. Ich will alles machen – hart arbeiten, Mut und Hoffnung haben, wenn ich es zu etwas bringen kann. Mein Vater und meine Mutter sind arme Leute. Sie mußten mich vor dem Abgangsalter von der Schule nehmen. Ich bin im Dock zur Arbeit gegangen, und die Arbeit hat mir nicht gefallen und die Jungen auch nicht, mit denen ich da zusammen war. Mein Vater hat mich immer geplagt. Am Ende habe ich es nicht länger ausgehalten, und eines Morgens bin ich nicht zur Arbeit. Ich bin nach Hause. Mein Vater hat kein Wort gesagt. Er hat schon gewußt, was da nicht stimmt. Ich habe auch nichts gesprochen. Er hat mich mit beiden Armen hochgehoben und auf den Boden geworfen. Dann bin ich weg von zuhause. Hier bin ich jetzt an Bord von Ihrem Schiff. Ich weiß, ich wäre beinahe ums Leben gekommen, als die Kohle da auf mich heruntergefallen ist, aber Angst habe ich keine gehabt, Sir. Ich wollte meinen Eltern zeigen, daß ich nicht schlapp bin, besonders meinem Vater. Er hat sich immer über mich lustig gemacht. Hat mich ein Mädchen geheißen. Ich bin kein Mädchen. Es ist einfach so, daß ich gerne mit guten Leuten arbeiten möchte. Ich habe die Jungen und die Männer in den Werkstätten und den Docks gehaßt. Ich hab's satt gehabt. Satt. Aber jetzt, wo ich die Stelle habe, will ich mein Bestes tun. Vielen Dank, Sir.«

»Also gut, Junge«, sagte der Kapitän knapp, »geh nach unten und melde dich beim Bootsmann.«

Daß er sich nun irgendwelchen Papieren auf dem Schreibtisch zuwandte, war ein Zeichen, daß er mit Fearon fertig war. Ehe er sich beim Bootsmann meldete, ging Fearon in seine eigene Kammer, um sich ein paar Minuten lang hinzusetzen und die Sache zu überdenken. Er war endlich glücklich. So hatte seine überstürzte Aktion nun doch dazu geführt, daß er eine Stellung hatte. Genau das, was er wollte. Na, jetzt würde er es ihnen zeigen. Ihnen allen. Er hatte keine Angst vor der Arbeit. Es war nur deshalb gewesen, weil er sich vor dem gefürchtet hatte, was sie mit ihm machen würden, wenn das Schiff in Alexandria ankam. Jetzt konnte er an seinen Vater schreiben und ihm sagen, daß er die Sache selbst in die Hand genommen und Erfolg gehabt hatte. Er sah darin nicht so sehr einen Triumph als eine Möglichkeit, seiner Mutter zu helfen. Er liebte seine Mutter. Er wußte, daß sie ein hartes Leben gehabt hatte. Er wollte ihr helfen und dadurch seinem Vater klarmachen, daß doch Gutes in ihm steckte. Wie er oben auf seiner Koje saß und diesen Gedanken nachhing, beschloß er auf einmal, am Abend einen Brief nach Hause zu schreiben, einen langen Brief.

»Herrgott! Ich bin so glücklich jetzt«, sagte er, als er die Kammer verließ und nach vorn ging zur Bootsmannskajüte, um sich dort zu melden. Der Bootsmann stand an seinem Spind und goß aus einer Flasche ein Glas Whisky ein, als Fearon klopfte. Er hatte schon vom Offizier gehört, daß der Junge entweder in seine Wache oder in die des Bootsmannsmaats kommen sollte – als Leichtmatrose, bis zum Ende der Fahrt. Doch obwohl er das wußte, ließ er es den Jungen nicht merken. Er rief: »Also? Was gibt's? Wer ist da?«

»Fearon, Sir«, erwiderte der Junge.

»Oh!« Es gab eine Pause, und dann rief die Stimme wieder: »Komm rein! Komm rein!«

Fearon betrat den Raum. Der Bootsmann musterte ihn. Sagte dann: »Ja? Willst du was? Ist wieder irgendwas mit dir?«

Einen Augenblick lang schien der Junge nicht zu begreifen, nur dazustehen und diesen bärtigen Menschen anzusehen, bis er zur Besinnung kam, als er den Mann sagen hörte: »Also! Was zur Hölle willst du denn?« Da fand er sich wieder. Die Frage war für Fearon wie ein Hieb auf den Kopf.

»Kapitän Wood hat gesagt, ich soll kommen und mich bei Ihnen melden, Sir«, sagte er.

»Ah!« Pause. »Verstehe.« Pause. »Hmmm.«

Er befingerte sein Glas und der Junge sah, wie sich seine Stirn runzelte, als plage ihn qualvolle Unentschiedenheit. Plötzlich lachte er.

»Ich verstehe«, sagte er leise. »Gut, du bist in meiner Wache.« Pause. »Ach nein, natürlich nicht. Du machst Tagarbeit. Natürlich. Was hab ich mir da nur gedacht. All die Jungen an Bord dieser Schiffe machen Tagarbeit. Du hast Glück, Junge. Hast wirklich Glück. Diese Schiffe haben vor drei Monaten oder so eigentlich aufgehört, mit Leichtmatrosen zu fahren. Folgendes mußt du machen. Du wirst um dreiviertel fünf jeden Morgen gerufen. Du gehst sofort zum Zweiten Steward und holst meine Tagesration. Dann holst du mein Frühstück aus der Kombüse. Der Zimmermann und der Lampenputzer essen in meiner Kajüte mit mir. Du machst sauber und räumst dein Geschirr weg. Dann fegst du bei mir aus und machst alles sauber. Danach fegst du und machst sauber beim Zimmermann und beim Lampenputzer. Dann deine eigene Kammer. Das ganze Messing hier im Gang muß jeden Tag vor zehn geputzt sein. Dann meldest du dich bei mir an Deck. Du hilfst der Wache bei jeder Arbeit, die sie gerade hat. Hauptsächlich wirst du die Winschen reinigen und die gesprungene Farbe von den Schotten abschlagen. Um halb zwölf gehst du, machst dich sauber und holst das Mittagessen aus der Kombüse. Dein eigenes nimmst du von dem, was wir übriglassen. Alles festmachen, dann meldest du dich wieder an Deck. Um fünf Uhr in die Kombüse, Tee holen. Wieder alles befestigen. Den Raum saubermachen. Nur meinen. Immer als erstes morgen die Betten machen. Danach hast du frei. Vielleicht holt dich der Offizier auf die Brücke, daß du steuern lernst. Kennst du dich mit dem Kompass schon aus? Kannst du einen Augspleiß in ein Tau machen – in ein Stück Draht? Kannst du 'nen Bootsmannsstuhl zurechtmachen? Weißt du, wie man richtig anstreicht? Kannst du die Knicke aus einem Leinwandschlauch rausmachen? Schon gut. Das wirst du alles verdammt schnell lernen. Kannst du dir die Sachen alle merken?« Er grinste den Jungen an.

»Ja, Sir«, antwortete Fearon.

»Also gut. Dann lauf rüber zum Lampenputzer und laß dir zwei Kratzeisen geben, einen Rundpinsel und ein paar Lappen. Frag ihn auch nach Baumwollabriß.«

»Jawohl, Sir.«

»Das ist alles.«

Fearon verließ den Raum und machte sich auf den Weg zum Lagerraum des Lampenputzers.

»Willste denn«, knurrte der Lampenputzer, ein Schotte, sobald er Fearon erblickte, und Fearon nannte ihm die Liste der erforderlichen Gegenstände. Der Mann murmelte etwas und suchte die Sachen zusammen. Er gab sie ihm und sagte: »Bist du der gottverdammte Junge, den sie im Bunker gefunden haben?«

»Ja«, sagte Fearon.

»Oho!«

Der Tür wurde dem Jungen plötzlich ins Gesicht hinein zugeknallt. Fearon dachte sich, der Mann sei ein Schwein, und ging zur Winsch Nummer drei, welche, wie der Bootsmann ihm gesagt hatte, gründlich gereinigt werden mußte, weil die Schauerleute in Alexandria es sehr genau damit nahmen, daß die Winschen auch in gutem Zustand waren. Außerdem hatte man ihm gesagt, daß eine schmutzige Winsch bei gleichzeitiger Anwesenheit eines Jungen an Bord den Zorn des Vierten Ingenieurs wecken würde. Den hatte Fearon noch nicht gesehen. Larkin, der Vierte, galt als der mürrischste Mann auf den sieben Meeren. Jeder Ingenieur der Reederei hatte schon von ihm gehört, und es war allgemein bekannt, daß die Männer, die er unter sich hatte, ständig desertierten und versuchten, auf irgendeinem anderen Schiff der Firma anzuheuern, egal welchem, nur nicht der *Hernian*. Doch die Männer, die ihm diesen Ruf eingetragen hatten (und damit auch eine gewisse Berühmtheit), hatten nicht hinter die Oberfläche von Mr. Larkins Mißmut gesehen. Es war nicht die Berührung mit den Menschen, die ihn mürrisch hatte werden lassen. Es war nur eine Laune des Meeres selbst. Das Meer formt. Das Meer lehrt. Und Larkin tat sein Bestes, alles wieder zu verlernen, was er in seinen dreiundzwanzig Jahren Seefahrt gelernt hatte. Die See hatte etwas in seinem Wesen verkrümmt. Einst ein gutherziger und sanfter Ire, war er nun am Ende ein moroser, säuerlicher Mann, und er konnte das nicht begreifen. Er hielt sich ganz abseits, tatsächlich sprach er nur, wenn er unbedingt mußte. Die Männer mochten ihn nicht. Fearon war nicht der einzige auf dem Schiff, der verhaßt war.

Als er hinter der Winsch an Luke Nummer drei kniete, stellte er bald fest, daß diese Arbeit noch schmutziger und mühsamer war als das Nieten und Abschlagen, womit er sich wider Willen hatte vertraut machen müssen. Trotzdem schwor er sich, alles so gut zu machen, wie er nur konnte. Er hatte dem Kapitän versprochen, gute Arbeit zu leisten, und dazu war er entschlossen. Fünf Matrosen der Backbordwache waren damit beschäftigt, den Schornstein zu streichen. Von Zeit zu Zeit hielt Fearon inne, um Atem zu holen, und schaute hinauf zu den Männern, die dabei waren, den Schornstein mit einem neuen Überzug schwarzer Farbe zu versehen. Bei einer späteren Gelegenheit wurde er selbst in denselben Schlot hinaufgeschickt, und da wurde ihm auch klar, was ein Bootsmannsstuhl tatsächlich ist.

Eine Stimme rief ihn an, und er schaute auf. Sein Gesicht und seine Hände waren dick mit Öl verschmiert. Er glaubte, den Bootsmann lächeln zu sehen. Dann schrie er: »Also! Lauf in deine Kammer und mach dich sauber. Dann geh zum Essen in die Kombüse!«

Fearon las seine Sachen auf und legte sie in seinem eigenen Raum ab, da er nach dem Essen sofort weitermachen mußte. Er holte den Männern ihr Mittagessen und zog sich dann unauffällig in seine eigene Kammer zurück, bis man ihn rief. Der Ruf, mit Stentorstimme, bestand nur aus dem Wort: »Junge!«

Als er zu der Kombüse kam, hatten die Männer sie verlassen und lehnten entweder an der Reling oder saßen auf der Luke und unterhielten sich. Die Überreste von ihren Mahlzeiten bildeten die Essensration des Jungen. So ging es immer. Nachdem er selbst gegessen hatte, machte er sauber. Dann holte er seine Sachen und kehrte zur Winsch zurück. Da kam einer der Matrosen herüber und fragte: »Wie läuft's so, Kleiner?«

»In Ordnung«, sagte Fearon.

»Gehst du auch zur Madam, wenn du nach Alex kommst?«

Der Junge begriff nicht, was der Matrose meinte. Der Matrose lachte und zeigte einen nahezu zahnlosen Mund. Er fuhr fort: » Ach was! Erzähl mir doch nicht, daß du nicht weißt, was ›Madam‹ bedeutet! Haha!«

»Weiß ich nicht«, sagte Fearon und fuhr mit seiner Arbeit fort, den Seemann ignorierend.

Später am Tag kam der Junge aus dem Abtritt und warf dabei fast denselben Matrosen um, der sagte: »Spürste deinen Arm?«

9

Fearon schrieb nach Hause an diesem Abend.

Liebe Eltern,

in dem Augenblick, wenn Ihr diesen Brief bekommt, werde ich in Alexandria sein. Ich habe mich als blinder Passagier auf der SS Hernian *versteckt, einem der Schiffe von Morrell. Eine Zeitlang habe ich gedacht, ich werde an Land gesetzt und ins Gefängnis gebracht, bis ein Schiff auf dem Heimweg mich mitnehmen kann. Glücklicherweise ist einer von den Matrosen an einem Anfall gestorben, und am nächsten Tag hat der Kapitän gesagt, ich soll als Leichtmatrose anheuern. Ich mag meine Arbeit. Sie ist nicht so schmutzig wie da drunten in den Docks, wo Dad mir die Stelle verschafft hat. Das Essen ist gut, und es gibt viel davon. Ich habe mir lange Zeit furchtbare Sorgen gemacht, was Ihr wohl glaubt. Was Ihr von meinem Verschwinden denkt. Aber ich bin froh, daß wir in ein, zwei Tagen im Hafen sein werden. Ich fühle mich gesund, obwohl es mir die ersten Tage wirklich nicht gut ging und ich weder arbeiten noch essen konnte. Das ist jetzt alles vorbei, und ich bin froh. Liebe Eltern, ich bin Euch nicht böse, weil Ihr mich von dem abgehalten habt, was ich mir unbedingt gewünscht habe. Ich wollte eigentlich auch gar nicht auf See gehen. Ich wollte nur eines. Ich wollte Drogist werden. Ich habe meine Arbeiten zuhause gehaßt. Ich hatte es satt. Ich war nicht einmal wütend auf Dad, daß er mich an diesem Morgen fast umgebracht hat. Ich war jedoch entschlossen, herauszukommen und mich selbst in der Welt durchzuschlagen. Es ist mir gelungen. Der Kapitän hier ist ein recht netter Mann und er hat gesagt, wenn ich ordentlich arbeite, habe ich auf diesen Schiffen eine Lebensstellung. Der Bootsmann ist ein sehr grober Mensch, aber ich hoffe, wir werden uns immer einig sein. Natürlich sind all diese Matrosen sehr grobe Männer. Aber sie sind freundlich. Der einzige Mann auf dem Schiff, den ich hasse, ist der Steward. Früher habe ich gedacht, der Koch sei schrecklich, aber das war vielleicht, weil ich so krank und schwach war. Ich bin auch fast tot gewesen, weil ich mich im Kohlenbunker versteckt habe. Als einer von den Trimmern seinen Karren vollgeladen hat, hat man mich gefunden. Ich bin mit einer großen Ladung Kohle auf mir drauf herausgekollert. Ich bin auf die Krankenstation gebracht worden. Nachdem ich wiederhergestellt war, bin ich zum Kapitän gebracht worden. Ich mußte alle möglichen Handlangerarbeiten machen, weil er sagte, die Firma dächte nicht daran, Blinden Passagieren eine Seereise zu spendieren. Die meisten Männer waren völlig besoffen. Die ersten Nächte habe ich nicht schlafen können, weil Männer mich belästigt haben. Als der Koch eines Nachts damit angefangen hat, habe ich das beim Ersten Offizier gemeldet. Er ist kein schlechter Mann. Er hat mich in eine eigene Kammer umziehen lassen, die früher für die Leichtmatrosen war. Die Reederei nimmt keine von denen mehr an Bord, und alle sagen mir, ich hätte großes Glück, daß man mich überhaupt angeheuert hat. Von Rechts wegen, sagen sie, müßte ich in Eisen gelegt werden, bis wir im Hafen sind, wo der Kapitän im allgemeinen Blinde Passagiere und verdächtige Personen den Behörden übergibt. Nun, liebe Eltern, jetzt ist alles in Ordnung. Ich habe die Absicht, mein Bestes zu tun und es zu etwas zu bringen. Es gab eine Zeit, da habe ich Euch beide verflucht, weil Ihr mich von der Schule genommen habt, weil mein Herz daran hing, etwas anderes zu werden als das, was Ihr von mir wolltet. Aber jetzt habe ich darüber nachgedacht und ich verstehe, daß Ihr nicht anders konntet. Ich weiß, daß Ihr beide einen harten Kampf hattet im Leben, und es tut mir leid, wenn ich etwas getan habe, was Euch gekränkt hat. Mein einziger Wunsch ist es jetzt, Geld zu verdienen, um Euch zu helfen. Ich weiß, daß Dad nicht immer seine jetzige Arbeit weitermachen kann, also hoffe ich, daß ich in dem Moment, wo er aufhören muß, selbst in einer guten Stellung bin und Euch beiden bequem helfen kann. Es gibt einen Mann hier an Bord, der sagt, er würde Dad kennen, weil er mit ihm auf den alten Seglern gefahren sei. Sein Name ist O'Rourke. Frage Dad, ob er sich an den Namen erinnern kann. O'Rourke hat versprochen, er wird zusehen, daß man sich um mich kümmert und daß mir nichts geschieht. Das einzige, was ich an ihm nicht mag, ist, daß er an der Wand von seiner Kammer Photographien von nackten Frauen hat. Aber er ist ein guter Seemann und hat versprochen, daß er mir Spleißen und Garnen beibringt, ehe wir nach Liverpool zurückkommen. Meine Heuer beträgt drei Pfund zehn im Monat. Wenn ich wieder anheuere, kann ich Euch eine Vorschußanweisung und eine Zuteilungsanweisung zukommen lassen. Ich will nur Euch beiden helfen, denn ich liebe Euch. Und ich will in dieser Welt etwas werden. O'Rourke hat mir neulich erzählt, wenn er sich immer gut gehalten und einen Bogen um den Schnaps gemacht hätte, dann hätte er jetzt sein Patent als Zweiter Offizier. Er sagt, wenn ich steuern lerne und die Navigation studiere, bin ich in drei Jahren alt genug, daß ich Matrose mit Brief werde. Das ist jetzt mein Ehrgeiz. Statt gar nichts zu sein, will ich etwas werden. Jedesmal, wenn ich darüber nachdenke, bin ich froh, daß ich das gemacht habe. Ich weiß, Ihr werdet beide stolz auf mich sein, wenn ich Erfolg habe, und dazu bin ich fest entschlossen. Ich muß nun schließen, weil ich schlafengehen muß. Ich muß jeden Morgen um dreiviertel fünf aufstehen, und es schlägt gerade sieben Glasen, was bedeutet, daß es eine Viertelstunde vor Mitternacht ist. Ich hoffe, Dad hat noch Arbeit und ist gesund. Du ebenfalls. Ich denke immer an dies oder das für Euch, Pläne für die Zukunft. Ich möchte bloß, daß Ihr stolz auf mich sein könnt. Also habe ich mir geschworen, daß ich in zwei Jahren eine Seemannsprüfung machen werde. O'Rourke läßt grüßen und hofft, daß er Dad sieht, wenn das Schiff nach Hause kommt. Er sagt, es sind neunzehn Jahre, daß sie zusammen auf der* Arama *gesegelt sind. Der Erste Offizier ist auch nicht schlecht. Er ist ein ausgezeichneter Schwimmer. Er ist fast am ganzen Leib tätowiert. Im Augenblick haben wir sehr rauhes Wetter, und das Schiff stampft und schlingert fürchterlich. Der Bootsmann hat mir gesagt, es hätte keine Fracht, nur Sand als Ballast, also ist das wohl der Grund. Ich habe vergessen, Euch zu sagen, daß ich fast drei Tage lang im Bunker eingesperrt war, und erst als das Schiff fast zweihundert Meilen westlich vom Fastnet Rock war, hat man mich entdeckt. Ich weiß selbst nicht mehr viel davon. Einer von den Heizern hat mir gesagt, ich müsse stundenlang bewußtlos gewesen sein. Am rechten Bein hatte ich böse Rattenbisse, aber der Obersteward hat das bald mit etwas Natronlauge kuriert. Ich muß wirklich Schluß machen. Ich schreibe wieder. Bald bin ich zuhause.*

Liebe Grüße an Euch beide.
Euer Arthur

Fearon las den Brief zwei-, dreimal durch. Dann faltete er ihn zusammen, schrieb die Adresse auf einen Umschlag, steckte den Brief hinein und klebte das Kuvert zu. Dann legte er ihn sorgsam in einen Spind. Er hatte das Gefühl, mit dem Schreiben dieses Briefes etwas geleistet zu haben. Er schaute sich im Raum um. Der schien kahl und kalt. Nacht um Nacht hatte er sich hierher zurückgezogen, wenn die Arbeit beendet war, und war allein dagesessen. Irgendwie gelangte er zu keiner Vertrautheit mit irgendeinem anderen Mitglied der Mannschaft. Der Erste Offizier hatte ihm eine Kompaßkarte gegeben, die er pflichtbewußt studiert hatte; er wollte bei der ersten Gelegenheit fragen, ob man ihm gestatten würde, am Rad das Steuern zu lernen. Eine Freundschaft mit dem Bootsmann und dem Zimmermann wollte sich nicht herstellen. Die hatten aufgehört, sich über seine Unbeholfenheit an Deck und anderswo zu beklagen. Er war sehr zurückhaltend, und das spürten sie gleich. Ein- oder zweimal hatte der Zimmermann einen unanständigen Witz gemacht. Manchmal ging er an Deck und schritt hin und her, manchmal lehnte er an der Reling und starrte weit hinaus übers Wasser, und oft drehte er sich um und sah unverwandt die Brücke an. Er stellte sich vor, wie er eines Tages dort stehen würde, in Uniform, hinter dem Relingskleid auf- und abgehend. Er träumte jede Nacht von seinem Erfolg bei der Prüfung in zwei Jahren. Er sah sich in Blau und Gold, wie er seinen stolzen Eltern das Schiff zeigte. Jetzt fing er in seiner Koje mit sich selbst zu sprechen an.

Mitten in seinem Monolog ging die Tür auf, und der Bootsmann rief ihn heraus und sagte, er solle eine Tasse Kaffee machen. Es war fast ein Uhr morgens.

Die Bootsmannswache war damit beschäftigt, die Decks abzuspritzen. Als der Kaffee fertig war, kam der Bootsmann leise in die Kombüse und setzte sich hin. Fearon saß auch da. Er schlief fast ein. Der Bootsmann bemerkte das und sagte: »Na dann, Kleiner. Mußt nicht länger warten. Hast du auch 'ne Tasse getrunken?«

Dies war eine vollkommene Überraschung für den Jungen, der sich daran gewöhnt hatte, keinerlei Höflichkeit von einem Mann zu erwarten, den er für das gröbste Mitglied der Mannschaft an Bord hielt.

»Ich hab was getrunken, Sir«, antwortete er.

»Ahaa!« knurrte der Bootsmann. »Also gut! Fort mit dir!«

Als der Junge langsam den Gang zu seiner Kammer hinunterging, hörte er, wie der Bootsmann seine schweren ledernen Seestiefel abwarf. Er knipste das Licht an und machte sein Bett. Ohne sich auszukleiden, legte er sich hin und knipste das Licht wieder aus. Er schlief nicht. Stundenlang schien er den Hieben des Wassers gegen die Schotten zu lauschen, dem steten Summen der Motoren, dem Brüllen der Maschinerie im Ruderhaus achtern. Seit einiger Zeit zitterte er jedesmal, wenn das Schiff vornüber absank. Das unablässige Knirschen im Ruderhaus ließ es ihm übel werden, es war ihm, als würde sein ganzes Inneres durchgerüttelt. Um halb drei kam ein Sturm auf, der Wind sang sein verrücktes Lied. Er konnte hören, wie die beweglichen Gegenstände auf Deck von einem Ende des Schiffes bis zum anderen festgezurrt wurden. Die Ventilatoren bebten mit seltsamen Klapperlauten, die Wanten und Stagen stimmten ein ihnen ganz eigenes Lied an. Die Boote knarrten in den Davits, ständig klirrte und polterte fallendes Geschirr, und immerfort war da das schreckliche knirschende Geräusch achtern, das ihn peinigte. Er konnte nicht schlafen, also stand er auf und zog seinen Mantel an. Er ging aufs Deck hinaus, aber vorher war die schwere Holztür krachend gegen ihn gefallen und hatte sein Gesicht feuerrot gezeichnet. Einige Augenblicke lang stand er entsetzt da. Er hielt die Tür mit beiden Händen fest und hatte Angst, nach links oder rechts zu sehen. Er konnte jetzt außer dem Wind und dem wilden Gesang der Wasser nichts mehr hören. Er hielt sich hartnäckig fest. Die Glocke im Krähennest schlug viertel vor drei, und immer noch hielt er sich hartnäckig an der Tür. Das Schiff schwankte, die Tür befreite sich aus seinen kleinen schmalen Händen und schlug krachend zu. Der Junge stand im dunklen Gang. Er hörte eine Stimme rufen: »Jesus Christus! Ein gottverdammter Schlafwandler, nehm ich an.«

Er schüttelte sich, fast wie ein Hund, und dann fing er an, zum Vorderende des Ganges zu gehen. Er konnte jetzt den schwachen Lichtschein erkennen, der sich an den Schotten spiegelte. Der kam aus der Kombüse. Das plötzliche Bewußtsein, daß die Kombüse tatsächlich existierte und nur ein paar Fuß entfernt war, ließ Fearon die Kälte empfinden. Er beschloß, dort hineinzugehen und sich vors Feuer zu setzen. Als er an den Türen der Maatskajüten vorbeiging, hielt er inne, lauschte. Doch nur das kräftige Schnarchen der Männer drang an sein Ohr, und er ging weiter, bis er zur Kombüse kam. Dort trat er ein. Eine schwächliche Glühbirne brannte an der Wand. Von dem riesigen Ofen waren alle Behälter weggeräumt außer einem großen Wassertank, der immer für den Tee der Mannschaft am Morgen gefüllt blieb. Auf dem hölzernen

Sitzbrett, wo er sich, den Jackenkragen fest um den Hals hochgezogen, zusammengerollt hatte, lagen ein Laib und ein Messer. Er hatte Hunger, also begann er, von dem Brot zu essen. Eine der beiden Stahltüren war verriegelt, der Sperrbalken war vorgelegt. Er beschloß jetzt, die andere auch zu schließen. Er war plötzlich wie besessen von dem Gedanken, den Lärm auszusperren, er dachte an nichts anderes mehr. Den Lärm der Maschinen, das Heulen des Windes, das Knarzen des Mobiliars, das Klappern der Ventilatoren, das eigenartig zischende Geräusch, das die flappenden Wanten und Stagen machten. Er fragte sich, wie um alles in der Welt der Ausguck von seinem Platz droben herunterkommen sollte, wenn vor vier Uhr früh der Sturm nicht nachgelassen hatte. Und manchmal dachte er an anderes. An Zuhause, warmes Feuer, Behagen. An Geselligkeit. An Sicherheit. Daran, daß er einem Federball glich, er war etwas, das hin und her geschleudert wurde, ausgeliefert nicht der See selbst, sondern den Männern, deren Leben ganz von ihr geprägt worden waren und die jetzt versuchten, sie ein für alle Mal zu bezwingen. Er sagte sich, daß die Arbeit an der Winsch heute weitaus schmutziger und schwieriger gewesen war als irgendetwas, das er an Land gemacht hatte. Er sagte sich, daß das Versprechen, das er dem Kapitän und sich selber gegeben hatte, das Versprechen an seine Eltern, vielleicht verblassen mochte. Er sagte sich, dieser ganze Plan wäre vielleicht am Ende eine Illusion. Er dachte an den Bootsmann. Und als der gefragt hatte, ob er auch eine Tasse Kaffee getrunken hätte, da hatte er Ja gesagt. Das war eine Lüge. Aber er hatte sich über den Bootsmann geärgert. Jetzt, da er es in der Stille und Wärme der Kombüse überdachte, wurde ihm sogleich klar, daß er diesem Mann gegenüber, mochte er noch so freundlich und milde werden, nie freundschaftliche Gefühle haben könnte. Das war ein Mann, den er hassen mußte. Es lag etwas in seinem eigenen Wesen, das sich diesen Männern nicht ergeben würde. Er sah in ihnen einen bestimmten Zug – eine Härte, eine Grobheit, eine Art Grausamkeit –, von dem er sich nie beherrschen lassen würde. Er sagte: »Was ist mit mir los? Ist das, weil ich mich schlecht fühle? Voller Angst bin um meine Sicherheit wegen des schrecklichen Sturms? Warum hasse ich diese Männer? Sie sind nicht mehr hinter mir her. Sie haben's versucht, aber ich bin dem entkommen. Warum kann ich sie nicht leiden? Warum nicht?«

Sein Kopf sank immer wieder auf die Brust. Einmal schwankte er und fiel und hätte sich fast den Kopf am eisernen Herd angeschlagen. Er glaubte, Stimmen auf Deck zu hören, und setzte sich plötzlich auf. Er hielt den Atem an. Ja, das waren wirklich Stimmen. Die Rufe wurden vom Wind verschlungen. Er konnte eine Stimme nicht von der anderen unterscheiden. Wieder lauschte er. Dann krachte eine Tonne Wasser über die Reling und füllte den Laufgang. Er konnte es in den Speigatten gurgeln hören. Es klatschte an der Kombüsentür empor. Ein furchtbares Röhren kam von droben, und er schaute auf. Er sprang auf die Füße, sein Gesicht verlor alle Farbe, und er stöhnte halb: »O Gott! Ich werd wohl wirklich verrückt. Ich komme hier rein, weil es ruhig und warm ist, und ich denke nicht dran, daß es der schlechteste und gefährlichste Ort auf dem ganzen Schiff ist.« Und er stellte sich vor, wie eine riesige Woge durch das Oberlicht brach und ihn vielleicht ersäufte. Er tastete sich zur Tür. Schob den Griff hoch. Drückte, was er nur konnte. Das Gewicht des Wassers stand dagegen, und er wußte sofort, daß die Speigatten im Gang blockiert sein mußten. Er rannte zu der anderen Tür. Angst überfiel ihn. Er wollte schreien, aber das war zwecklos. Seine Stimme kam gegen den Wind nicht an. Er drückte wieder. Die Tür gab nach. Er drückte sie weit auf. Ein Seufzer der Erleichterung entrang sich ihm.

»Herrgott!« rief er. »Ich dreh wirklich durch. Ich hätte doch wissen müssen, was die Wetterseite ist und was Lee.«

Überall waren nun Stimmen. Er erkannte eine als die des Bootsmanns.

»Alle Mann an Deck! Los, alle Mann an Deck! Beeilung, Beeilung, meine Herrn!«

Da war also etwas nicht in Ordnung, sagte er sich. Instinktiv rannte er in Richtung des Bootsdecks. Er konnte in der dichten Finsternis nichts sehen, denn der ganze Bereich vor der Brücke lag immer in völligem Dunkel. Er lief gegen einen Menschenkörper, hörte einen erstickten Fluch. Fragte sich, wer das war. Dann hörte er wieder die Stimme des Bootsmanns: »Steuerbordboote, Jungs! Steuerbordboote!«

»Allmächtiger«, murmelte er. »Das verdammte Schiff muß ein Leck haben.«

Hinter ihm trappelten Füße. Männer rannten zum Bootsdeck. Er lief hinterher. Jemand hatte eine starke Taschenlampe angemacht. Es war der Erste Offizier. Die Männer reihten sich an ihren jeweiligen Booten auf. Er sah den Jungen und rief gleich: »Hierher, Junge!«

Drei Uhr morgens! Er konnte gar nichts verstehen. Er war verwirrt. Plötzlich blies jemand in eine

Trillerpfeife. Es war der Bootsmann. Die Männer zerstreuten sich. Fearons Verwirrung wuchs. Er wandte sich an einen Matrosen: »Sinkt das Schiff?«

Der Mann lachte und ging zur Leiter, um hinunterzusteigen.

»Sinken!« Er lachte wieder. »Wisch dir die Augen aus, Junge. Nee, das sinkt nicht. Das war nur eine kleine Notfallübung. Da gewöhnst du dich dran, so in sieben Jahren. Die ersten sieben sind immer die schlimmsten an Bord.« Er stieg die Leiter hinunter und lachte dabei laut weiter. Die Ratlosigkeit des Jungen hatte seinen Sinn für Humor geweckt. In dieser Nacht lernte der Junge, wie wichtig es war, bereit zu sein. Bereit für alles. Essen, Arbeit, Hunger, Hitze, Kälte, Tod. Langsam lernte er.

Um elf Uhr am nächsten Morgen schickte man ihn mit zwei Seeleuten, Duffy und O'Rourke, nach vorn, um dort die vier Winschen zu streichen. Gerade, als sie ihre Farbtöpfe abstellten und die Pinsel hinlegten, ließ der Ausguck seine Glocke erklingen. Der Junge schaute hoch.

Die Seeleute schienen unbeeindruckt. Er hörte O'Rourke beiläufig sagen: »Morgen um die Zeit liegt sie vor Anker.«

Der andere Mann antwortete in schleppendem Tonfall: »Jaa … Kriegen wohl den Gestank, den östlichen Gestank so mit der Morgendämmerung zu schmecken.«

Die Unterhaltung interessierte den Jungen immens. Gestank! Das Schiff liegt morgen vor Anker. Was war der östliche Gestank? Das andere begriff er. Er fragte O'Rourke, nachdem der andere Mann zur Steuerbordseite hinübergegangen war.

»Na! Ein Gestank halt, Junge. Ein Gestank ist ein Gestank. Aber ein östlicher, das ist noch was Besonderes. Du wirst's schon früher oder später genauer mitkriegen. Wie kommst du zurecht? Dein Dad wird ziemlich überrascht sein, denk ich mir. Sag ihm auf jeden Fall, daß ich mich nach ihm erkundigt hab. Das machst du doch, was? Dein Dad und ich, wir sind zusammen auf den alten Klippern gefahren. Das waren noch Zeiten. Ein Junge mußte da aufhören, dran zu denken, er wär ein Junge. Nur Männer sind auf den Schiffen da gefahren. Aber heute! Ich hab im ganzen Leben noch nicht so einen verflixten Haufen von Zimperliesen gesehen. Du schaffst das schon. Du wirst es lernen. Jeder lernt's. Natürlich ist nicht jeder gleich. Du lernst auf die Art, ein anderer auf 'ne andere. Wie war die Arbeit an der Winsch?«

»In Ordnung«, sagte der Junge. »Ich kann den verdammten Bootsmann nicht ab.«

»Warum?«

»Weiß nicht.«

»Du wirst dich rasch gewöhnen an die Leute. Zuerst ist es irgendwie merkwürdig. Es hat ein paar echt nette Kerle an Bord, wenn man sie mal kennenlernt. Als ich zuerst zur See gefahren bin…«

Fearon lenkte die Unterhaltung auf etwas anderes. Er lernte etwas. Er hatte bereits aus erster Hand von den Erfahrungen mancher Männer der Besatzung gehört, die eine besondere Gabe zu haben schienen, sich in die Zeit der Segelschiffe zurückzuversetzen. Der Junge war nicht unintelligent. Er sah in diesen Männern eine ruhige Widerspenstigkeit. Es schien ihm, als würden all die Männer, die unter Segeltuch zur See gefahren waren, nur unter Protest auf Dampfern arbeiten. Sie wollten nicht in die Zukunft schauen. Eines Nachts war er auf Befehl des Bootsmanns in den Maschinenraum hinuntergestiegen. Er hatte den Auftrag, den Ingenieuren zu sagen, sie sollten das Wasser in den Hydranten andrehen, damit man die Decks abspritzen konnte. Zum ersten Mal begegnete er Larkin, dem Vierten Ingenieur. Der Mann schien ein merkwürdiger Mensch, obwohl der Junge die Vermutung hatte, daß sich eine freundliche Wärme unter der zu Tage liegenden sauertöpfischen Unhöflichkeit verbarg. Larkin hatte ihn gefragt, weshalb er den Blinden Passagier gemacht hatte. Der Junge hatte in den paar Minuten, die zur Verfügung standen, das Warum und Wie erklärt.

»Komm mal abends in meine Kajüte«, hatte Larkin gesagt.

Und er war hingegangen. Fearon fing an, den Mann gern zu haben. Er stellte fest, daß der Vierte immer in seiner Kajüte aß und kaum je ein Gespräch mit den anderen Ingenieuren führte. Es kam dem Jungen merkwürdig vor. Aber er erfuhr den Grund eines Abends, als Larkin ganz offen zu reden begann. Er verfluchte die sieben Meere und all die Männer, welche sie befuhren.

»Junge!« hatte er gesagt. »Wenn du wieder heimkommst, denk genau nach, was du machen willst und was du sein willst. Lang wirst du nicht brauchen. Es gibt nur zwei Fragen, die man sich stellen muß. Ich wünsche mir oft, ich hätte damals den Verstand gehabt, wie ich ihn jetzt habe. Aber ich war dumm und voller Flausen und bin mit einem Fischereischoner auf und davon. Ich hab Maschinenbau an der Universität von Edinburgh studiert. Ich wollte nie zur See. Jetzt hab ich nichts anderes, was ich tun könnte. Du taugst nicht für die See, Junge! Ich kann es sehen, an deinen Händen, deinen Augen, an deiner ganzen Art und deinem Charakter. Sag mir die Wahrheit. Was willst du tun?«

Der Junge war perplex. Er hatte das Gefühl, zwischen zwei Gefechtslinien geraten zu sein. Er hatte als Leichtmatrose angeheuert. Er hatte es dem Skipper und sich selber geschworen, er würde sich aus der Gelegenheit, die sich damit aufgetan hatte, eine Zukunft bauen. Und jetzt riet ihm dieser Mann, dem Leben auf See fernzubleiben. Larkin schien ganz aufrichtig. All dies erstaunte Fearon, denn es war wahrhaftig selten, daß ein Offizier sich herabließ, ein Mannschaftsmitglied vom untersten Rang zu einer freundlichen Unterhaltung in seine Kajüte einzuladen. Am Tisch in der Messe sprachen die anderen Offiziere darüber; sie interpretierten die Angelegenheit allesamt auf eine bestimmte Weise. Riley, der Dritte Offizier, sprach aus, was alle dachten: »Larkin hat schon immer mehr von Jungen gehalten als von Frauen.«

Der Vierte kümmerte sich wenig oder gar nicht um dieses Geschwatze. Er hatte schon vor langer Zeit gelernt, daß das einzig Wichtige auf See ist, seine Arbeit ordentlich zu machen, und als Mann aus dem Glasgower Werftenviertel nördlich der Govan Road wußte er alles, was es über Maschinen zu wissen gab. Er hatte sich aus niedrigen Positionen als Heizer und Schmierer hochgearbeitet und war der einzige Mann der Reederei, der als Ingenieur mit einem amerikanischen Patent diente. Er war auf den Schiffen gewesen, welche die Großen Seen befahren, hatte in New York studiert und sich schließlich sein Patent geholt.

In England war das unmöglich, denn kein Heizer oder Schmierer wurde da bei so einer Prüfung berücksichtigt. Und käme es doch dazu, dann würde nachher bestimmt der Theoretiker von der Universität die Stelle bekommen.

Fearon dachte fasziniert über den Rat des Ingenieurs nach. Der bloße Gedanke daran ließ seinen Brief an die Eltern sinnlos erscheinen und ebenso seine Versprechungen dem Kapitän und Ersten Offizier gegenüber – und nicht zuletzt sich selbst. Er hatte die Empfindung, er müsse sich entscheiden, ehe das Schiff den Hafen erreichte. Sollte er oder sollte er nicht? Wenn er's versuchte, gab es eine Chance für ihn. Es hieß harte Arbeit, viel harte Arbeit; es bedeutete, ständig mit Männern umzugehen, die er im Grunde seines Herzens verabscheute, denn die Natur hatte ihn anders geformt. Er holte sogar den Brief aus seinem Spind und schaute ihn scharf und lange an. Dann öffnete er ihn und las noch einmal, was er geschrieben hatte. Das ließ ihn noch angestrengter nachdenken. Es war doch eine feine Sache, dachte er, wenn man Offizier war. Man hatte eine hübsche Uniform, eine schöne Kajüte, einen Steward, der sich um einen kümmerte und einen bei den Mahlzeiten bediente. Der Lohn war zehnmal so hoch wie sein eigener als Leichtmatrose. Die Offiziere waren immer sauber, hatten immer viel Geld und viel Zeit für sich. Er fragte sich, wie ein Mann wie Larkin ihm einen derartigen Rat geben konnte. Auf Larkin hören, hieß alles wieder hinwerfen.

O'Rourke rief ihn an: »He, Fearon! Bring den Pott hier in die Lampenkammer und laß ihn wieder füllen.«

Der Junge schrak auf. Die Stimme, die plötzlich mitten in sein Nachsinnen hineinschallte, ließ ihn zusammenfahren. Er nahm den Farbtopf, füllte ihn mit der französischen grauen Farbe und brachte ihn zu O'Rourke zurück.

»Was macht der Larkin?« fragte der den Jungen mit einem Mal.

»Larkin!« Wie komisch, dachte er, daß gerade in dem Augenblick, als er an ihn dachte, O'Rourke seinen Namen erwähnte.

»Der ist in Ordnung!« sagte er. »Ein sehr netter Mann, wirklich. Ich hab mit ihm in seiner Kajüte gesprochen. Er hat mir einen Rat gegeben.«

»Hat er dir geraten, du sollst dich in Alexandria nicht mit den Fosen abgeben?«

»Fosen?« fragte Fearon.

»Junge!« rief O'Rourke. »Du bist blöd. Einfach blöd. Dein Vater war auch nicht viel besser.«

Fearon machte weiter mit seiner Arbeit. Er entfernte sich vorsichtig ein Stück von dem Matrosen. Als er die Backleiter fast erreicht hatte, seufzte er erleichtert. Er begriff nicht, weshalb die Männer in jeder Unterhaltung immer wieder über die Jungen herzogen. Er fing an, sich selbst zu hassen, weil er ein Junge war. Es wurde ihm elend bei dem Gedanken, daß er in drei, vier Jahren immer noch ein Junge sein würde. Was war das für eine Welt, in die er sich hineingestürzt hatte? Alle Männer, die zur See fuhren, schienen von dem Gedanken an Jungen besessen. Es ging ihm auf die Nerven, ließ ihn sich selbst geringschätzen, ließ ihn die Arbeit ungeschickt tun. Wenn er in seiner Kammer allein war, überdachte er die Geschehnisse des Tages. Einmal brach er in Tränen aus. Er wurde zum Versager. Nichts konnte er richtig machen. Er war bei jeder erdenklichen Arbeit unbeholfen, er zitterte immer, wenn er zum Bootsmann oder Zimmermann mußte und sie tatsächlich in ihrer Kajüte waren. Die Vorfälle mit dem Steward und dem Koch hatten sich ihm tief eingeprägt. Er rechnete jeden Augenblick damit, daß man ihn nackt auszog und in irgendeine dunkle Ecke des Raumes zerrte. Oder machten sie sich nur einen Scherz mit ihm, stellten ihn auf die Probe? Das fragte er sich. Eines Morgens hatte er verschlafen, und der Bootsmannsmaat, dessen Wache gerade im Einsatz war, war mit einem Satz in seine Kammer eingedrungen, hatte das ganze Bettzeug weggezerrt und ihn aus dem Bett gezogen.

»Wo ist mein gottverdammter Kaffee? Viertel vor sechs. Was glaubst du eigentlich, Herrgott nochmal, wo du bist? Daheim in der guten Stube? Was treibst du denn hier noch! Mit beiden Händen am Arbeiten, was?«

Er hatte sich hastig angezogen und die Kammer ohne Antwort verlassen.

Er konnte den Anblick des kleinen Bootsmannsmaats nicht ertragen, eines haarigen Menschen mit eckigem Kinn, einem fast kalkweißen Gesicht und Augen wie Rattenlöchern in einer weißgetünchten Wand. Sein Atem ließ den Jungen immer glauben, er müsse sich gleich erbrechen. Er stand dann da und sah zu, wie der Mann in der Bootsmannskajüte aß. Der Raum selbst hatte einen penetrant üblen Geruch. Als er das dem Bootsmann gegenüber einmal erwähnt hatte, da hatte dieser Herr mit gedehnter Stimme gesagt: »Na, warum gehst du nicht auf die Knie und machst den verdammten Raum ordentlich sauber? Liegt aller möglicher Scheißdreck unter diesen Kojen. Verfluchter Wurm du.«

Der Junge mußte eines noch lernen. Seine Natur war so beschaffen, daß dieser Lernvorgang langsam und mühselig sein würde. Er mußte sich als Junge den Gewohnheiten von Männern überantworten, den Traditionen der See. Er mußte überwinden, was er an eingefleischtem Stolz besaß. Es gab nur einen Platz für ihn, wie der Lampenputzer einst zu ihm gesagt hatte: »Den Kindergarten. Oder 'n Kadettenbettchen auf einem Zerstörer.«

Je mehr der Junge versuchte, ganz er selbst zu sein, desto stärker kämpfte dieses Etwas, das seiner Natur fremd war, dagegen an. Dieses Etwas war wie ein Auswuchs, untrennbar von den Gewalten der Wasser des Ozeans, etwas, das den Männern ins Blut ging, sie bannte und fesselte. Larkin hatte gesagt: »Du mußt entweder nachgeben oder dich losreißen. Ich bin von der See entwaffnet, nackt und bloß bin ich. Sie ist ein Ungeheuer, Junge. Sie frißt sich in dein Herz, sie macht das Hirn zu Brei. Ich werde gesteuert. Ich steuere mich nicht länger selbst, weil ich gesteuert werde.«

»Aber ...«, hatte der Junge zu protestieren begonnen. Diese Art von Argument war zu hoch für ihn. Er wollte die See nicht annehmen, wie ein Mann einen neuen Glauben annimmt. Das nicht. Er war nur ein armer Junge, der Sohn armer Leute, die von der Wiege bis zum Grab mit dem Leben kämpften. Er wollte dem Meer keine besonderen Ehren zukommen lassen. Das Meer bedeutete ihm nichts. Es mochte wunderbar, schreckerregend und großartig sein, wenn ein Symbolist es malte. Das Meer bedeutete ihm nichts. Larkin hatte ihm zugehört. Er hatte zu sich selbst gesagt: »Schau mal an. Hier haben wir einen kleinen Jungen, der mit mir reden und mich sogar in Erstaunen setzen kann. Irgendwas steckt in diesem Kopf drin, das heraus muß.« Er dachte geduldig und unablässig darüber nach, und er wußte, wenn das Schiff wieder zuhause ankam, dann mußte er zu dem Jungen sagen: »Geh fort! Komm nicht zurück, oder du bist verloren. Das Meer wird dich niemals brauchen, und so oder so, es will dich nicht haben. Das Meer ist nicht fair. Wer immer deine Leute sind, wer immer dir die verrückte Idee in den Kopf gesetzt hat, du solltest dir deinen Lebensunterhalt auf See verdienen, der hat dir etwas Schlimmes angetan, der hat dich belogen. Das Meer nimmt nur einen bestimmten Menschenschlag hin. Du gehörst nicht dazu.«

Der Junge erklärte: »Mr. Larkin, ich möchte was aus mir machen. Ich möchte nicht zu mir selber sagen: ›Also, Arthur Fearon, du mußt dich jetzt mit dem Meer gutstellen.‹« Mit diesem Ozean, dieser Wasserwelt, welche die Menschen ins Glück bringt, welche die Menschen in die Verdammnis und den Tod schickt. Mit der See, die in ihrem Busen die Hoffnungen und Wünsche all der Geister aufbewahrt, welche sie erobert hat.

Eine Stimme rief Fearon an: »Komm zurück! Komm zurück!«

Er wußte, woher die Stimme kam. »Komm wieder zurück zum Schmutz und zur Dunkelheit.«

Schließlich sagte er zu dem Vierten Ingenieur, er wolle die See nur benutzen und sich nicht von ihr benutzen lassen. Mr. Larkin lächelte und sagt: »Wer hat dir solche Ideen in den Kopf gesetzt, Junge? Was hast du denn für Sachen gelesen? Ich wette, du bist ein richtiger kleiner Romantiker, was die See angeht. Aber, mein Junge, mit der See hängt etwas zusammen, das hast du noch nicht gelernt. Und an dem Tag, wo du's lernst, da weißt du, was Sklaverei bedeutet. Nichts anderes ist die See jemals gewesen. Nichts anderes ist sie. Sklaverei. Sklaverei. Hör auf meinen Rat und bleib weg von der See. Sie wird dir nie gut tun. Ich bin nicht deshalb hier, weil's mir gefällt, sondern weil es nichts anderes gibt für mich und ich gute Miene zum bösen Spiel machen muß.«

Fearon konnte in diesen kleinen Unterhaltungen nichts anderes sehen als Freundlichkeit und wohlmeinenden Rat. Halt dich fern von der See ... Warum sollte er? Hatte er Mr. Larkin nicht gesagt, er würde lernen, die See zu benutzen und sich nicht von ihr benutzen zu lassen? Der Vierte Ingenieur sagte: »Wart's ab! Sie kriegt dich wie alle anderen.«

10 Die *Hernian* fuhr am folgenden Morgen um halb zwölf in Alexandria ein. Die ganze Mannschaft war an Deck. Vorn am Mannschaftsquartier half Fearon mit. Er stand hinter der Ankerwinde, die kleinen Hände auf dem runden Eisenrad, den Blick aufmerksam auf den Zweiten Offizier gerichtet, der ganz vorn an der Reling stand, wobei der große Kragen seiner Jacke das Gesicht fast verbarg. Er hielt ein Megaphon in der Hand und brüllte von Zeit zu Zeit Befehle hindurch, jetzt für den Mann an der Ankerwinde, dann wieder für die Schauerleute auf dem Kai. Es gab eine plötzliche Stockung. Das Schiff war einen Augenblick lang außer Kontrolle und lief Gefahr, mit der Nase gegen die Kaimauer zu schrammen. Der Offizier ließ seine Wut an den arabischen Schauerleuten aus.

»Gottverdammte schwarze Hurensöhne! Nie machen sie was richtig, und das ist die gottverdammte Wahrheit!« Plötzlich schrie er: »Langsam! Langsam auf, Herrgott nochmal! Versteht ihr denn kein Englisch, ihr …«

Fearon stand da und wartete auf den Befehl, den Dampf abzudrehen. Auf dem Deckel der Ankerwinde hielt O'Rourke die Trosse in seinen mächtigen Händen.

Um Mittag hatte das Schiff festgemacht, und die Männer marschierten zurück zur Back, um zu essen. Fearon holte die Mahlzeiten der Maaten aus der Kombüse. Er deckte den Klapptisch in der Bootsmannskajüte und ging dann unauffällig in seine eigene Kammer, bis man ihn rufen würde, damit er seinen Anteil am Essen bekam. Erst jetzt wurde ihm klar, daß er keine anderen Kleider hatte als die, welche er am Leibe trug, abgesehen von einem Paar Drillichhosen und einem Pullover, Kleidungsstücken, die einer der Matrosen ihm in der Nacht, nachdem er im Bunker entdeckt worden war, gegeben hatte. Er schämte sich, in dem alten Zeug an Land zu gehen. Wenn er doch nur eine Jacke hätte und Hosen und eine anständige Mütze.

Nach dem Essen ging er ins Mannschaftsquartier achtern. Dort war nur ein Mann, und der war beschäftigt, alles festzumachen. Die anderen Männer waren auf Deck gegangen oder auf den Kai, um nach den Trossen zu sehen, da der Kapitän sich nie der Zuverlässigkeit der Männer von der Agentur sicher sein konnte. Der Mann schaute auf, als der Junge eintrat. Er hieß Rafferty, ein langer Mensch mit einem entschiedenen Schielen und einem fransigen schwarzen Schnurrbart. Er schaute immer halbangekleidet und schmutzig aus. Fearon hatte nie zuvor mit ihm gesprochen. Der Umstand, daß er in der Wache des Bootsmannsmaats war, hatte verhindert, daß Fearon mit ihm in Berührung gekommen war. Er erklärte seine Lage jetzt diesem Mann, der schweigend zuhörte.

»Keine Kleider! Hmm! Na, was zum Teufel glaubst du denn, daß ich da für dich tun kann, gottverdammt? Schau her, Kleiner, das Beste, was du machen kannst, ist: Geh zum Kapitän und sag ihm, wie's aussieht. Versuch's mal bei ihm. Vielleicht gibt er dir ein paar Shilling, an Land kann man sich immer ein Paar anständige Hosen kaufen. Oder du kannst bei einem von diesen Passagierschiffen an Bord gehen. Die haben immer einen Schrank mit Kleidervorrat, kann dir vielleicht der Zahlmeister was geben. Mit diesem verschmierten Zeug kannst du gewiß nicht an Land.«

»Danke«, sagte Fearon. »Das versuch ich. Hab ich gar nicht dran gedacht.«

»Alles klar, versuch's.« Der Mann fuhr mit seiner Arbeit fort, und der Junge verließ das Quartier. Er ging sofort auf die Brücke und klopfte an die Tür des Kapitäns. Der Steward öffnete.

»Zur Hölle!« rief er. »Du schon wieder! Was hast du denn jetzt angerichtet?«

»Gar nichts«, sagte Fearon, der mittlerweile gelernt hatte, den Mann zu nehmen, wie er war. »Gar nichts. Will Kapitän Wood sprechen. Das ist alles.«

»Aha! Na, du verdammter kleiner Wurm, der Kapitän ist nicht da. Ist an Land ins Büro, und das wird seine Zeit brauchen. Hau ab.«

»Dann wart ich eben«, sagte der Junge gelassen und fing an, mit beiden Händen in den Taschen auf der Brücke auf und ab zu gehen. Die Kajütentür knallte zu.

»Was für eine blöde Bande«, dachte der Junge. »Nicht einer gibt einem eine höfliche Antwort auf irgendwas, außer Mr. Larkin.« Oft hatte er die Empfindung, dies wäre nur Teil des allgemeinen Plans, um ihn zu prüfen, seine Courage festzustellen.

Der Steward kam heraus. Der Junge sah zu, wie er die Kajütentür abschloß und den Schlüssel in die Tasche steckte. Als er sich der Leiter näherte, lief der Junge zu ihm hin und ergriff seinen Arm.

»Was ist denn los?« knurrte der Steward.

Der Junge versuchte so höflich zu sein wie möglich. Dies war der Steward, der sich zuerst an ihn herangemacht hatte.

»Hören Sie, Steward, könnten Sie mir sagen, ob Sie irgendeine Idee haben, wann er wieder da ist? Ich bin von einem von den Matrosen hergeschickt worden. Ich hab keine Kleider. Gar nichts als das Zeug am Leibe. Der Mann hat gesagt, der Alte würde mir vielleicht ein paar Shilling geben, so als Kleiderration.«

»Na, dann frag ihn am besten«, sagte der Steward und setzte einen Fuß auf die Leiterstufe.

»Sie wissen nicht, wann er kommt?«

»Nee, weiß ich nicht.« Der Steward verschwand.

»Den soll doch der Schlag treffen, den Arsch«, murmelte Fearon. »Was haben die denn alle auf diesem Schiff? Gott! Ich hab mal gedacht, ich triumphiere über all diese kleinen Dinge, aber jetzt gehen sie mir bereits auf die Nerven. Wahrscheinlich wär er wundernett, wenn ich sagen würde, ich gehe mit ihm in seine Kajüte.«

»Fearon! Fearon! Wo zum Teufel steckt der verdammte Junge?«

»Verdammt«, rief der Junge. »Da ruft der bescheuerte Bootsmann wieder.« Er rannte zur Leiter, ließ sich hinuntergleiten und lief zum Gang vor. Der Bootsmann stand vor der Kajütentür. Als er Fearon sah, kam er zu ihm her, ergriff ein Ohr des Jungen und zog daran. Der Junge quiekte.

»Gott verdamm dich! Wie oft muß ich dir noch sagen, daß du die Scheiße unter den Kojen wegmachen sollst? Mein Maat beklagt sich über den Gestank.«

Der Junge sah dem Mann ins Gesicht.

»Ich mach jeden Morgen unter den Kojen sauber. Wenn Ihr Maat was macht und es dann unter die Koje schmeißt, ist das meine Schuld? Ich hab neulich nachmittags gesehen, wie er das gemacht hat.«

»JUNGE!«

»Das ist die Wahrheit, Sir«, sagte Fearon.

»Das kannst du deiner Großmutter erzählen. Rein mit dir, du kleiner Penner, und mach den Dreck da weg, aber verdammt fix! Beeilung, Beeilung. Wart nur, bis mein Maat vom Kai raufkommt, der tritt dir in den Hintern.«

Der Mann lachte, wie er dem Jungen zuschaute, der sich nun auf die Knie niederließ und unter der Koje umhertastete. Dort herrschte immer ein übler Geruch, da sich wegen der Montageweise des hellrot gestrichenen Decks immer Wasser ansammelte. Der Bootsmann beugte sich hinunter und legte die Hand auf den Rücken des Jungen. Er kitzelte ihn. Er gab ihm einen Schlag auf den Hintern und sagte: »Junge! Du hättest nie auf See kommen sollen. Du hättest zur braunen Brigade gehen sollen. Verstehst du mich?«

Fearon kroch unter der Koje hervor. Seine Kleider waren naß, an den Händen klebte bräunlicher Schmutz, das Gesicht war von der Anstrengung gerötet. Er stand auf.

»Was hast du eben auf der Brücke gemacht? Weißt du nicht, daß da die Männer eben erst mit dem Scheuerstein drübergegangen sind? Weiß du nicht, daß ein Leichtmatrose niemals da raufgeht ohne Erlaubnis vom zuständigen Personaloffizier? Ich bin dein Personaloffizier, Junge. Hast du das nicht gewußt?«

Ehe der Junge antworten konnte, erschien der Lampenputzer. Sein pockennarbiges und gemein wirkendes Gesicht trug ein böses Stirnrunzeln. Er kam direkt zur Tür der Kajüte.

»Hallo, Jack!« sagte der Bootsmann.

»Hallo! Wo ist dieser Junge? Ah, da ist das kleine Schwein ja.«

Fearon drehte sich um.

»Komm her, du kleiner Flachwichser«, schrie der Lampentrimmer. »Das nächste Mal, wenn man dir einen Rundpinsel ausgibt oder irgendeinen anderen, dann machst du das gottverdammte Teil wieder sauber, wenn du fertig bist. Und die Kratzeisen auch, mit denen du neulich versucht hast, die Winschen zu säubern. Du läufst jetzt besser rüber zur Lampenkammer und schaust sie dir an.«

Der Junge hatte mittlerweile große Angst. Er schaute vom Bootsmann zum Lampenputzer. Letzterer beugte sich plötzlich vor, streckte den Arm in die Kajüte und zerrte den Jungen an den Haaren heraus.

»Du stures Stück du«, sagte er. »Mach schon, auf geht's. Als nächstes werden wir von dir wohl hören, daß du 'ne Fose in der Kammer gehabt hast.«

Er folgte Fearon zur Lampenkammer. Er zog einen großen Eisenschlüssel aus der Tasche und öffnete die schwere Eisentür. Dann knipste er das Licht an und schob den Jungen hinein. Er folgte ihm und schloß die Tür hinter sich. Die Gegenstände, die Anstoß erregt hatten, lagen da, wo er sie vor einigen Minuten hingelegt hatte. Zwei Kratzeisen und ein Anstreichpinsel. Er deutete darauf und sah Fearon an. Der Junge hob sie auf und betrachtete sie.

»Also! Willst du den Kram abküssen oder aufessen oder wie? Steh nicht rum und schau die Sachen an, du dämlicher Penner. Da drüben in dem Stahlfaß ist das Schieferöl. In der Ecke hinter dir liegt ein Pack Abriß. Leg los. Ich geb dir einen guten Rat, Junge. Komm um Gottes Willen nicht wieder auf dieses Schiff. Du bist der schlampigste Knabe, den ich je gesehen hab. Dich nehmen sie so oder so nicht mehr. Die Schiffahrtslinie hat die Leichtmatrosen abgeschafft, und das ist auch kein gottverdammtes Wunder. Von allen blöden Plagen auf der Welt sind Jungs die schlimmste. Die allerschlimmste.«

Er kam herüber und stand nun hinter Fearon, der damit beschäftigt war, den Pinsel zu säubern. Er legte die schwielige Hand auf die Schulter des Jungen und sagte: »Junge! Du wärst in Ordnung, wenn du machen würdest, was man dir sagt. Wenn du gehorchen würdest, wenn du hart arbeiten würdest, wenn du ranklotzen wolltest, wenn du was lernen wolltest, wenn du nicht allen gegenüber so mißtrauisch wärst, wenn du nicht so schlapp sein würdest, wenn du nicht so ein gottverdammtes Baby wärst, wenn du nicht so Angst hättest vor dem Werkzeug. Du verzärtelter kleiner Wichser. Na ja, schon gut. Du wirst's lernen. Du wirst's lernen.«

»Ich lerne schon«, sagte Fearon.

»Was hat dein Daddy gemacht, als er in deinem Alter war? Weißt du das noch, Kleiner? Was macht er jetzt?«

Dem Jungen fiel plötzlich eine Redensart ein, die er in den Docks gehört hatte, und er sagte: »Ach, mein Vater, dem gehört 'ne Herrentoilette in New York.«

»Schlauberger, was? Mach zu, mach voran mit dem gottverdammten Pinsel und dann hau ab. Los jetzt.«

»Da ist Ihr Pinsel«, sagte der Junge und überreichte ihn dem Lampenputzer. Er verließ die Lampenkammer. Ging langsam das Deck entlang und in den Abtritt am Ende des Ganges. Er war drinnen, ehe er bemerkte, daß schon jemand da war. Der Mann drehte sich um, erkannte ihn und sagte: »Hallo, Junge! Was machst du hier?«

»Nichts«, sagte Fearon und rannte in plötzlicher Angst aus dem Raum hinaus.

In seiner Kammer schloß er die Tür ab. Er war bleich, seine Lippen zitterten wie die eines Menschen kurz vor einem Anfall, er glaubte, seine Beine würden gleich unter ihm nachgeben, und er setzte sich hin. Ständig verschlang er die Hände ineinander und löste sie wieder. Sein Kopf dröhnte von allen möglichen Gedanken. Er spürte eine Übelkeit in der Magengrube, eine Art Schmerz unter dem Herzen. Plötzlich rief er: »Mutter! Mutter! O Mutter! Vater! Diese Männer. Diese entsetzlichen Männer.« Er fing an, mit den Händen gegen die hölzernen Seitenteile seiner Koje zu hämmern. Ständig schrie er: »Mutter!« Er stellte sich vor, all diese Männer hätten sich in seine Kammer gestohlen, umdrängten ihn, verspotteten ihn und lachten ihn aus, verhöhnten sein Elend, verfluchten ihn, wenn er sein Bestes tat. Er sah sie alle. Der Lampenputzer und der Koch waren da. Der Bootsmann und der Hauptmaschinenschmierer auch. »O Jesus! Mutter, hol mich hier fort.«

Mr. Wood hatte bei der Rückkehr vom Büro erfahren, daß der neue Leichtmatrose nach ihm gefragt hätte. Er ließ den Steward kommen und sagte ihm, er solle nach unten gehen und Fearon herbringen in seine Kajüte. Der Steward war mit der Nachricht zurückgekehrt, er sei in Fearons Kammer gewesen und habe den Jungen weinend auf dem Fußboden gefunden, die Hände voll Blut.

»Was hat er denn gemacht? Haben Sie das nicht festgestellt? Hat er versucht, sich das Leben zu nehmen? Nun, ich werde selbst hinuntergehen. Sie können jetzt hier weitermachen.«

Der Junge lag immer noch auf dem Boden, als der Kapitän den Raum betrat. Das erste, was diesem auffiel, war es, daß eine zerbrochene Wasserkaraffe neben dem Kopf des Jungen lag. Er dachte, sein Steward sei ein ausgezeichneter Kellner, aber ignorant und ohne die Qualitäten, die es in einem Notfall wie diesem brauchte. Er hob den Jungen hoch und legte ihn in die Koje. Er sah sich unwillkürlich um und sagte zu sich selbst: »Dieser Raum sieht wirklich sehr kahl aus.« Früher hatte ein rotes Sofa dagestanden, aber als das mit den Leichtmatrosen aufgehört hatte, war der größte Teil des Mobiliars weggeräumt worden.

»Wo«, fragte sich der Kapitän, »kann der Junge die Karaffe her haben? Der Bootsmann hat nie eine in seiner Kajüte, und soweit ich weiß, gibt es nur zwei oder drei auf dem ganzen Schiff, seit bei dem groben Wetter so viel Glas zu Bruch gegangen ist. Wahrhaftig, dieser Junge hat versucht, sich das Leben zu nehmen.«

Und selbst ein abgehärteter Mann wie Mr. Wood verspürte einen leichten Schauer. Er gab Anweisungen, den Jungen unverzüglich auf die Krankenstation zu bringen. Er würde mit ihm reden. Er würde feststellen, was nicht in Ordnung war. Es war in ihm etwas Gutes, es war ein Wesenszug an ihm, der ständig mit dem grausamen Leben der Männer, die auf den tiefen Meeren fuhren, im Kampf lag. Es war etwas in diesem Jungen, sagte er sich, das ihn auf immer verderben würde, wenn es nicht ausgejätet würde. Er dachte sich, daß der Junge wohl hin- und hergerissen sei zwischen seinem Wunsch, es zu etwas zu bringen, und jenem Teil seiner selbst, der sich nicht all den Gesetzen und Traditionen fügen wollte, welche die Schiffe und die Seeleute regieren.

»Ich frage mich, weshalb er mich heute unbedingt sprechen wollte?« sagte der Kapitän zu sich selbst.

Er ging in seine Kajüte zurück und sagte dem Zweiten Steward, man solle ihn sofort kommen lassen, wenn der Junge sich erholt hätte.

Der Junge erholte sich. Er war beschämt, daß der eine Mann, zu dem er wirklich aufsah, ihn gefunden hatte, der Mann, dem er versprochen hatte, er würde es zu etwas bringen.

Um vier Uhr an diesem Nachmittag fühlte er sich wieder wohl genug, um die Krankenstation zu verlassen. Um halb fünf saß er auf einem Stuhl in der Kapitänskajüte. Er hatte diesem Mann alles gesagt. Seine Angst, seine Hoffnung, seine Enttäuschung, sein Elend, seine ständigen Anstrengungen, es allen recht zu machen, unter denen er arbeitete. Er erzählte dem Kapitän sogar, er habe einen Brief nach Hause geschrieben, indem er versprach, seinen Weg zu machen. Er fragte den Kapitän, ob er den Brief lesen wolle. Mr. Wood sagte, es wäre nicht gut, wenn er die privaten, intimen Dinge lesen würde, die einem Jungen heilig waren. Weshalb hatte er früher am Tag nach ihm gefragt?

Fearon sah seine Chance. Er erklärte seine Lage. Mr. Wood gab ihm einen Zehn-Shilling-Schein, sagte ihm, daß er nicht alleine an Land gehen solle, sondern mit einem der Matrosen zusammen, und warnte ihn schließlich davor, in Bars zu gehen und in gewisse Häuser in gewissen Straßen. Er würde dafür sorgen, daß einer der Männer ihn mit an Land nahm und ihm zu Jacke und Hose verhalf, zu einigermaßen anständigen Sachen. Fearon dachte, zehn Shilling seien da kaum genug, aber er sagte nichts.

»Der Alte«, bemerkte ein Matrose namens Donagan, der angewiesen worden war, Fearon zum »Schneider« zu bringen, »ist kein schlechter Kerl, abgesehen davon, daß er zu den Kindern Israel gehört, wenn du verstehst, was ich meine.«

»Klar«, sagte Fearon. »Die hab ich in Liverpool kennengelernt.«

»Sein sogenannter Schneider«, fuhr Donagan fort, »ist der größte Strauchdieb auf Gottes Erdboden, und ich bezweifle sehr, daß du da was für zehn Shilling kriegst.«

»Mr. Wood hat gesagt, das ginge.«

»Da hat er wohl eher an so einen gottverdammten Basar gedacht«, fuhr Donagan fort. »Ich war selber schon in diesen komischen Buden. Die Araber stehlen die Klamotten von den Schiffen im Hafen und verkaufen sie dann für ein paar Shilling in den Basaren. Ich glaube, das Beste wird sein, wir steigen in eins von diesen Fuhrwerken und lassen uns von dem guten alten Türken zum billigsten Laden in Alex fahren. Kostet nur ein paar Piaster bis zu einem beliebigen Ort in der Stadt.«

»Ist das ein fürchterlicher Geruch«, sagte Fearon, als sie die Dockstraße in der kleinen Pferdedroschke entlangfuhren.

»Diese Stadt wird von allen Seeleuten der große Stinkhafen der Welt genannt. Hier kannst du dir alles holen, was es gibt, von den Masern bis zum Schanker. Paß auf, Junge, und bleib weg von der Schwesternstraße. Das sind schlimme Häuser. Schlimme Häuser!«

»Also, da wären wir«, fügte er hinzu, als der Kutscher das halbverhungerte Pony zum Stehen brachte und von seinem Sitz abstieg. Er kam zu Donagan.

»Sechs Piaster, Johnny«, sagte er ausdrucklos.

»Weißt du«, schrie Donagan, und schob sein Gesicht ganz nahe an das fettige Antlitz des Türken, »wo der Affe die Nüsse hingetan hat?«

»Kann nicht. Kann nicht«, stammelte der Kutscher. »Kann nicht machen.«

»Viereinhalb Piaster oder gar nichts, du granatenmäßiger Bastard von einem Türken.«

Der Kutscher begann die Hände zu schwenken. Schließlich gab Donagan ihm fünf Piaster.

Sie schritten auf den Basar zu, der hinter einer Ansammlung schäbiger Hütten stand.

11 Donagan und Fearon traten aus dem Basar, und der Matrose bemerkte, während er den Jungen von oben bis unten musterte, daß er für seine zehn Shilling gar nicht schlecht bedient worden wäre. »Aber«, sagte er, »du solltest dem Alten sagen, es hätte mehr gekostet. Er hat doch die Marie. Ich nehme an, du hast keinen Roten dabei, was?«

»Nein«, sagte Fearon.

»Na, was machst du jetzt?« fragte der Mann. »Ich geh nun rüber in die Schwesternstraße. Auf jeder Fahrt treff ich mich mit demselben Weib. Ist recht nett. Französin. Das ist wohl nicht dein Ding?«

Fearon begriff nicht, worauf sein Begleiter hinauswollte.

Donagan fuhr fort: »Ich sag dir was, Kleiner, komm mit mir mit. Ich seh schon zu, daß du dich gut amüsierst. Ich hab ein paar Shilling über. Du siehst bißchen verwettert aus. Was ist denn los? Erzähl mal. Hast du den gottverdammten Anker verschluckt?«

Mit dieser Redewendung war der Junge vertraut. Er antwortete, das habe er nicht. Er habe die Absicht, es an Bord zu etwas zu bringen, in zwei Jahren wolle er die Prüfung machen.

»Was willst du?« rief Donagan. »Sag's noch mal, du Welpe.«

»Genau das, was ich gesagt habe«, fuhr Fearon fort. »Ich habe mal mit Mr. Wood gesprochen. Er hat gesagt, er interessiert sich für mich. Hat nach meinem Zuhause gefragt, nach allem, was mein Vater macht, wie alt meine Mutter ist. Ach, jede Menge Fragen.«

»Na und?« fragte Donagan, den die Sache zu interessieren begann.

»Ich hab mir schon gedacht, daß da irgendwas ist«, bemerkte er dann. »Hab dich auf der Fahrt hierher kaum je gesehen. Immer in deiner verdammten Kammer, Abend für Abend. Was hast du denn da gemacht?«

»Nichts Besonderes. Manchmal hab ich den Kompaß gelernt, manchmal bin ich nur auf meiner Koje gelegen und habe an gar nichts gedacht.«

»Bist ein komischer Junge«, sagte Donagan. Und später sagte er zu sich selber: »Teufel noch eins. Da läßt so ein Winzling hier seinen Drachen steigen, führt sich als was ganz Besonderes auf.« Es fiel ihm auf, wie verschieden Fearon von den anderen Jungen war, mit denen er schon Fahrten gemacht hatte. Die schmale Figur, die weißen weichen Hände wie die eines Mädchens, die samtartige Haut, um das Kinn mit feinem Flaum bedeckt. Fearon sprach weiter.

»Zuerst, wie ich mich als blinder Passagier versteckt habe, da hatte ich gar keine andere Idee als die, von Zuhause wegzukommen. Überhaupt keine. Ich hatte immer in den Docks gearbeitet, entweder in den Kesseln oder beim Anglühen von den Nieten für die Kesselmacher. Die ersten Tage waren entsetzlich. Furchtbar. Ich hatte Todesangst vor den Männern, vor allem dem lausigen Steward, der's mir besorgen wollte, als ich auf der Krankenstation lag. Dann hat der Bootsmann angefangen. Ich hab gedacht, den vergifte ich noch, weil er so ein gemeines Schwein ist. Es gibt nur zwei Männer an Bord, die sich für mich interessiert haben. Mr. Wood und Mr. Larkin.«

»Larkin«, sagte Donagan. »Du hängst doch nicht

mit dem verrückten alten Narren rum!«

»Hab nichts Verrücktes an ihm gesehen. Er hat mir einen guten Rat gegeben, mit dem ich nichts anfangen konnte. Er hat gesagt, ich soll mich fernhalten von der See. Sei nur ein Hundeleben. Hat gesagt, nur die Notwendigkeit zwingt ihn, sich jahrein, jahraus in einem heißen Maschinenraum einzukerkern. Er hat es gut gemeint, aber ich hatte Mr. Wood ja schon versprochen, ich würde es zu etwas bringen, ich würde hart arbeiten und etwas aus mir machen. Ich hab es mir auch selber versprochen, daß ich zwei Jahre lang die Navigation studiere und dann versuche, meinen Brief zu bekommen.«

Das Paar hatte jetzt die Ecke zur Schwesternstraße erreicht. Sie sahen Militärposten von den Kriegsschiffen die Straße auf und ab gehen.

»Brief! Brief! Du bist also auch so einer. Junge! Hör zu, was dir ein alter Seemann sagt, der über einunddreißig Jahre zur See gefahren ist. Laß es. Hör auf damit, tu, was du magst. Es ist ein Wahn, all das blöde Geschwätz von den Briefen und Patenten. Gottverdammt, Junge, wenn ich diesmal nach Hause komme, dann zeig ich dir meinen Seemannsausweis. Da kannst du die Stempel sehen. ›Geprüft als Erster Offizier. Als Schiffsführer bestätigt.‹ Da hast du es, Junge. Jetzt weißt du's. Und ich bin nicht der einzige. Mensch, überall ist das Mannschaftsquartier voll mit Matrosen, die ihren Brief haben und ihr Patent, Männer, die bessere Zeiten gesehen haben und bessere Schiffe als den gottverdammten Korken, auf dem wir grade rumschwimmen. Schlag dir's aus dem Kopf, Kleiner. Sei ein Matrose und sonst nix. Da mußt du vor keinem Bastard katzbuckeln. Vor gar keinem. He! Jesus!

Da wären wir. Sag, Junge, hast du schon mal 'nen Cancan gesehen?«

»Einen Cancan?« sagte Fearon. »Was ist das?«

»Ach! Du weißt du doch jetzt sicher Bescheid. Na, um's geraderaus zu sagen, das ist ein Weib, das tanzt und sich was dafür schämen sollte. Komm! Ich hab die Mäuse Hier geht's rein. Macht nur zwei Piaster pro Nase.«

Sie hatten vor der Tür eines großen Hauses angehalten, dessen heruntergekommene Fassade anzeigte, daß es schon lange in die Hände des Zerstörers gefallen war. Die etwa zwanzig Räume waren von Frauen und Mädchen verschiedener Nationalität angemietet. Die oberen Stockwerke waren meist der Heimathafen arabischer Frauen, die unteren waren von französischen und zirkassischen Frauen belegt. Es war einer der Räume im Erdgeschoß, wohin Donagan den Jungen führen wollte. Fearon stand da, einen Fuß auf die Schwelle gesetzt, und zögerte. Die Hand des Mannes lag auf seiner Schulter. Er flüsterte dem Jungen ins Ohr: »Komm schon, Junge! Du wirst den schönsten Anblick deines Lebens sehen, und wenn du die Seefahrt aufgeben willst, dann ist das jetzt deine letzte Chance, deinen Kumpeln zu erzählen, daß du mal in einer Cancanbude warst.« Donagan befingerte ein paar Silbermünzen.

Jetzt erschien ein junges griechisches Mädchen unter der Türe. Sie lächelte, als sie Donagan und den Jungen sah. Der Mann grüßte sie und winkte ihr mit dem Zeigefinger, näherzukommen. Sie kam.

»Ah! Madam. Hier haben wir was speziell für dich. Wie gefällt er dir?« Und er deutete auf den Jungen; das Mädchen lächelte. Die Gaslaterne vor dem Haus warf ihren Widerschein, und Fearon dachte sich, das Mädchen sähe furchtbar krank aus. Ihre Augen schienen blutunterlaufen, ihre Haut erdfarben, das Haar, das über ihre Schultern baumelte, glich verfilztem Garn. Haar ohne Glanz und Farbe.

»Also!« sagte Donavan zu Fearon. »Was meinst du, Junge?«

»Ach ja, also gut!« sagte der Junge mit künstlicher Festigkeit. Die beiden betraten das Haus. Merkwürdige Musik drang jetzt an die Ohren des Jungen. Er hatte noch nie im Leben etwas so Bizarres gehört. Es schien ihm, als käme es aus dem zweiten Raum zur Rechten, wie sie den verlassenen steingefliesten Korridor entlanggingen. Kein einziges Licht war zu sehen. Fearon ergriff plötzlich den Arm seines Gefährten und sagte: »Ach, ich weiß nicht. Ich glaube, ich geh jetzt zurück, Mr. Donagan.«

»Den Teufel wirst du tun«, erwiderte Donagan. »Jetzt geht der Spaß gerade los ... Schau nur zu, daß deine Hosen zugeknöpft bleiben.«

Er zerrte den Jungen zu einer Tür. Der Mann klopfte. Die Tür öffnete sich und ließ eine dicke alte Frau von öliger Erscheinung sehen, was Donagan laut zu dem Jungen bemerken ließ: »Diese Gestalten waschen sich überhaupt nie. Immerhin, gibt eine Stelle, wo's auch nicht nötig ist.«

»Wieviel, Madam?« fragte er die Frau.

»Zwei Piaster du, zwei Piaster Junge«, erwiderte sie in recht gutem Englisch.

»Da bitte«, sagte er und schob vier Münzen in die fettige Handfläche, die sich in Richtung seiner Tasche reckte. Die Frau machte ihnen Platz, und sie gingen in den Raum hinein. Es saß etwa ein Dutzend Leute im

Kreis auf dem Steinboden, unter denen der Mann wie der Junge Matrosen von den englischen Schiffen erkannten. Sie lehnten sich gegen die Wand. Der Raum wurde nur von einer Kerze erhellt. In der am weitesten von der Tür entfernten Ecke kauerte eine alte Frau auf dem Boden und hielt eine kleine Trommel. Auf dieser spielte sie eine seltsame Art Melodie, monoton und das Ohr mit Mißtönen attackierend. Doch die versammelte Menge schien es zufrieden, weil man ja wußte, daß die eigentliche Schau erst beginnen würde. Zwei junge arabische Mädchen waren ins Zimmer gekommen. Eine ging zu Donagan hin und setzte sich zu ihm. Sie versuchte, seine Hand zu erhaschen. Als sie des Jungen ansichtig wurde, rief sie mit leisem Lachen: »Ah! Piccanin'! Piccanin'!«

»Ja, aber mein Piccanin', nicht deiner!« sagte Donagan.

Das Mädchen setzte sich jetzt zu dem Jungen, dessen Aufmerksamkeit vom Eintreten einer nackten jungen Araberin gefesselt worden war. In diesem Licht schien ihre Haut wie gehämmertes Gold, ihr Körper war geschmeidig wie ein Baumschößling, die Füße wunderbar geformt, die Mandelaugen ähnelten Wasserteichen, während ihre Lippen prall und rot und voll waren. Die Zähne glänzten. Sie war etwa neunzehn Jahre alt.

Zum ersten Mal spürte der Junge eine Beunruhigung in seinem Blut, wie er sie nicht begreifen konnte. Er führte es auf den Anblick dieses nackten Mädchens zurück, obwohl in Wahrheit die Ursache in Gefühl und Gestalt näher war, als er glaubte. Das Mädchen neben ihm hatte ihre Hand auf sein Knie gelegt, ein Vorgang, den der scharfäugige Donagan sogleich bemerkte.

»He«, flüsterte er dem Jungen zu »Schau mal, was da auf dir krabbelt.«

Der Junge fuhr zusammen. »Auf mir krabbelt? Was meinen Sie?« Und der Blick, den er seinem Begleiter zuwarf, war gewiß erstaunlich. Doch dieser Herr lachte.

»Ach Gott! O je! O mein kleines Engelchen! Hast du mal von dem Mann gehört, der zwei von denen und vier von jenen gehabt hat? Ach du großer Gott! Du bist vielleicht einer.« Er zog das Gesicht des Jungen an seines und sagte ihm leise ins Ohr: »Psst! Sie tastet nach was. Vielleicht hat sie ihr Strumpfband verloren. Hm?«

Fearon begriff nun, daß das Mädchen etwas ergriffen hatte, das ihm gehörte. Er fühlte sich, als hätte ihn jemand unter Drogen gesetzt. Eine Angst stieg in ihm auf. Er versuchte, seine Gedanken anderen Dingen zuzuwenden. Sich ins Gedächtnis zu rufen, was er Mr. Wood alles gesagt hatte; was er Mr. Larkin erzählt hatte. Er hatte sehr große Angst davor, daß dieses neue Rauschmittel ihn überwältigen könnte. Sein Blut flirrte. Es war, als würde Schwanenflaum sanft über seinen Körper gezogen, hin und her. Es kitzelte ihn.

Es war ein Delirium. Er erschauerte ein wenig, aber davon abgesehen regte er sich nicht. Es war wie die Kraft, die eine Blüte umgibt, die ringsum die Luft elektrisiert und eine Art exotisches Fieber in Gang setzt. Fearon spürte etwas Ähnliches. Er hatte ein großes Verlangen, sich auszudehnen, sich zu öffnen und zu blühen wie eine Blume. Ein überwältigender Wunsch, sich auszuziehen, befiel ihn plötzlich, und in diesem Augenblick fing er Donagans Blick auf, und er sah im Auge des Mannes ein Zwinkern und vertrauliche Lüsternheit.

»Piccanin' kommt mit mir, hm?« flüsterte das Mädchen ihm ins Ohr.

Er sagte nichts. Sein Blick war auf das Mädchen mitten im Raum gerichtet, das seinen Körper die erstaunlichsten Verrenkungen durchlaufen ließ. Ein Mann aus dem Kreis war aufgesprungen, ein recht alter Mann mit dem Gesicht und Kopf eines Ziegenbockes. Er sah aus wie ein Bock und sonst nichts. Er hatte sich dieser Gestalt und Bewegung hingegeben, und das unablässige Tamtam der Trommel, welche die alte Frau schlug, brachte ihn fast außer sich. Das Mädchen ließ immer noch ihren Leib kreisen. Eine seiner schwieligen Hände hatte ihren Körper berührt. Sie hörte auf, sich zu bewegen. Sie ließ sich von Kopf bis Fuß von ihm liebkosen, seine Finger verdarben die Geographie ihres Körpers und blieben hier haften und da, während sein Blut wirbelte. Die anderen Männer lachten.

»Alberner dreckiger alter Bock. Ein geiler Alter«, sagten die Zuschauer.

»Piccanin' kommt mit mir, hm?« wiederholte das Mädchen an Fearons Seite.

Es lag etwas in ihrer Stimme, das für den Jungen der bizarren Monotonie des Trommelklangs glich. »Piccanin' kommt mit mir, hm?«

Plötzlich lehnte sich Donagan an dem Jungen vorbei und sagte zu dem Mädchen: »Wieviel für ihn, wieviel für den Jungen?«

Sie lachte. »Nix für Junge, hm? Fünf Piaster für dich, hm?«

Fearon war hilflos. Wenn sie ihn nackt ausgezogen

hätte, so hätte er sich nicht rühren können, nicht protestieren. Selbst wenn sie ihn fortgeschleppt hätte. Donagan stand auf. Zog den Jungen auf die Füße. Sah das Mädchen an und sagte: »Klar. Geht in Ordnung, Baby.«

Das Mädchen führte den Mann und den Jungen in sein Zimmer. Es war dort nichts außer einem Bett, obwohl Donagan eine kleine religiöse Statuette auf einer Konsole nahe der Wand bemerkte. Das Mädchen gestikulierte zu Donagan hin. Sie hatte sich aufs Bett gesetzt.

»Geld«, sagte sie. »Geld«, wiederholte sie lachend und zeigte ihre wunderschönen Zähne, und als der Mann ihr fünf Piaster reichte, sagte sie noch einmal: »Nix für ihn. Nix für Piccanin'.«

Sie lachten beide etwas schrill. Der Junge hatte sich auf einen Schemel am Fenster gesetzt, das von einem schweren braunen Vorhang verdeckt war. Eine Lampe hing von der Decke. Das ganze Zimmer atmete Schmutz, bestand aus Schmutz. Der Steinboden war rissig, und hier und dort war der Staub von vielen vorübergehenden Füßen verteilt worden. Voll Erstaunen sah Fearon, wie das Mädchen sich auszog und auf das Bett legte. Und dann sah er den Mann sich teilweise entkleiden und sich auf sie legen. Sie sprachen nicht, obwohl er ein-, zweimal den Laut eines Kusses hörte, und recht oft etwas, das ihm ein Gurgelgeräusch schien wie das eines lutschenden Säuglings. Das Bett knarrte. Nach drei Minuten, obwohl es Fearon stundenlang schien, war die Sache vorbei, und Donagan stand vom Bett auf und kam zu ihm her, sich dabei die Hose zuknöpfend. Er sagte ganz beiläufig: »Du bist dran, Junge. Kriegst es gratis. Und die hat echt Klasse.

Also! Mensch! Auf geht's, Engelchen!«

Doch der Junge regte sich nicht. Das nackte Mädchen hatte sich aufgesetzt und winkte ihn mit einem ihrer schlanken braunen Finger zu sich. Dem Jungen wurde es kalt am ganzen Leibe. Er sprang auf und rief: »Gotteswillen! Laßt mich raus!« und lief zur Tür. Doch dies führte nur dazu, daß der Mann ihn packte und zum Bett trug.

Das Mädchen lachte. »O mein Piccanin'. O mein Piccanin'. Piccanin'. Piccanin'.«

Gemeinsam war es ihnen gelungen, die Kleider des Jungen zu öffnen. Er schrie.

»Jetzt halt's Maul, du verdammter kleiner Idiot. Ach, du dummer kleiner Schlappmann. Dauert ja nur kurz. Die beißt dich nicht. Jetzt komm, soll sie dir ein Schlaflied singen.«

Das Mädchen hatte den Jungen zu sich her gezogen und hatte ihn nun mit einer plötzlichen Bewegung ihres ganzen Leibes auf sich. Der Junge lag still. Er wußte, sie tat ihm da etwas, und er hatte keine Kraft, sich zu rühren. Donagan sah zu und grinste. Es schien Fearon, als ob das Mädchen ihn auf und nieder drückte. Er spürte, wie etwas in Berührung mit seiner Haut kam, das ihn erschauern ließ, denn es war kalt. Dann fiel etwas aus seiner Jackentasche. Etwas Weißes, das zu Boden flatterte. Sofort wußte er, daß es der Brief an seine Eltern war. Er begann zu weinen. Wenn sie ihn jetzt sehen könnten, dachte er. »O Jesus! Jesus!« Und so war das Meer. Und so war das Meer. Und er war dabei, es zu seinem Lebensberuf zu machen. Er würde hart arbeiten und die oberste Sprosse der Leiter erreichen. Und das ist es also. »O liebe Zeit! O Mutter! Vater! Helft mir! Rettet mich! Nehmt mich hier fort,

fort vom Meer, von den Schiffen und Männern!«

Diese Gedanken fuhren ihm durchs Hirn. Dann plötzlich war all sein Denken blind. Er erinnerte sich an nichts, sah nichts, fühlte nichts. Er lag nur still, ohne einen Laut. Die Stille im Zimmer war fast die eines Grabes. Nur das Atmen der drei befleckte das Schweigen.

»Komm.« Die Stimme Donagans brach wie eine Wasserflut an sein Gehör. »Komm!«

Er konnte sich nicht bewegen. Der Körper unter ihm schob ihn langsam weg. Er war hilflos, ein großes Gewicht trat in seinen Armen und Beinen zutage. Etwas saugte ihn nach unten. Das Gesicht des lächelnden Mädchens war ausgelöscht. An seiner Statt sah er eine Art Phantom, manchmal rot, manchmal weiß. Er schluchzte. Der Raum rannte im Kreis. Aus dem Bett schienen groteske Gestalten aufzusteigen, augenlos, und den Zügen war ein Grinsen aufgeprägt, zeitlos, idiotisch, töricht, leer. Sie schwebten ihm entgegen, zogen sich zurück, schwebten wieder heran. Das Bett hob und senkte sich wie eine riesige Welle, und das Geräusch war neu. Nicht ein knarrendes, sondern ein zischendes Geräusch. Die Decke über ihm schien sich herabzusenken und ihn zerquetschen zu wollen. Fearon rollte schluchzend vom Bett. Donagan beugte sich über ihn. Da sah er die verkrampften Hände, den Speichel, der sich um den Mund sammelte und als weißer Schaum zu Boden tropfte. Donagan bekam plötzlich Angst, und mit der Angst erhob sich ein rascher Zorn.

»Gottverfluchtes Bürschchen«, knurrte er. »Kriegt einen verdammten Anfall bloß wegen 'ner Nummer. Herrgott! Der und auf See gehen! Muß ihn hier rausbringen.«

Er sah sich im Zimmer um. Das Mädchen zog sich mit völliger Gleichgültigkeit an. Donagan brüllte: »Wasser! Wasser!«, aber das Mädchen verstand nicht und rührte sich gar nicht. Es stand eine große Schüssel auf dem Fußboden unter dem Bett. Donagan lief hinüber und zerrte sie hervor. Den flüssigen Inhalt ließ er ins Gesicht des Jungen klatschen. Daß es sich nicht um Wasser handelte, war ihm ganz unbewußt. Das bleiche Gesicht Fearons erschreckte ihn. Und während er ihn ansah, öffneten sich die Augen des Jungen.

»Geben Sie meinen Brief auf. Geben Sie meinen Brief auf, Mr. Donagan«, sagte er. Die Augen schlossen sich wieder. Er erschien dem Mann tot, sterbend, am Ende.

»Brief? Brief? Ach, zur Hölle, ja, ich weiß. Ist ihm aus der Tasche gefallen. Da ist er.« Er hob den Brief auf und schob ihn in die eigene Tasche. Dann hob er den Jungen mit beiden Armen empor und ging aus dem Zimmer. Am Ende des Ganges sah er etwas, was ein großer, aber verwilderter Garten zu sein schien. Der Ast eines Baumes gab den ersten Hinweis, daß sich hinter dem großen Steingebäude tatsächlich ein Garten erstreckte. Er ging den Gang entlang und kam an zwei, drei Frauen vorbei, Araberinnen und Französinnen. Dann folgten zwei Ägypterinnen. Dann eine Zirkassierin, dann ein türkisches Mädchen. Eine oder zwei starrten dem Mann nach, der in den Armen etwas trug, was eine Leiche schien. Der Mann erreichte das Ende des Korridors und trat in den Garten. Der war verlassen, und es war dunkel. Er legte den Jungen unter einen Baum. Dann setzte er sich selbst hin und starrte dem Jungen ins Gesicht, als könne der anhaltende Blick Fearon ins Leben zurückbringen und in die Wirklichkeit.

»Gott! Das tut mir jetzt leid«, sagte er. Und er fing an, dem Jungen die Hände zu streicheln. »O Gott! Furchtbar leid tut mir das. Armer Kleiner. Hat Mutter und Vater. Das ist was, was ich in meinem Leben nie gekannt hab. Mutter und Vater, ja, ja. Hatte einen Brief in der Tasche, fertig für die Post. Der Arme. Armer kleiner Kerl.«

Er fuhr fort, dem Jungen über die Hände zu streichen, die nun zu zucken begonnen hatten. Die Augenlider zitterten. »Ah!« rief Donagan. »Er kommt zu sich. Er kommt zu sich.« Dann gingen die Augen des Jungen auf. Sie waren ausdrucklos, sie hatten ihren alten Glanz verloren. Etwas schien in dem Jungen erstorben zu sein. Der Mann schob seinen Arm hinter den Kopf des Jungen und hob ihn vorsichtig an. Er begann, leise vor sich hin zu sprechen. »Tut mir leid das. Armer Kerl. Armer Kleiner. Hätt's nicht machen sollen, nein, hätte es lassen sollen. Na ja! Ich kümmere mich jetzt um den Kleinen, ich schau nach ihm auf der Heimreise. Ich seh zu, daß er alles hat, was er will. Ich schau danach, daß die anderen ihn nicht hart rannehmen, das tu ich.«

Er fing an, die Wangen des Jungen zu streicheln. Die Farbe kehrte langsam zurück. Der leere Blick machte Donagan immer noch Sorge. Er sprach ihn an: »Hallo, Kleiner! Hallo, Fearon, Junge. Wie geht's jetzt?«

»Oh!« rief Fearon. »Wo bin ich?«

Die Hoffnung kehrte in Donagan zurück.

»Alles klar! Alles in Ordnung!« rief er aufgeregt. »Es ist alles in Ordnung! Du bist in Ordnung. Wir gehen jetzt aufs Schiff zurück. Weißt du nicht mehr, wie wir in dieses Haus gekommen sind, um den Tanz anzuschauen? Dann ist dir schlecht geworden, und ich hab dich hier rausgetragen. Na, Junge, du hast über eine Stunde unter diesem Baum gelegen! Wie fühlst du dich jetzt? Alles klar, was?«

»Haben Sie meinen Brief aufgegeben?« fragte der Junge, und in den braunen Augen lag wieder Ausdruck und Helle.

»Ja. Ja. Den hab ich richtig aufgegeben. Kannst du was halten davon. Wenn man mir einen Brief gibt, wird der sofort aufgegeben. Sie werden ihn in sechs Tagen in Liverpool bekommen.«

»Werden sie?«

»Klar. Sicherlich haben sie ihn dann. Du hast hoffentlich einen netten Brief geschrieben?«

Der Junge versuchte ein Lächeln. Vielleicht war er ein Dummkopf gewesen, ein wenig zu vorschnell in seinen Ansichten. Dieser Mann schien jetzt freundlich. Natürlich hatte er schon die Leute sagen hören, jeder Mensch hätte etwas Gutes in sich, ebenso wie das Schlechte. Und diese Bemerkung von Donagan, er hoffe, daß er einen netten Brief nach Hause geschrieben habe, das löste etwas, das bisher in seiner Brust weggeschlossen gewesen war, das antwortete auf etwas, das in seinem inneren Wesen schmerzte. Er fing wieder zu reden an und erzählte dem Matrosen Wort für Wort, was er in seinem Brief nach Hause geschrieben hatte. Donagan mußte unwillkürlich lächeln. Es war so unschuldig, wie der Junge sein Herz auftat. Er kam sich ein wenig schuftig vor, daß er so etwas getan hatte. Er würde es ihm irgendwie wieder gut machen, sagte er sich selbst.

»Also«, sagte er, »so in einer knappen Woche haben sie deinen Brief. Du bist wohl tatsächlich weggelaufen von Zuhause. Sag mir die Wahrheit – hast du das gemacht?«

»Ja«, antwortete Fearon.

»Aber warum?«

Der Junge gab einige Augenblicke lang keine Antwort, und dann sagte er: »Weil ich daheim nicht glücklich war. Am besten hat mir die Schule gefallen. Ich wollte was studieren. Ich wollte Drogist werden. Aber meine Mutter hat mich runtergenommen, ehe ich vierzehn war. Ich hab in den Docks gearbeitet. Hat mir nicht gefallen. Dann hab ich eines Morgens meine Stelle hingeschmissen und bin nach Hause. Mein Vater hat mich fast totgeschlagen. Also bin ich los als blinder Passagier.«

»Und tut es dir leid?« fragte der Matrose.

»Nein. Es tut mir nicht leid. Ich bin jetzt froh, weil ich etwas habe, das mich interessiert. Ich will was zustandebringen. Der Kapitän sagt, kein Mann oder Junge ist wirklich was wert, bis er sich bewiesen hat.«

»Na, das ist gut zu wissen«, sagte Donagan gedehnt. »Ist dir wieder gut? Wir müssen jetzt los zum Schiff«, schloß er.

Fearon stand auf. »Mir ist, als müßte ich mich gleich übergeben. Nehmen wir eine von den Droschken zum Hafen?«

»Aber klar, Junge. Wir fahren wie die großen Herren zurück. Laß uns jetzt losgehen.« Er legte einen Arm auf die Schulter des Jungen, und gemeinsam gingen sie zurück in den langen Steinplattenkorridor, der zur Straße führte.

Auf halbem Wege stand eine Zimmertür offen, und auf einem Stuhl nahe an der Tür saß nackt ein junges griechisches Mädchen. Sie winkte Donagan, als er vorbeiging: »Vier Piaster, hm?«

»Geh zum Teufel!« rief Donagan und marschierte weiter. Als sie auf die Straße kamen, war es dunkel. Fearon nahm viele verschiedene Gerüche wahr, und als sie an den billigen Cafés vorbeikamen, auch den Übelkeit erregenden Duft von billigem Parfüm. Er sagte plötzlich: »Die Stadt hier, die stinkt wirklich nicht schlecht. Ich wette, da gibt's seltsame Ecken.«

»Da ist unser Rolls-Royce«, sagte Donagan, als eine Droschke am Gehsteig anhielt. Er winkte dem Kutscher, der abstieg, herankam und lächelnd sagte: »Ja. Hafen, John. Sehrgutt. Drei Piaster jeder, hm?«

»Fünf für beide, du gottverdammter dreckig dreinschauender Hundesohn«, sagte Donagan.

»Fünf Piaster, hm? Ja?«

»Ja.«

Die Droschke fuhr los, der Mann und der Junge saßen bequem hinten, der Junge hatte beide Hände ineinander verschlungen im Schoß liegen, der Mann saß mit einer Hand an der Seite des Fahrzeugs, der anderen freundschaftlich um Fearons Hals.

In zwanzig Minuten hatten sie den Kai erreicht. Donagan bezahlte den Kutscher und ging mit Fearon zur Lagerbaracke. Die *Hernian* nahm eine Ladung Datteln an Bord. Die Gangway war von vorn nach achtern versetzt worden. Der Mann und der Junge stiegen hinauf. Oben sagte der Steuermannsmaat zu Donagan: »Na, Junge, wie geht's dem alten Mädel diesmal?« Und als er Fearon dabei sah, fügte er hinzu: »Ach Gott! Hat er dich als Schüler mitgenommen?«

»Kümmer du dich um deinen eigenen gottverdammten Kram«, sagte Donagan und zerrte den Jungen am Arm das Salondeck entlang. Sie stiegen die

Leiter hinunter. Jeder ging seines Wegs, der Mann ins Mannschaftsquartier, der Junge in seine Kammer.

Es war nun ziemlich spät, und da er am nächsten Morgen um fünf Uhr auf sein mußte, beschloß er, zu Bett zu gehen. Er zog sich aus und stieg hinein. In der Back hatte Donagan sich an den Tisch gesetzt, um bei einer Kartenpartie den fehlenden Spieler zu machen. Die meisten Männer waren noch an Land. Einer von den Matrosen sagte: »Was zum Teufel hast du denn mit dem Kleinen da drunten in der Straße getrieben heut abend?«

»Ich?« sagte Donagan und tat, als sei er überrascht. »Ich? Ach ja ... Na, der Kleine wollte unbedingt mit. Was weiter? Der besteigt sie so gut wie ein Alter.« Er fing an zu lachen, als ihm das Mißgeschick des Jungen einfiel. Plötzlich fügte er hinzu: »War verdammt amüsant. Das russische Mäuschen ist immer noch da, hab ich gesehen.«

Mittschiffs gab es auf dem Laufgang eine Prügelei zwischen dem Zimmermann und dem Bootsmannsmaat. Die beiden Männer rangen vor der Kammer des Jungen miteinander. Beide waren soeben betrunken an Bord zurückgekehrt, nachdem sie ein paar Stunden zuvor als die besten Freunde an Land gegangen waren. Es gab einen plötzlichen Aufschlag. Das weckte Fearon, der aus dem Bett sprang und die Tür öffnete. Der Anblick, der sich ihm bot, ließ es ihn bereuen. Der Zimmermann lag lang hingeschlagen auf dem eisernen Deck, das Gesicht blutbedeckt, während der Bootsmannsmaat gegen das Schott lehnte und versuchte, eine aufrechte Haltung einzunehmen. Aber nun sah er den Jungen. Und dies löste etwas in ihm aus. Er wußte, daß der Junge weit unter ihm war, daß er nur der Junge war. Plötzlich schwankte er auf die Tür zu.

»Hosen runter, Kleiner. Runter damit«, stieß er hervor, und Speichel troff aus seinem halboffenen Mund. »Hosen runter, mein Kleiner.«

Es gab nur eins, was Fearon tun konnte: die Tür zumachen und abschließen. Aber er stellte fest, daß einer der Füße des Bootsmannsmaats sich irgendwie dazwischengekeilt hatte. Er hatte Angst, irgendetwas zu tun. Er wollte den Mund gar nicht aufmachen, und doch konnte er die Tür nicht schließen. Während er dastand und überlegte, sprang der Mann mit einem Satz in die Kammer. Er warf sich auf den Jungen und schlang die Arme um seinen Hals. Er fing an, das Kinn an den Wangen des Jungen zu reiben. Fearon verzog schmerzlich das Gesicht; der Mann hatte sich fast eine Woche lang nicht rasiert.

»Hüb-hübscher Junge. Hübscher Junge. O du süßer kleiner unschuldiger Junge. Ich mag einen hübschen Jungen. Bin jahrelang immer mit hübschen Jungs gefahren. Hosen runter, Süßer.«

Fearon konnte nicht sprechen, denn der Arm des Bootsmannsmaats versperrte ihm den Mund. Er konnte nicht anders, es mußte so kommen, er hatte es den ganzen Abend erwartet. Er erbrach sich plötzlich. Der Mann drängte ihn näher und näher an die untere Koje.

»Hübscher Junge. Gib mir 'nen Kuß, Hübscher.«

Sie glitten beide aus und fielen hin. Stille füllte den Raum.

»Wo ist der gottverdammte Bursche? Wo ist dieser Zwerg, diese magere Ratte, wo ist der Junge, das kleine Schwein? He, Fearon! He, Fearon!«

»Lassen Sie mich in Ruhe«, schrie Fearon, der sich mittlerweile vom Bootsmannsmaat befreit hatte. Er wich rückwärts zur Tür.

»Wer schert sich denn um den? Wer schert sich um den verdammten Bootsmann, he?«

»Können Sie ihn denn nicht nach mir rufen hören?« bettelte der Junge. »Können Sie ihn nicht hören?«

»Ihn hören? Wen?«

»Fearon! Wo steckst du, Junge! Heda! Heda!«

»Da ist er wieder!«

Die Tür krachte auf. Die betrunken gedunsenen Züge des Bootsmanns erschienen. Fearon überlief es. Er spürte, wie all die alte Angst, der Haß, der Ekel wiederkehrten.

»Na! Bist du taub, verdammt noch mal?« knurrte der Bootsmann.

»Er hat mich nicht losgelassen! Er hat mich nicht losgelassen!«

»Erzähl das deiner gottverdammten Großmutter«, brüllte der Bootsmann, streckte den Arm aus und packte den Jungen. »Lauf und mach mein verdammtes Bett, du dreckiger kleiner Wurm. Die Arbeit bloß halb machen, und dann an Land gehen mit den Männern aus der Back. Hat's geschmeckt? Hat's sich gut angefühlt? Hat es gekitzelt? Du kleiner Penner. Raus jetzt.«

Sobald Fearon die Kammer verlassen hatte, trat der Bootsmann ein und fing an, den Maat zu schütteln, wobei er fortwährend murmelte: »Komm! Mach schon. Was ist denn los mit dir? Das verdammte Schiff legt morgen ab nach Kairo. Fummelst hier mit 'nem verdammten Jungen rum. Warum zum Teufel gehst du nicht an Land, suchst dir 'ne Frau, und Schluß? Los jetzt. Ist schon spät. Ich will heut Nacht nicht gestört werden. Jetzt mach schon zu, Herrgott nochmal.«

»Schonnordnung. Schonnordnung alles. Hau ab. Laß mich 'n Ruhe. Der Junge ist in Ordnung jedenfalls. Keine Frage. Laß bloß den Jungen 'n Ruhe. Der hat mir alles von dir gesagt. Laß jetzt, Kumpel. Laß es jetzt.«

»Geh ins Bett, du besoffener Bastard«, knurrte der Bootsmann.

Er kehrte in seine Kammer zurück.

»Junge«, fing er an, »ich hab gehört, du warst an Land in einem von den Häusern. Wenn ich dich dabei erwische, daß du so wo hingehst, gerbe ich dir den Hintern. Klar? Also das fehlt noch. Ich hab einen Sohn, der ist achtzehn geworden, auf der *Deana*. Aber der würde nie in so ein dreckiges Haus gehen. Wer hat dir denn das beigebracht?«

»Ich wollte nicht hingehen«, sagte Fearon. »Als ich an Land bin, wollte ich mir billige Kleider vom ›Schneider‹ kaufen. Donagan ist mir über den Weg gelaufen, und ich hab gefragt, wo die beste Gelegenheit ist. Und ich hab auch eine Jacke und eine Hose bekommen. Dann hat er gesagt, ich soll mit ihm mitgehen. Da bin ich gegangen.«

»Ach ja! Und hat's dir gefallen? Hat's gekitzelt? Hat's wehgetan? Ist's geschmolzen? Hat's gegrüßt? Hat sich's verirrt? Hat's gebissen? Konnt's alleine stehen? Du Schlappmann, du kleiner. Eines Tages bereust du's noch. Mein Wort drauf. Ein richtig anständiger Junge würde in so einer Stadt gar nicht an Land gehen. Bei Gott nicht. Nein. Ein anständiger Junge würde in seiner Kammer bleiben und sich mit was Besserem befassen. Den Kompaß studieren oder spleißen lernen oder irgendwas Nützliches. Du wirst 'nen feinen Matrosen abgeben.«

Es war ein Schock für Fearon, daß ihm dieser Mann einen Vortrag hielt, da er in ihm immer den schlimmsten Menschen an Bord gesehen hatte, einen Mann, der sich mit jedem Wort und jeder Handlung bloßstellte, und das hatte er dem Jungen gegenüber auch getan. Und hier machte er sich lustig über ihn, mal höhnte er, mal drohte er. Fearon entschied sich für eine sture Haltung. Er schwor sich, er würde sich außerhalb seiner Arbeitszeit von niemandem kontrollieren lassen.

»Ich kann in meiner Freizeit hingehen, wo ich will, oder? Was haben Sie für ein Recht, mir da zu befehlen?«

Der Mann ließ nicht erkennen, daß er von diesem plötzlichen Ärger Fearons überrascht war. Er antwortete lediglich mit langsamer monotoner Stimme: »An Bord eines Schiffes hat jeder seine Rechte, außer einem Jungen, einem Leichtmatrosen wie dir. Auf dieser Welt hat jeder Rechte, und am Ende ist alles eine Frage der Erfahrung und des Alters. Ich hab ein Recht, dir zu sagen, du sollst von solchen Orten wegbleiben. Da bin ich fest entschlossen. Ich heiz dir richtig ein, wenn ich dich noch einmal dort finde. Denk dran. Geh und mach mir einen Kaffee.«

Fearon wußte keine Antwort. Er fand sich entwaffnet, hilflos. Er ging leise weg, um den Kaffee zu machen. Das Bewußtsein des Jungen war wie ein Glutofen. Er kehrte in den Raum zurück. Er fing an, sich selbst Fragen vorzulegen.

»Wer hat denn schließlich das Recht dazu, zu sagen, das tue ich und das tue ich nicht? Ich gehöre mir selber. Ich habe genau zugehört, als Mr. Wood mir den Vertrag vorgelesen hat, aber ich habe dabei nichts von diesen Häusern gehört oder von irgendwas, das ein Mitglied der Mannschaft daran hindern würde, hinzugehen, wohin es will, wenn die Arbeit getan ist. Gott! Muß ich ewig ein Junge bleiben? Muß ich immer für alle hin- und herrennen? Muß ich das jahrelang aushalten?«

Er hatte das Gefühl, daß es eine Weltverschwörung gegen die Jungen gab. Gegen Jungen! Er hatte seine Arbeit getan, so gut er nur konnte. Wer konnte sich da jetzt noch beklagen? Er hatte es jedenfalls versucht. Und als er über die Haltung der Männer ihm gegenüber nachdachte, sah er plötzlich, daß selbst Mr. Wood und Mr. Larkin, die beiden, vor denen er die größte Achtung hatte, daß selbst die jene bestimmte Haltung ihm gegenüber einnahmen, wenn auch auf andere Weise. Er dachte: »Die müssen noch schlimmer sein als die anderen! Die gewinnen Macht über mich auf so raffinierte, listige Art. Der eine sagt: Arbeite gut und arbeite hart, dann wirst du deinen Weg in der Welt machen. Der andere sagt: Halt dich fern von der See. Als ob ich keinen eigenen Kopf hätte! Ich bin jetzt fünfzehn Jahre. Soll ich so weitermachen? Zum Teufel mit ihnen allen. Ich hasse sie jetzt. Jeden einzelnen. Freund! Freund Mr. Larkin mit seinen selbstgefälligen Vorträgen, seinen langweiligen Predigten. Ach, sie sind alle gleich. Ich mach, was ich will, ich geh hin, wo ich will. Ich kann mir ja immer ein anderes Schiff suchen.«

Er dachte an seinen Brief nach Hause, an die Versprechungen, die er gemacht hatte. Dann war plötzlich alles ausgelöscht, und in seiner Vorstellung war er wieder in jenem Haus, inmitten des Aufruhrs aus vibrierender Musik und Fleisch, Anblick und Geräusch kehrten wieder, erregte aufs Neue sein Blut, das nun zwischen Eingeweide und Gehirn für ihn das Lied von der blutroten Blume anstimmte. Langsam streckte die Wirklichkeit die Waffen, alles verblaßte vor diesem Alptraum, dieser deliranten Erinnerung an die wenigen Minuten, die er in einer Welt exotischer Gerüche verbracht hatte. Das Fest des Fleisches. Er erinnerte sich jetzt an das Mädchen. Wie sie ihn festgehalten hatte, ihn berührt hatte; er hatte ihr Haar mit dem Mund gestreift, ihre Brust mit der Hand, und Donagan hatte zugesehen. Plötzlich sagte er halblaut: »Ich geh wieder hin. Ich geh wieder hin.«

Um halb sechs am nächsten Morgen ließ Mr. Wood Fearon kommen. Ziemlich beschämt erschien er vor diesem Herrn, der ihm rundheraus einen Tadel erteilte, denn es hatte sich mittlerweile auf dem ganzen Schiff herumgesprochen, daß der Junge in der Schwesternstraße gewesen war.

»Mach das nie wieder, Junge. Eines Tages wird es dir sehr leid tun.«

Das war alles, was er sagte. Und Fearon entdeckte, daß sein Verdacht richtig gewesen war. Alle hatten sie recht außer ihm. Sie konnten nichts falsch machen. Sie waren alle plötzlich so besorgt, ihn zu beschützen. Mr. Wood hatte gesagt: »Ich überlege mir, ob ich dir nicht den Landurlaub streichen soll.«

Den Landurlaub streichen! Er konnte nichts, gar nichts tun, ohne daß jemand sich einmischte. Na, er würde noch an diesem Abend an Land gehen. Das Schiff legte nun doch nicht an diesem Tag ab. Er würde es ihnen zeigen. Wenn er noch einen Anlaß brauchte, um sein Gefühl der Unabhängigkeit zu demonstrieren, dann hatte er ihn gewiß bekommen. An diesem Tag machte er nichts richtig. Alle murrten. Der Bootsmann fluchte wegen des schlechten Tees, dem Dreck unter dem Bett. Der Lampenputzer sagte, er würde ihm eins auf die Nase geben, wenn er ihn noch einmal dabei erwischte, wie er Baumwollabriß aus der Lampenkammer stibitzte, der Diver aus der Backbordwache sagte, er würd's ihm schon zeigen, wenn er noch einmal einen Knick im Schlauch finden würde. Sie hatten die Decks abgespritzt, und Fearon hatte gleich hinter dem Diver den Schlauch halten müssen. Da seine Gedanken überall waren, nur nicht bei der Arbeit, war der Schlauch zwei-, dreimal weggeknickt, daß der Mann wütend wurde und etwas über Fearons Hände sagte.

»Steck sie doch in die Taschen, Menschenskind! Du machst sie dir sonst noch schmutzig, wenn du das gottverdammte Ding anfassen mußt. Paß gut auf deine Hände auf, Kleiner, und sieh zu, daß sie nicht an die falsche Stelle wandern.«

Es fiel dem Jungen leicht, zu begreifen, worauf er anspielte. Als er dann in den Maschinenraum gehen mußte, um dem Ingenieur zu sagen, er solle das Wasser abdrehen, hatte er den Zorn dieses Herrn erregt, indem er der Länge nach über eines seiner Lieblingskurzwellengeräte gestolpert war – Mr. Devanny war nämlich ein Amateurfunker. Die Bemerkung war wieder dieselbe, seine Hände waren wieder Gegenstand der Betrachtung.

»Junge, die Leute, die so was treiben, die haben für gewöhnlich Haare zwischen Daumen und Zeigefinger.«

Fearon sah zerstreut auf seine rechte Hand. Der Mann lachte.

»Ich hab's mir gedacht«, sagte er. »Geh hin und besorg dir 'ne Frau, Heilandsakrament, und lauf nicht rum,als würdest du die gottverdammte Welt auf deinen Schultern tragen.«

Der Bootsmannsmaat war auch so einer. Wieder vollkommen nüchtern nach seiner Zechtour am Vorabend, wurde er zum Tyrannen, sobald der Junge mit dem Frühstück erschien.

»Was zum Teufel soll denn das sein?« hatte er gefragt, den Porridgeteller mit der Hand wegschiebend.

»Porridge«, hatte der Junge unschuldig geantwortet.

»Ich nenne das Scheiße«, erwiderte der Bootsmannsmaat. »Und du kannst dem versoffenen Koch, der dich schwängern wollte, ruhig sagen, was ich gesagt hab. Verstehst du mich?«

»Aber das Porridge ist in Ordnung. Die ganze Mannschaft hat dasselbe«, sagte Fearon.

»Bastard! Du ... Werd hier nicht frech, auch wenn du 'ne Frau gehabt hast. Du dreckiger kleiner Wichser, raus mit dir. Das Kompaßgehäuse sieht heute morgen ganz wunderbar aus. Das gottverdammte Ding ist ja fast grün. Hol dir dein Zeug und mach es sauber. Welche Hand hast du letzte Nacht benutzt? Solltest mal wechseln.« Und als der Junge die Tür hinter sich schloß, fügte der Maat hinzu: »Bei neunzig soll man die Hand wechseln.«

Auf dem Gang begegnete er dem Ersten Offizier.

»Fearon! Warum hast du das Messing im Offizierskorridor nicht geputzt?«

Der Junge stand da wie vom Blitz getroffen. Er fühlte, daß er am Rand der Tränen war. Hier, dachte er, ist ein Mann, der auf der ganzen Fahrt nie geschimpft hat. Der Mann, der mir die Kammer fern vom Koch verschafft hat. Ein Mann, den ich um nichts in der

Welt ärgern wollte. Und jetzt ist er wie die anderen. Er schaute den Ersten Offizier an.

»Es tut mir leid, Sir. Ich hab's ganz vergessen. Ich mache es jetzt. Sofort, Sir.«

»Schau zu, daß du's machst«, erwiderte der Offizier. »Es sieht beschämend aus dort. Das Messing ist fast grün. Du darfst dich nicht mit diesen Frauen einlassen, da weißt du nicht mehr, wo dir der Kopf steht.«

Der Offizier ging ohne ein weiteres Wort den Gang hinunter. Fearon ging sofort in die Lampenkammer, um Poliertücher und Öl zu holen. Der Lampenputzer entleerte gerade seine Blase in einen Blecheimer, zu faul, um an den richtigen Ort zu gehen.

»Was willste jetzt?« knurrte er und schnitt Fearon eine Grimasse, halb weggedreht, als erleide er einen Anfall von Anstand.

»Putzmaterial.«

»Nimm es dir und komm um Gottes Willen nicht wieder. Wenn du alles geputzt hast, nimm Anlauf und spring über die verdammte Reling, du nutzloser Penner.«

Zehn Minuten später war Fearon auf dem Steuerstand und behandelte das grüne Kompaßgehäuse sorgfältig mit Öl und Sand. Es war früher glänzendes Messing gewesen, aber Regen und Ansammlungen von Schmutz hatten das einst prächtige Aussehen getrübt. Plötzlich setzte der Junge sich hin, den Lappen in der Hand, und dachte: »Zum Teufel! Warum bin ich nicht im Bunker erstickt, dann wäre alles vorbei! Ich hätte nie gedacht, daß so ein gemeines lausiges Schiff sich über Wasser halten kann. Gott! Was für eine Crew. Was für Figuren. Was für ein Ort. Nicht ein einziges freundliches Wort, seit ich an Bord gekommen bin. Nur eine verdammte Plage, das bin ich. Vielleicht hat Dad recht gehabt. Vielleicht hat meine Mutter recht gehabt. Wer weiß? Aber vielleicht hat der verdammte Lampenmannn von allen am meisten recht, wenn er sagt, ich soll mit Anlauf über die Reling. Mit Anlauf. Schnell muß es gehen. Ein Sprung, und es ist alles vorbei. Ich weiß nicht, ob's mir leid tut oder nicht, ich weiß nicht, ob ich wütend bin oder nicht, ich weiß nicht, ob ich recht habe oder nicht. Bin mir nicht in einer einzigen verdammten Sache im Klaren. Ich steh innerlich irgendwie auf dem Kopf und in mir hab ich dauernd diesen Schmerz. Und meine Hände zittern ständig. Jesus! Das ist es. Ich bin so unbeholfen. Ungeschickt läßt grüßen. Na, ich gehe einfach an Land heute abend und mache dafür niemand Komplimente. Mal sehen, was sie tun werden. Kann nichts recht machen, gar nichts. Sag nur ein Wort. Meine Zeit gehört mir. Auf der Heimfahrt werd ich arbeiten wie der Teufel, und dann schreib ich mich auf einem anderen Schiff ein. Von allen Schiffen auf dem Meer ist das hier der Abschuß. Ewiges Geknurr und Gemeckere. Man hat es ständig in den Ohren. Die Männer saufen an Land in jedem Hafen. Bringen Frauen an Bord, aber ein Junge darf das natürlich nicht, o nein. Du bist bloß ein gottverdammter Junge. Junge oder nicht, nach all dem hier laß ich mir nie wieder was sagen.«

12 Der Steuermannsmaat an der Gangway sah Fearon sich nähern. Es war gerade nach sechs Uhr. Er hielt den Jungen an der Gangway an und sagte, während er ihn an der Schulter packte: »Es gibt Befehl, daß du nicht an Land darfst. Die Crew ist in Bereitschaft. Wir fahren jetzt irgendwann ab. Klar, Kleiner?«

»Wie war das?« fragte Fearon. »Wer hat gesagt, daß ich nicht an Land kann?«

»Der Erste natürlich. Gehst besser rüber und fragst ihn, warum. Wird sicher so nett sein und es dir erklären.« Er fing an zu grinsen und fuhr fort: »Hab dich gerade noch erwischt. Rüberschleichen und einen wegstecken, was? Geh wieder in deine Kabine, Kleiner. Hast ja keine Ahnung, wie es ist. Ehrlich nicht. Außerdem hast du noch nie 'ne echte gesehen. Verpiß dich.«

»Aber ich will an Land«, sagte der Junge. Er verlegte sich aufs Bitten. »Schauen Sie«, sagte er, »Sie brauchen mich doch gar nicht gesehen haben. Wir machen das einfach. Ja?«

»Besorgst du mir 'ne Stelle, wenn ich gefeuert werde?« röhrte der Steuermannsmaat. »Ja? Machst du das? Hau jetzt ab. Verschwinde, eh ich dich in den Hintern trete und dir noch eins aufs Auge gebe für deine verdammte Unverschämtheit. Los jetzt! Hau ab, solang du noch gutes Schuhwerk hast, du verlogener Bastard.«

So war das also, dachte der Junge. Es war ihnen gelungen. Sie wollten ihn nicht mehr an Land lassen, aus Angst, er könne in eines der Häuser in der Schwesternstraße gehen. »Die müssen wirklich denken, daß ich ein Idiot bin. Das denken die bestimmt. Ich zeig's ihnen. Mir ist jetzt alles gleich. Ich geh an Land. Und ich komm auch zurück, und keiner wird's merken.«

Im selben Augenblick wurde ihm klar, daß das schwierig sein würde, denn solange es nicht ganz dunkel geworden war, war jeder Versuchganz aussichtslos. Er ging zurück in seine Kammer. Legte sich hin. Die Gedanken an seinen Landgang begannen ihn zu erregen; er stellte sich alles vor, was er vielleicht sehen würde. Er hatte Geld. Vierundzwanzig Piaster. Es war so einfach, hier und dort die eine oder andere Münze einzusammeln. Der Bootsmann und der Maat gingen sorglos um mit ihrem Geld. Er würde denen doch nicht zurückgeben, was er im oder unter dem Bett fand oder auch in ihren Jackentaschen. Zum Teufel! Ich gehe zu derselben Nutte. Gott! Das hat mir gefallen, wie sie's gemacht hat. Der Gedanke entzündete ihn, er war nun voll von einer fast qualvollen Sehnsucht, hinzugehen, dorthin zu eilen, so schnell er nur konnte, um sie zu finden, dieses Arabermädchen, dessen Haut wie Seide war, mit den Gazellenbeinen, dem duftenden Haar, den Brüsten, die wie Birnen hingen und die er in jenem verrückten Moment mit seiner Hand liebkost hatte. Sie hatte ihn »Piccanin'« genannt. Er konnte das Wort zuerst nicht verstehen. Dann begriff er langsam. Sie meinte, er sei ein Baby. Baby oder nicht, er wollte wieder zu diesem Mädchen, jetzt sofort. Es war, als müsse er unter diesem Gedanken zusammenbrechen. Er sprang auf und ging verstohlen in Richtung Gangway. Der Steuermannsmaat war nicht zu sehen. Sofort setzte er den Fuß auf die Stufe und sah sich um. Er hatte fast das untere Ende erreicht, als eine Stimme ihn anrief. Er war, als hätte jemand ein Seil geworfen, das sich um seinen Hals zusammengezogen hatte. Diese Stimme beraubte ihn seiner Kraft. Er stand da, er hatte Angst, sich umzudrehen. Er hörte hinter sich jemanden herunterkommen. Dann wandte er sich um. Es war der Steuermannsmaat. Der packte den Jungen, drehte ihn grob um und schob ihn wieder die Gangway hoch nach oben. Dort hielt er ihn immer noch fest. Er beugte sich herab, schaute Fearon in die Augen und sagte: »Du Wichser! Hast gedacht, diesmal bist du drunten, was?«

Fearon gab keine Antwort. Das Blut stieg ihm in den Kopf. Er schaute böse zurück.

»Hab mal 'nen Jungen gekannt, der ist hier auch an Land. Heimlich, genau wie du. War hinter 'ner Fose her, eh er sich noch die Muttermilch vom Mund gewischt hatte. Sagt keinem Bescheid. Geht rüber an Land. Der kleine Schlappmann verschwindet. Weg. Und was passiert? Gar nicht viel. Die Heizer sehen ein paar Tage später eine Leiche. Treibt im Fluß. Der Junge. Das war's, sonst nix weiter. Bloß, daß er keine Hosen mehr angehabt hat. Man hat gewußt, wer er ist, weil er immer noch den Arbeitspullover mit dem Namen vom Schiff getragen hat. Das Komische dabei war der Flaschenhals, der ihm im Hintern gesteckt hat. Na ja! Was soll's!«, sagte der Steuermannsmaat ungerührt. »Nix besonderes. Diese Araber, die sind scharf auf Jungs. Und dieser arme kleine schlappe Hurensohn, dem sein Loch war nicht groß genug. Das ist schon alles. Da siehst du, was ihm geblüht hat, als er in die Schwesternstraße weggeschlichen ist. Dasselbe wird dir passieren. Jetzt geh in deine Kammer, sei ein braver Junge und geh ins Bett. Wie würd's dir gefallen, wenn deine Mutter oder dein Dad wüßten, daß du oben auf 'ner Frau liegst? Mensch, ich bin alt genug, daß ich dein Großvater sein könnte, und ich sag dir, ich liege jederzeit lieber auf einem nassen Sack drauf. Glaub's mir.«

Die ganze Zeit hatte Fearon kein Wort gesagt. Und jetzt ging er zurück in die Kabine. Die Worte des Steuermannsmaats schienen Messer, die in seinem Hirn herumhackten. War das alles wahr, fragte er sich. Oder war es nur wieder so ein unmögliches Seemannsgarn? Er hatte so viel von dem Zeug gehört, seit er an Bord gekommen war. Der Lampenputzer hatte geschworen, er habe gesehen, wie ein Araber es mit einer Hündin trieb, direkt auf dem Kai vor der ganzen Mannschaft eines Schiffes. Machte es wegen eines Brotes vom Koch eines französischen Dampfers. Alle waren an der Reling gestanden, um zu sehen, wie ein Mann es einem Hund besorgte, dann hatten sie ihn mit Abfall und altem Brot beworfen. Aber diese Geschichten waren schwer zu glauben. Nein. Der Steuermannsmaat wollte ihm nur was weismachen. Er würde gehen. Er würde gehen, sobald es dunkel war.

Mit diesem einzigen Gedanken im Kopf war er es zufrieden, auf der Kante seiner Koje zu sitzen und zu warten. Fast die gesamte Mannschaft war an Land gegangen, da es die letzte Nacht des Schiffes im Hafen war. Alle wollten einen letzten Drink, ehe es ausfuhr. Nur ein oder zwei Offiziere waren in ihren Kajüten; der Bootsmann und der Maat mit dem Zimmermann waren schon lange an Land, um sich einen einzutütern. Der Lampenputzer schlief in seiner Kammer. Er ging niemals an Land und schwor, in allen Häfen, die er je angefahren hätte, gäb's keine einzige, wegen der man sich umdrehen wollte. So verbrachte er seine Zeit schlafend, was zur Folge hatte, daß die Welt von einer interessanten Persönlichkeit nur wenig zu sehen bekam.

Das Dunkel wurde dichter. Fearon knöpfte seinen Jackenkragen zu. Er öffnete leise die Tür und schloß sie ebenso leise hinter sich. Er schnürte seine Stiefel auf, band sie zusammen und hängte sie sich über die Schulter. Dann lief er den Gang entlang. Nicht zur Gangway, sondern nach achtern. In der eigenartigen Position, in der das Schiff lag, berührte der Bug fast den Kai, während das Heck mindestens fünfzehn Fuß davon entfernt war. Vorn konnte Fearon nicht vom Schiff, also beschloß er, zu schwimmen. Als er am Steuerhaus ankam, ging er hinein und zog die Socken aus. Die stopfte er in die Stiefel. Dann ging er zu dem Poller hin, an dem die Trosse festgemacht war. Er kletterte über die Reling, ergriff das Seil und schwang sich von der Seite des Schiffs weg. Hand über Hand zog er sich etwa zehn Yards voran. Dann ließ er plötzlich los. Ein Aufklatschen war zu hören. Fearon war ein guter Schwimmer. Er schwamm unter Wasser, bis er ein Hindernis erreichte, welches – wie ihm klar war – der Rumpf des Kohlenkahns an der Kaimauer sein mußte. Er kam an die Oberfläche. Das Wasser war schmutzig, ein eigenartiger Geruch umschwebte ihn. Er schwamm energisch zu der Zugleine hin, die über den Rand des Kahns hing. Sie war an einem Spill befestigt. Er zog sich daran langsam an Bord. Seine Hände schmerzten, denn die Zugleine war dünn und naß. Sobald er das Deck erreicht hatte, sah er sich in alle Richtungen um. Der Kahn war verlassen. Er sagte zu sich: »Teufel! Das ist leicht wie's Hinfallen.« Er konnte jetzt den großen Leib der *Hernian* aus dem Dunkel emporragen sehen und selbst die elektrischen Lampen über der Gangway erkennen. Er lächelte, als er daran dachte, wie einfach er den Steuermannsmaat geschlagen hatte. Er zog sich Socken und Stiefel an. Er ging das Deck entlang. An der Kaimauer war ein eiserner Ring angebracht. Doch der war ohne Tau. Er lief rasch zurück und band die Zugleine los. Dann kam er wieder her, knüpfte einen unbeholfenen Paalsteek und warf die Leine. Sie blieb hängen. Er schwang sich hinaus und kam hart an der Mauer auf. Einen Augenblick blieb ihm der Atem weg, wie er schlaff dahing nach seinem schlimmen Sprung. Dann kehrten seine Kräfte zurück. Er zog sich hoch auf den ebenen Boden des Kais. Als wäre ihm jemand auf den Fersen, begann er zu rennen und hielt nicht an, bis er ans Ende gelangt war. Er stieß einen Seufzer der Erleichterung aus, als er sich vor den Toren des Hafengeländes wiederfand. Sein einziger Wunsch war es nun, eine von diesen kleinen Droschken zu finden, und möglichst die mit dem Kutscher von gestern Nacht. Draußen auf der Dockstraße ging er auf und ab und musterte die Gesichter der diversen fettig ausschauenden Individuen, die lizenzierte Droschkenkutscher waren. Es war einer unter ihnen, ein alter Mann, der die Aufmerksamkeit des Jungen erregte. Zu ihm ging er hin und sagte laut: »Schwesternstraße. Wieviel, John?«

»Fünf Piaster«, antwortete der alte Türke.

Dies war weit mehr, als Donagan oder sonst irgendjemand bezahlt hätte, aber den Jungen schien es nicht zu stören; er händigte ihm willig seine fünf Silberstücke aus, stieg in die Droschke und wurde davongefahren. Nach einer halben Stunde war er in der

Straße seiner Sehnsucht angekommen. Er stieg aus und starrte um sich. Er sah niemanden, den er kannte. Er mußte vorsichtig sein. Wenn man ihn in dieser Straße erblickte, würde er vielleicht ohne weitere Fragen sofort aufs Schiff zurückgeschleift. Er wollte sich jetzt nicht umsonst all dem ausgesetzt haben. Plötzlich murmelte er: »Verdammt! Ich hab vergessen, in welches gottverfluchte Haus wir gestern rein sind. Herrgott nochmal!«

Er fing an, verstohlen die Straße hinauf und hinunter zu gehen. An der einen oder anderen Tür sah er Frauen und Mädchen auf den steinernen Stufen sitzen, die alle darauf warteten, daß eine Beute vorbeikäme. Ihnen wich er rasch aus. Es mußte dasselbe Mädchen sein oder gar niemand, wiederholte er bei sich unablässig. »Sie! Niemand sonst. Sie! Sie! Jesus! Wo zum Teufel ist denn dieses Haus? Wenn ich's nur finden könnte. Ist eine Cancanbude. Das ist alles, was ich weiß.«

Eine plötzliche Angst überfiel ihn, daß er sein Begehren nicht stillen würde können. »Ach! Vielleicht gehört sie gar nicht hierher. Sie kann von überall hergekommen sein.«

»Ah! Piccanin'! Piccanin'!«

Fearon drehte sich um. Ein junges Mädchen stand ihm lächelnd gegenüber und ließ ihre wunderschönen Zähne sehen. Die Zunge des Jungen klebte ihm am Gaumen. Er konnte nicht sprechen und fuhr nur fort, die Frau anzustarren. Sie sagte: »Hübsche Junge, hm? Zwei Piaster für hübsche Junge, hm?«

Er lachte. Es lag etwas Erregendes darin, daß man selbst ausgesucht wurde. In Fearon steckte etwas Prahlerisches, Auftrumpfendes. Er ging zu ihr hin.

Sagte: »Nein. Nein. Ich suche nach Cancanhaus, hm?«

»Ah! Du Cancan, hm? Hübsche Piccanin'! Ich Cancan für Piccanin'.«

Sie neigte sich zu ihm, so daß seine Augen über ihr Kleid glitten, über ihren Körper. Sie senkte den Kopf, damit er das Parfüm in ihrem Haar bemerken sollte. Fearon ergab sich: »Also gut. Ich schaue zu, wie du Cancan, hm?«

Sie antwortete nicht, schob aber ihren Arm unter den seinen und führte ihn ein Stück die Straße empor. Als sie sich einer Laterne näherten, schüttelte der Junge sie grob und sagte: »Jesus! Nein. Nein. Nicht hier vorbei.«

»Kein Cancan für hübsche Junge, hm?« gurrte sie.

Fearon ließ sich weiter führen. Er wollte nichts mehr sagen. Es gab nichts mehr zu sagen. Nur zu sehen und fühlen und erleben. Etwas zu tun. Sie hielten vor einem Haus an, das in seiner Gestalt dem ähnelte, das er am vorigen Abend mit dem Matrosen betreten hatte. Doch als er eintrat, stellte er fest, daß es viel kleiner war. Sie führte ihn eine Treppe empor. Sie gingen einen Korridor entlang und betraten ein Zimmer. Ihr Zimmer. Hier gab es ein Bett, zwei Stühle und einen Tisch, auf dem billige Photographien des Mädchens in verschiedenen verführerischen Posen lagen. Der Junge beugte sich über den Tisch und betrachtete sie, allem unzugänglich außer etwas Dringlichem und Entscheidendem, das sich wie ein dunkles Chaos in seiner Brust zu regen begann. Er hörte etwas fallen. Sah sich um. Die Frau zog sich aus.

»Hübsche Junge, setz hin«, sagte sie. Er grinste sie an.

Plötzlich deutete er auf die Tür und sagte: »Tür.

Verstehn? Ist da abgeschlossen?«

Sie lachte. »Hübsche Junge viel Angst, hm? Alles klar, hm?«

Sie war nun nackt. Sie rief ihn her. Fearon stand auf und ging zum Bett. Er setzte sich zu ihr. Einige Augenblicke saß er sprachlos da und wußte kaum, was er nun zu tun hatte. Dann legte er ihr die Hand auf die Schulter und sagte: »Du tanzst Cancan, hm?«

»Oui! Oui!« lachte sie, sprang auf und schritt in die Mitte des Zimmers. Der Junge legte sich rücklings auf das Bett und sah ihr zu. Ihr Leib setzte ihn in Erstaunen. Es war wie der sich wiegende Zweig eines Baums, schwer von Früchten; ein Drehen und Wenden, Kreisen, Pendeln. Es glich einer Schlange, dann wieder einer Statue aus Bronze, die all die goldenen fächerförmigen Strahlen der Sonne auf sich gezogen zu haben schien. Sie begann, eigenartige Bewegungen mit ihrem Unterleib zu machen. Sie hielt inne.

»Hübsche Junge rauchen, hm?«

Fearon tastete in seiner Tasche und zog eine Packung billiger Zigaretten hervor, von denen er eine der Frau gab. Wie er dies tat, fing sie ihn sich und zwang seinen Kopf mit dem Haarschopf eng an ihre Brust, während ein langer Arm seinen Körper hinunterglitt, bis er den Hafen des Empfindens und Begehrens in dem Jungen erreichte. Da blieb er liegen. Der Junge küßte ihren Körper. Er war wie eine Art Schoßhund. Sie fühlte seine heiße Zunge lecken. Sie sah hinab auf die kleinen Hände, die sich gehöhlt hatten, um eine ihrer Brüste festzuhalten. Sie preßte ihn an sich. Und hörte ihn murmeln: »O Jesus Christus! Oh! Oh! Oh!«

»Hübsche Junge rauchen, hm? Hübsche Junge gibt hübsche Mädchen Zigarette, hm?«

Plötzlich kam Fearon eine Idee. Er hatte eines Tages den Bootsmann erzählen hören, in Saloniki habe er einmal einen Cancan gesehen, wo das tanzende Mädchen einer Wette wegen eine brennende Zigarette in seinem philosophischen Mittelpunkt angebracht hatte. Fearon lächelte. Er schob sich zurück und sagte zu dem Mädchen: »Du machst Zigarette da hin, hm?«

Sogleich verstand sie. Sie schaute zu, wie er die Zigarette ansteckte. Als er sie ihr gab, tat sie sie dorthin, wo er sie am meisten zu sehen verlangte, und begann in der Mitte des Raumes zu tanzen. Der Junge war angefüllt bis zum Ersticken mit einer Begierde, sich in dieses Fleisch zu vergraben, sich vor all dem zu verbergen, was ihn erzürnt und bekümmert hatte, allem, das ihn demütigte. Da konnte er sich vor der Welt der Männer verstecken, für immer. Er tastete in seinen Taschen. Zog ein paar Münzen heraus, rannte fast zu dem Mädchen hin, packte seine Schultern, sagte: »Wieviel? Wieviel? Du ... ich?«

»Ah, gut, fünf Piaster.«

Er gab ihr das Geld. Im Augenblick, als er das getan hatte, wurde er sich einer bestimmten Regung bewußt: Der Akt des Geldüberreichens erfüllte ihn mit dem Gefühl von Macht, von Besitzerstolz, von Herrschaft, mit Hingabe und Begehren, die wie zwei große Speirohre all seine Gedanken einsaugten. Er fiel fast mit dem Mädchen aufs Bett. Und obwohl er wußte, daß etwas geschah, daß etwas geschehen würde, lag er still. Schloß die Augen. Er spürte die Hände, die auf ihm hin und her gingen, und bewegte sich nicht, als sie seine Kleider wegschoben. Als drücke die Nacht selbst ihn hinunter, als ritten die Phantome einer verrückten Welt auf seinem Rücken, schien er sich plötzlich diesem Körper entgegenzuwerfen, ihn zu zerquetschen, festzuhalten, und in diesem Akt löschte er aus seinem Anblick und seinem Kopf die kalte Realität aller alltäglichen Dringlichkeiten aus. Seine Augen blieben geschlossen, er hörte die Frau etwas murmeln und er bewegte sich auf dem Bett, er spürte, wie sie ihn drückte, bis er fast nach Atem rang. Begierde, Verrücktheit, Nichts. Er lag. Ein merkwürdiges Schweigen erfüllte den Raum. Er spürte ihren heißen Atem auf seinem Gesicht, glaubte, sie schliefe, und sofort begannen seine Hände zu erforschen, zu erahnen, sich ihre Gefühlsnahrung zu verschaffen, zu wissen, und aus diesem Augenblick etwas herauszupflücken, das wie das Wissen neu und fremd und entscheidend wichtig war für ihn. Aus diesem Moment von Zeit und Glück und Hingabe eine Üppigkeit herauszuziehen, die in ihrem Wesen ein Kerzenflackern war, eine aufscheinende und verschwindende Flamme, eine sich öffnende und schließende Blume, ein Klang, gehört und vergessen, ein Lied, das gesungen wurde und beendet. Nun, da die Hände gelernt hatten, zog sich das Gefühl zurück, und alles Begehren jenes Augenblicks und nachher lag jetzt in den Augen. Den Augen, die suchten und schauten und einfingen und für immer behielten. Er flüsterte: »Rüber, hm? So rüber jetzt, hm? Anders, Mademoiselle. Anders drehen, hm? Ja.«

Er zog sich zurück, richtete sich auf, bis er über der liegenden Gestalt kniete. Und in dem aufgeregten Hin und Her seiner Blicke, im ganzen Zittern seines Körpers wurden die geheimen Wörter enthüllt, die unausgesprochenen Wörter. Sein Hirn war voller verrückter Ideen. Er sehnte sich. Er wollte zu ihr sagen: »Ach! Herr Jesus! Schauen! Ich will dich anschauen.

Hinsehen, dich anstarren. Dreh dich so hin. Und jetzt so. Reck dich. Heb das Bein hier hoch. Nein. Nicht so. Anders, dorthin. Streck die Arme aus. Jetzt knie dich hin. Dreh dich um. Lieg still. Laß die Brust schwingen. Jetzt laß sie hängen. O Gott! Laß mich meine Hand hier hintun. Ja, da. Nein. Nicht so. Schau mal, tu deine beiden Füße hierher. So ist's gut. Stell dich jetzt aufs Bett. Gut so. Ach! Ach! Steh gerade. Bück dich. Warte. Laß mich dich überall streicheln. Jetzt dreh dich in die andere Richtung. Jesus Christus! Ich möchte mich in dir vergraben. Ich möchte dich aufessen. Oh! Oh!«

Sein ganzes Wesen stand in Flammen, das Blut psalmodierte sein Lustlied. Er schrie: »Hier bin ich, hm? Hier bin ich.« Begann, all seine Kleider auszuziehen und warf sich wieder auf das Mädchen.

»Schluß jetzt«, sagte sie ruhig und schob ihn weg. Sie betrachtete seinen Körper im Schein der Lampe und gurrte leise: »Piccanin'! Piccanin'!«

»Schluß?« fragte er. Eine Welle der Angst ging über ihn hinweg. »Schluß?« Er wollte nicht Schluß machen. Er wollte ewig fortfahren. Nein. Es durfte nicht sein. Und er schrie dem Mädchen ins Ohr: »O nein! O nein! Mademoiselle, schau her ... Ich hab das Geld ... Ich geben dir wieder fünf Piaster, hm?«

»Schluß mit dir«, wiederholte sie ruhig.

Etwas brach in dem Jungen. Etwas sank in sich zusammen. Es war alles vorbei. Dieses Gefühl der Freude, des vollen Seins, einer gewissen Macht, dieses Gefühl des absoluten Entrinnens aus der Wirklichkeit. Ganz und gar vorbei. Was sollte er tun? Dieser Körper, dessen Anblick ihn jetzt mit einer verzehrenden Wildheit entzündete, war für ihn verloren. Er war überwältigt, zernichtet. War das alles, wofür er bezahlt hatte? Fünf

Minuten Aufregung! Und war das die hochberühmte Sache, von der die Männer an Bord ständig redeten? Es wurde ihm jetzt erst klar, daß andere Männer kommen und zahlen und genau das bekommen würden, was er bekommen hatte, nicht mehr und nicht weniger.

Inzwischen hatte das Mädchen begonnen, sich wieder anzuziehen. Es war zum Tisch hinübergegangen, über dem ein Spiegel hing. Wie die Frau nun hineinschaute, sah sie dort, wie der Junge sich ihr von hinten näherte. Sie war dem Lachen nahe wegen seines Gesichtsausdrucks. Der gab etwas zwischen Gelächter und Tränen preis. Aber Fearon hatte nun das Gefühl in sich, daß dieses Begehren sich noch nicht erfüllt hatte. Er brach in Tränen aus, rannte schluchzend zu dem Mädchen hin und fiel auf die Knie vor ihm, mit seinen dünnen weißen Händen seinen Rocksaum umklammernd.

»Mademoiselle, Mademoiselle, schau!« Und er wies auf die Handvoll Silbermünzen in seiner Hand. »Schau! Schau! Mademoiselle«, rief er fast wahnsinnig.

»Schluß mit hübsche Junge. Schluß mit dir«, sagte das Mädchen.

Es war nicht der Sinn der Worte, sondern der Ton, in dem sie gesprochen wurden, welcher den Jungen wild machte. Er warf sich auf die Frau und versuchte, sie zum Bett hinüberzutragen. Aber sie war viel stärker als er, und es gelang ihr, ihn zur Tür des Zimmers zu zerren. Den Korridor entlang war alles Dunkel und Stille, man hörte nur hie und da ein Trommelgeräusch von einer Cancanaufführung. Sie schob Fearon aus dem Zimmer, obwohl er sich immer noch krampfhaft an das Kleid klammerte, als wäre sie alles, das im Leben entscheidend war und schön und notwendig. Ein Gedanke kam ihm: »Sie hat mich bestohlen! Hündin!«

»Schluß mit hübsche Junge.«

Der Junge versuchte plötzlich, sie zu würgen.

Es gibt ein bestimmtes Wort, und das Mädchen benutzte es in diesem Moment. Es hob den Jungen mit beiden Armen hoch, trug ihn die Steinplatten des Flurs entlang und schleuderte ihn die Treppe hinunter in den Schmutz und Abfall drunten.

»F---- dich, hübsche Junge«, sagte sie.

13

»Los, aufstehen. Was zum Teufel ist denn los mir dir? Bist du betrunken oder was?«

Der Bootsmann stand vor der Koje des Jungen. Sein Gesicht war rot vor Zorn, denn er hatte sich an diesem Morgen selber sein Frühstück in der Kombüse holen müssen. Er fing an, den scheinbar schlafenden Jungen zu rütteln: »He! Du fauler Hundesohn. Was hast du denn? Los! Raus mit dir, Herrgott nochmal, du Rotznase, du Wurm«, und er packte die beiden Arme des Jungen und zerrte ihn mit Gewalt aus der Koje. Der Junge brach auf dem Fußboden zusammen. Der überraschte Bootsmann kratzte sich den Kopf.

»Ich hab's geahnt. Na, es gibt 'ne Kur für Penner wie den da«, und er rannte aus der Kammer, um dann mit einem Eimer voll Salzwasser zurückzukommen, dessen Inhalt er sofort in Fearons Gesicht klatschen ließ. Aber der Junge regte sich nicht, tat die Augen nicht auf.

»Allmächtiger!« rief er. »Jemand hat dem kleinen Burschen Schnaps gegeben, oder er hat wieder 'nen Anfall gehabt oder was. Heilige verdammte Scheiße. Was für 'ne Bescherung.«

Er ging in seine eigene Kajüte, wo der Maat bequem in seiner Koje lag.

»Dieser kleine Kerl ist nicht zu begreifen«, sagte er, als er den Raum betrat. »Ich würde bei meinem verdammten Leben schwören, daß jemand ihn mit Alkohol abgefüllt hat. Der verdammte Junge ist praktisch bewußtlos. Schau ihn dir bloß mal an. Ich hab ihm gerade einen ganzen Eimer Wasser ins Gesicht geleert, und er hat sich nicht mal gerührt. Keinen Zoll. Irgendwas stimmt da nicht. Holst du den Steward? Das ist der Einzige an Bord, der dem auf den Grund gehen kann.«

»Mensch! Also gut! Jesus, der Junge hat mehr Aufruhr und Mühe gemacht, seit er an Bord ist, als irgendeiner sonst, mit dem ich im Leben gefahren bin. Gott verdamm ihn!«

Als der Maat nach achtern gegangen war, um den Steward zu suchen, kehrte der Bootsmann in die Kammer des Jungen zurück. Der lag immer noch auf dem Fußboden, doch in der Zwischenzeit hatte er sich aufs Gesicht gedreht. Der Mann konnte ihn stöhnen hören, und hie und da stieß er ein Schluchzen aus.

»Teufel! Das ist es genau. Irgendein lausiger Hurensohn muß ihm 'ne Flasche Vino gegeben haben. Das ist jetzt mal 'ne schöne gottverdammte Sauerei.«

Der Bootsmannsmaat kam mit dem Steward zurück, der sich sogleich hinunterbeugte, den Jungen grob umdrehte und eines seiner Augen mit den Fingern aufzog. Er öffnete ihm den Mund und sah sich die Zunge an. Dann grinste er und fing an, ihn kräftig zu schütteln.

»Hören Sie mal!« rief er wütend und wandte sich zum Bootsmann. »Was glauben Sie eigentlich, nach mir zu schicken, als würde da jemand an 'nem Blinddarm oder 'ner Lungenentzündung krepieren? Verdammt noch eins, der Junge macht doch bloß Faxen. He!« schrie er Fearon ins Ohr. »Aufwachen! Komm jetzt. Du bist auf hoher See, auf der Fahrt nach Saloniki. He! He!« Und wieder fing er an, den Jungen zu schütteln.

»Ich weiß die Kur für so einen kleinen Penner«,

sagte der Bootsmann. »Zieht ihm mal rasch die Hosen runter.«

Er lief hinaus und kehrte mit etwas weißem Pulver in der Hand zurück, das er sofort auf die bloße Haut des Jungen warf. »Das weckt den Burschen auf jeden Fall auf. Laßt ihn nur da liegen. Nach dem da muß man ihn nicht mehr rufen oder schütteln.«

Die drei Männer verließen den Raum; der Steward ging nach achtern, um mit dem Auffüllen der Vorratskammer fortzufahren, während der Bootsmann und der Maat auf dem Gang noch miteinander sprachen.

»War der letzte Nacht an Land? Der kleine Wichser ist vielleicht auf eigene Faust in eins von diesen Häusern gegangen. Könnte doch sein. Übrigens, wer war letzte Nacht an der Gangway?«

»Summers war letzte Nacht dran«, erwiderte der Bootsmannsmaat.

»Ah! Sag ihm doch mal, daß er in meine Kajüte kommt. Ich möchte ihn sofort sehen, in einer bestimmten Angelegenheit. Weißt ja, der Alte und der Erste haben mir's eingeschärft, daß man den Kleinen nicht allein an Land läßt. Der verrückte irische Hund Donagan hätt doch mehr Verstand haben sollen.«

Der Bootsmann ging in seine Kajüte und setzte sich hin. Die Erkrankung des Jungen, ob real oder eingebildet, machte ihm keine Sorgen. Besorgt war er nur, ob der Befehl, den er mündlich vom Ersten Offizier bekommen hatte, auch ausgeführt worden war. Er trug viel Verantwortung auf seinen Schultern, und Bootsmannsstellen waren heutzutage nicht leicht zu kriegen. Der Kleine war ihm völlig egal. Wegen dem machte er sich keine Gedanken. Da wäre er ein schöner Bootsmann, wenn er sich wegen so was wie 'nem

Jungen aus der Ruhe bringen ließe. Er hatte wohl ein-, zweimal einen Scherz mit dem Jungen gemacht, aber mehr war's auch nicht gewesen, und er war froh, sich an den einen Anlaß zu erinnern, wo er versucht hatte, wie ein Vater zu ihm zu sein. So war das also, hm? Der verdammte Junge versuchte, allen was vorzuspielen. Tat so, als wär er krank. Vielleicht war ja auch der Anfall, den er da plötzlich in seiner Kammer gehabt hatte, nur eine schlaue Nummer, damit er Gelegenheit bekam, dem Alten den Hintern zu küssen. Heutzutage, da fuhren verschlagene, listige Jungs zur See. Der bloße Gedanke, was alles vorkam, die Vorstellung, daß Jungen Gelegenheit hatten, an gewisse Orte zu gehen, machte ihn plötzlich besorgt um die Sicherheit seines eigenen Sohnes, der Trimmer auf einem südamerikanischen Passagierschiff namens *Desna* war. Da fragte man sich doch, wie's aussah. Jungen! Jesus! Die Jungen, die brachten den alten Hasen noch was bei. Na, wenn sich herausstellte, daß Fearon ihn wirklich reinlegen und sich'ne nette gemütliche Rückfahrt sichern wollte, dann würde er's ihm schon zeigen. Bei Gott, der würde schon sehen.

Mitten in dieser Meditation erschien der Maat an der Tür, begleitet vom Steuermannsmaat Summers. Der Bootsmann nickte als eine Art Gruß zu ihm hin und sagte: »Kommen Sie einen Augenblick hier rein, Summers, ja? Also.«

Der Mann betrat den Raum. Der Bootsmannsmaat machte ihm Platz, daß er sich auf das rote Plüschsofa setzen konnte.

»Sie waren letzte Nacht an der Gangway, oder?« fing der Bootsmann an.

»Ja, war ich. Von acht bis Mitternacht.«

»Verstehe. Ist der Junge da während Ihres Diensts an Land gegangen?«

»Nee. Er ist so gegen viertel neun angekommen, aber ich hab ihn abgewiesen.«

»Hmm! Hat der kleine Teufel also versucht, an Land zu kommen?«

»Ja«, sagte der Steuermannsmaat lächelnd, »hat aber nicht geklappt.«

»Wer hatte denn nach Mitternacht Dienst? Ich meine, wer hat Sie abgelöst?«

Plötzlich unterbrach der Steuermannsmaat.

»Du glaubst doch nicht, daß der Junge nach zwölf an Land ist, oder? Da läuft doch um diese Zeit gar nichts mehr. Und so oder so, er wäre ja dann sicher an den einen Ort hin, wo man ihn garantiert aufgegriffen hätte. Die Patrouille von der Kriegsmarine, die würde den auf jeden Fall fragen, was er um diese Nachtzeit da verloren hat.«

»Woher zum Teufel sollen wir wissen, was er gemacht hat. Woher weiß das irgendjemand«, knurrte der Bootsmann. »Wenn der Alte das zu hören kriegt, kriegt irgendjemand eins drauf. Er hat dem Ersten Offizier strikten Befehl gegeben, daß der Junge auf keinen Fall an Land soll. Der Erste hat das an mich weitergegeben, und ich dann wieder weiter. Und ich erwarte, daß so ein Befehl ausgeführt wird. Sieht aber nicht sehr danach aus.«

»Wo ist denn der verdammte Junge?« fragte der Steuermannsmaat. »Das ganze gottverdammte Schiff ist wegen dem konfus. So einen verfluchten kleinen Plagegeist hab ich meiner Lebtag noch nicht gesehen. Ganz gewiß nicht. Wo ist der verdammte kleine Übelmann?«

»Gehen wir besser mal hin und schauen ihn uns an«, sagte der Bootsmann. »Der Steward hat ihn vorher angesehen. Hat bloß gegrinst. Sagt, er macht den Affen. Woher sollen wir's wissen? Woher zum Teufel soll irgendjemand da Bescheid wissen?«

Der Bootsmann begann sich wieder am Kopf zu kratzen, denn er war wirklich verwundert. Er hatte in seinem Leben auf See schon eine ganze Menge Fälle gesehen, wo einer sich krank stellte, aber wenn dieser Junge tatsächlich so eine Nummer brachte, dann, dachte der Bootsmann, verdiente er 'ne Medaille. »Erstmal zwei Tage weg von diesem Hafen«, sagte er zu sich, »dann wissen wir Bescheid. Ich frage mich, ob er tatsächlich in die verdammte Straße gegangen ist? Der kleine Esel. Hätte sich 'nen hübschen Tripper oder sonstwas holen können. Ach, scheiß drauf. Warum soll ich in meinem Alter noch anfangen, mir über so einen Jungen Sorgen zu machen? Als hätt ich nicht selber einen Sohn, und ich hab genug zu tun, daß ich von dem hie und da was erfahre. Gotteswillen! Wenn der Alte hiervon was mitbekommt, dann ist die Hölle los. Das ist mal amtlich.«

Als der Bootsmann in Fearons Kammer zurückkam, war er überrascht, daß der Junge sich aufgesetzt hatte; der Steuermannsmaat sprach zu ihm und streichelte ihm den Kopf.

»Hallo!« rief der Bootsmann. »Was ist denn los mit dir, hm?«

Fearon sagte nichts, sondern senkte den Kopf, als habe er Angst, dem Mann ins Gesicht zu sehen.

»Hast du 'ne gottverdammte Zunge im Maul oder nicht?«

Immer noch schwieg der Junge. Er schien in einer

Art Koma. Er war sich offensichtlich seiner Umgebung nicht bewußt, und seine Augen hatten einen glasigen Ausdruck, der den Bootsmann erschreckte.

»Mach den verfluchten Mund auf!« schrie er Fearon an, denn diese fortwährende Stille ging ihm auf die Nerven, und in seinem Hinterkopf herrschte immer noch der eine Gedanke: daß er für alles verantwortlich gemacht würde, als Erster der Mannschaft. Ihn würden sie rausschmeißen, wahrscheinlich würde er nie wieder als Bootsmann fahren. Er sprang zu dem Jungen hin, schlug ihm auf die Knie und sagte: »Du kleiner Penner! Wo warst du letzte Nacht, hm? Wir wissen Bescheid!« Das war eine Falle, in die er den Jungen vielleicht locken konnte, dachte er.

»Komm jetzt. Was spielst du da für ein Spielchen? Dir fehlt gar nichts. Raus jetzt mit der Sprache. Sofort! Hast du den Befehl mißachtet und dich gestern am Steuermannsmaat vorbeigeschlichen? Wenn wir das rauskriegen, wirst du dafür ausgepeitscht, Junge. Denk dran. Bei einem Mann ist nicht so schlimm, kann schon mal einer an Land eins zuviel schlucken und sein Schiff verpassen, aber ein Junge! Jesus! Du kommandierst nächstens noch die Leute rum! Steh auf! Aufstehen da!«

Fearon begann sich zu regen. Es gelang ihm, aufzustehen. Die beiden Männer sahen seinen ganzen Körper zittern wie in einem Fieber. Aber der Bootsmann wollte sich nicht von derlei Beweisen beeindrucken lassen. Er packte den Nacken des Jungen und zerrte ihn auf den Gang hinaus. Dort begann er ihn zu ohrfeigen und sagte erregt: »Gott verdamm dich! Schau dir nur an, was du für eine Unruhe anrichtest. Lauf jetzt los und mach dich verdammt noch mal nützlich.

Auf geht's! Bring die Kajüten in Ordnung, putz das Messing, spül die beiden Abtritte durch.«

In diesem Moment kam der Erste Offizier den Gang entlang. Er hatte gesehen, wie der Bootsmann auf Fearon einschlug. Er trat zu ihnen hin und sagte: »Was ist diesmal mit dir los, Junge? Was hast du jetzt gemacht?«

»Nichts, Sir. Ich war wirklich krank, aber die Männer haben gesagt, ich tue nur so.«

»Wo tut's dir denn am meisten weh?« fragte der Offizier.

»Am ganzen Körper, Sir«, sagte Fearon, der den Sarkasmus des Offiziers nicht bemerkte.

»Mach jetzt, daß du an die Arbeit kommst«, sagte der Offizier und eilte weiter, um etwas mit dem Zimmermann zu besprechen.

Der Junge fing mit seinen Arbeiten an. Er fühlte sich wirklich nicht gut. Irgendwas fehlte ihm, aber was? Es schmerzte ihn am ganzen Leibe. Schon als er heute morgen erwacht war, hatte es ihn überall gejuckt; zuerst hatte er gedacht, es seien die Wanzen. Doch diesen besonderen Umstand seines Unbehagens konnte er niemandem enthüllen.

»Gott. Die glauben mir nicht. Glauben es einfach nicht. Glauben es nicht. Ich zieh hier nichts ab. Ich bin krank. Irgendwas fehlt mir. Ich fühl mich schwach wie 'ne Katze. Mann, bin ich froh, wenn das Schiff erst auf dem alten Mersey anlegt. Bin ich da froh.«

Zwei von der Mannschaft kamen an ihm vorbei, als er damit beschäftigt war, das Messingdampfrohr zu polieren, das von der Kombüse zur Ingenieursmesse am Schott entlanglief. Sie sprachen etwas miteinander; der Junge hörte es. Die *Hernian* war nun ein paar Stunden weg von Alexandria und hatte Kurs aufs offene Meer. Grobes Wetter wurde erwartet, und deshalb wunderte man sich, daß er das ganze Messing im Laufgang polierte, weil die Decks bei einem solchen Schiff, das nur eine Fracht Datteln geladen hatte, die meiste Zeit überspült sein würden. Als er mit dem Messing fertig war, meldete er sich in der Bootsmannskammer.

»Noch was?«

Er fühlte sich sehr müde. Er konnte sich kaum mehr das Deck entlang bewegen.

»Noch was?« fragte der Bootsmannsmaat, denn der Bootsmann war achtern und beaufsichtigte das Spleißen von Tauen.

»Noch was?«

»Ja«, sagte der und spuckte massiv auf den Fußabstreifer direkt vor dem Jungen. »Zieh da die Gräten raus.«

Fearon kümmerte sich nicht einmal um den Witz, falls der Maat seinen Satz für einen solchen hielt. Er fragte den Mann, ob er eine Weile in seine Kammer gehen könne. Er fühle sich nicht wohl und würde sich gerne hinlegen.

»Hinlegen! Noch schöner. Großartig. Geh mal hin und sag's dem Bootsmann, du fühlst dich nicht wohl und möchtest dich hinlegen. Der holt dir ein schönes Federbett aus der Kapitänskajüte. Mach voran, du quengeliger Bastard von einem Jungen. Dich haben wohl die Fosen von der Schwesternstraße fertiggemacht, was? Ganz schön fertiggemacht. Du kleiner Schlappmann. So ein Zwerg, will zu den Weibern gehen… Wenn du je 'n richtiges Loch sehen würdest, da würdest du vor Schreck reinfallen. Und das wäre doch traurig, wie? Dann wärst du weg. Auch sehr traurig. Los jetzt. Verpiß dich.«

Fearon hatte die Hand auf dem Türgriff seiner Kammer, als der Bootsmann ihn sah.

»Heda!« rief er. »Bist du fertig mit dem Messing?«

»Ja!« rief der Junge.

»Was machst du denn jetzt da?«

»Nichts.«

Der Mann kam herbeigerannt und stieß Fearon beinahe um, als er anlangte. Er sagte: »Gibt 'nen Zentner Kartoffeln zu schälen, und dem Koch geht's nicht gut. Lauf rüber und fang sofort damit an.«

Fearon sagte zu sich: »Na wunderbar. Die wollen wirklich alles, was nur geht, aus mir rausholen, obwohl es Arbeitsvorschriften geben dürfte, sie können mich ja nicht die ganze Zeit schuften lassen.«

»Und danach bin ich fertig für heute«, sagte er zum Bootsmann.

Doch der antwortete nicht mit dem Mund, sondern mit seiner Faust, die Fearon hinters Ohr fuhr. Fearon ging böse Richtung Kombüse.

Nach drei Stunden, die er mit gekrümmtem Rücken über einem Sack Kartoffeln verbracht hatte, verließ er die Kombüse und ging direkt in seine Kammer. Er zog sich aus und legte sich in die Koje. Er machte das Licht aus. Das Ausschalten des Lichts bedeutete ihm viel, wenn es auch nicht das ständige Pochen der Maschinen und das monotone Röhren der Wellen enden ließ. Zum zweiten Mal, seit er an Bord gekommen war, wandten seine Gedanken sich der Heimat zu. Er spürte einen Unterschied. Es schien, als könne er sich bestimmte Einzelheiten des Lebens zuhause nicht mehr so leicht ins Gedächtnis zurückrufen wie beim ersten

Mal. »Was ist da wohl der Grund? Ist es, weil ich lerne, zu vergessen?« Er wollte nicht vergessen. Er wollte mehr als irgendetwas sonst nach Hause, er sehnte sich danach. Zu seinen Eltern zurück. Er hatte die See über. Er hatte so viel versucht. So viel getan. So hart gearbeitet. Und doch sprach niemand ein gutes Wort über ihn. Niemand sagte ihm etwas Freundliches. Mr. Larkin war in Ordnung gewesen, aber nun hatte er die frommen Ansichten dieses Mannes durchschaut. Die waren alle gleich, sagte er sich. Alle gleich. Nun, er war fertig mit der See. Auf immer und ewig. Er hatte viel gesehen, viel gehört, er hatte sogar törichte Versprechen abgegeben, aber was waren die jetzt? Nichts. Überhaupt nichts. Er würde sich von diesem ganzen Leben losreißen, sobald das Schiff am Kai im Huskisson-Dock anlegte. Er stellte sich das Einlaufen vor, wie seine Eltern unten an der Gangway warteten, um ihn abzuholen. Auf sein Gesicht trat ein entzücktes Lächeln. »Gott«, murmelte er, »es war schön damals.«

Ja, es war schön. Ein gutes Heim zu haben. Eine Mutter und einen Vater. War das vielleicht nicht besser als diese ewige Plackerei, die schwere Arbeit, das Fluchen und Schimpfen. Er erinnerte sich an den Rat des Lampenputzers. Das machte ihn erschauern.

»Nimm Anlauf und spring über die verdammte Reling«, hatte der zu ihm gesagt. Und wie er sich dieser Bemerkung erinnerte, löste sie einen neuen Gedankengang aus. Vielleicht gab es einen wirklichen Sinn, einen wirklichen Grund für so einen Satz, so schrecklich er war. Es lag etwas auf dem Grund dieses Gedankens, das er nicht ergründen konnte, nicht fassen. Es quälte ihn. Es ließ ihn beinahe krank sein wollen. Und er war schon so oft krank gewesen. Die Männer hatten ihn ausgelacht, hatten einen Witz draus gemacht. Sie hatten auch versucht, ihm bestimmte Dinge anzutun. Er erschauerte wieder vor Angst bei dem Gedanken daran, was auf der Krankenstation und in der Kajüte des Kochs geschehen war. Das war also die See. Das war das große romantische Fahrensleben, das sie die See nannten.

»Ach! Ich hasse es. Ich hasse es. Von ganzem Herzen und mit ganzer Seele hasse ich es.«

Seine Gedanken streiften nun zu einer Unterhaltung, die er eines Abends mit Mr. Larkin gehabt hatte. Wie er daran dachte, schien sie ihm plötzlich so etwas wie ein Schlüssel zu jenem anderen irritierenden Gedanken, den er – so sehr er es versuchte – nicht logisch einordnen konnte. Alle seine Gedanken waren chaotisch. Einer setzte den anderen in rascher Folge außer Kraft. »Mutter und Vater. Heim. Heim«, murmelte er immer wieder. Er fing an, sich im Bett zu drehen und zu krümmen. Er konnte nicht still liegen. Es geschah wieder etwas mit ihm. So plötzlich. »Gott! Was ist denn mit mir?« fragte er sich wieder und wieder. Sein ganzer Körper juckte entsetzlich.

»Es kann nicht dieses juckige Baumwollzeug sein, das sie mir damals hingetan haben. Kann es nicht sein. Was ist es bloß? Und sobald das Jucken kommt, fühle ich mich so schrecklich schwach. O Mutter! Mutter! Was du jetzt wohl machst? Und Vater. Was machst du jetzt wohl, Dad, gerade jetzt am Abend. Ob du wohl an mich denkst. Dich fragst, wie es mir geht.«

Der Brief fiel ihm ein. Dieser Brief voller Hoffnungen und Versprechungen. Und als er an diese dachte, fielen ihm die Umstände ein, unter welchen der Brief aufgegeben worden war. Aufgegeben von einem

Bordell aus. Wenn seine Leute das wüßten? Wenn sie's täten. Wenn ihnen nur klar wäre, wie sehr er ganz von vorne anfangen wollte, ein neues Leben beginnen, auch wenn er von seinem hohen Roß runter mußte, wenn er sich demütigen mußte. Aber das war es wert. »Ja. Ja. Ja«, sagte er halblaut. »Alles ist besser als das hier. Eine Hölle. Eine Hölle ist das. Keine Minute für einen selbst. Kein Mensch, mit dem man reden kann, ohne daß er irgendwas sagt, was einen ans Schaudern bringt und diese schreckliche Übelkeit im Magen macht. O liebe Zeit!« sagte er. Was für einen hoffnungslosen Schlamassel hatte er angerichtet. Das hatte er nun davon, daß er es satt gehabt hatte. Sein Vater würde zu ihm sagen: »Na! Hast deine Lektion gelernt.« Und er hätte Recht. Ja, er würde Recht haben. Sein Vater hatte immer Recht. Und seine Mutter, die würde ihn fragen: »Warum hast du das getan? Warum?«

Ja. Warum hatte er so etwas Törichtes getan? Schließlich und endlich waren die Jungs, unter denen er in den Docks gearbeitet hatte, zufrieden. Am Ende der Tagesarbeit konnten sie immer nach Hause gehen zu einem guten Essen, und danach gab es ein Match, Fußball oder Cricket, oder das Kino. Aber hier war nichts. Gar nichts. Was für ein Idiot war er gewesen, wie lächerlich hatte er sich zum Narren gemacht. Hatte sich selbst versprochen, daß er eines Tages auf der Brücke eines Schiffes stehen würde als Erster Offizier oder Kapitän. Ja, wenn sein Vater ihn je in dieser Stellung sehen würde, dann würde er glatt zusammenbrechen. Aber jetzt war er selbst dran mit dem Zusammenbrechen. Er mußte alles wieder ungeschehen machen. Mit allem wieder von vorn anfangen. Abschwören. Seine Eitelkeit und Entschlossenheit als das enthüllen, was sie wirklich waren. Gespenster und sonst nichts.

»Ich bin wirklich ein Schlappmann«, sagte er zu sich. »Ein richtiger Heini, würde Mutter sagen. Also, ich geb's auf. Ich kapituliere. In Zukunft mache ich, was die sagen. Obwohl ich diese lausige schlimme Zeit drunten im Bunker hatte.«

14

Die *Hernian* war jetzt vor sieben Tagen in Alexandria ausgelaufen und hatte ihren Hafen noch nicht erreicht. Es war, als hätten sich die sieben Furien des Meeres zusammengetan, um jenen Streifen Wasser zu attackieren, wo sie kämpfte – angeschlagen, abgerissen, immerfort stampfend und rollend, auf- und niedersteigend in den gähnenden Tälern der zornigen Wellen. Der Anblick, den die Decks boten, ließ an einen Hurrikan denken, obwohl es ganz so schlimm nicht gewesen war. Aber das Schiff war eine große Maschine und nichts weiter, eine Art Waffe, mit welcher per Befehl der Arbeitskraft die Eingeweide aus dem Leib gequetscht und hinreichend viel aus ihr herausgezogen wurde, daß der Durchschnittsaktionär keine schlechte Laune bekommt. Von den acht Booten waren fünf einsatzbereit, die restlichen drei hatten die schmetternde, zerstörerische Wucht der Tonnen von Wasser zu spüren bekommen, denn die großen Wellen rasten über das Bootsdeck wie Kavallerieattacken, die Klampen wurden auseinandergerissen, die Boote schwangen gefährlich von den Davits, die jeden Augenblick zusammenzubrechen drohten. Die Mannschaft hatte geschuftet wie die Trojaner. Und drunten hatte der Ingenieur seine Leute angetrieben, sie beschimpft, sie verhöhnt. Es mußte etwas geschehen. Die See konnte sich nicht derart aufführen, ohne daß eine Reaktion einsetzte. Und da man die See nicht züchtigen konnte, mußten die Männer gezüchtigt werden. Die Männer mußten gezwungen werden, härter zu arbeiten. Die Heizer mußten jedes Partikel Energie aus der Kohle herauspressen – einer Kohle, die kaum besser war als Dreck. Kein Mann durfte den Ausdruck der Zufriedenheit im Gesicht tragen. Alle mußten leiden für die Launen des Meeres. Der Zweite Ingenieur hatte gesagt: »Jungs! Dieses Schiff muß morgen im Hafen sein, oder die ganze Mannschaft, alle, wie sie da sind, wir fliegen alle raus, wenn sie nach Hause kommt. Kapiert ihr das! Los geht's! Treibt sie voran, die Hündin! Treibt sie, wie ihr nur könnt!«

In diesem Chaos, der schlechten Laune, den wütenden Worten bewegte sich Fearon umher wie in einem Traum. Es gab jetzt keinen Zweifel, und selbst der Zimmermann mußte zum Bootsmann bemerken: »Dieser Kleine sieht richtig krank aus. Hast du ihn gefragt, was mit ihm los ist?«

»Los!« lachte der Bootsmann. »Der braucht 'nen Tritt, das ist los. Rennt überall rum und erzählt allen, daß er Ausschlag und Schorf am Hintern hat. Alberner kleiner Penner. 'N Furunkel, nehm ich an.« Er wechselte das Thema. »Wir müssen zwei Greifleinen ausbringen, vorn und achtern, steuerbord und backbord, ehe es dunkel wird. Wir sind noch nicht raus aus dem verdammten schlechten Wetter.«

»Schlechtes Wetter!« rief der Zimmermann. »Ein Erdbeben, würd ich sagen, ein Vulkanausbruch, ein verteufelter Mahlstrom. Hab noch nie so was erlebt. Nicht hier in dieser Ecke.«

»Ich hab's mir gedacht, daß du nix davon verstehst«, erwiderte der Bootsmann. »Warte mal, bis du zehn Jahre auf dieser Route warst, dann kennst du dich aus.«

»Ich bin auch nicht mehr grün«, sagte der Zimmermann etwas pikiert. »Ich hab schon genug arges Wetter gesehen.«

»Dieser Junge«, sagte der Bootsmannsmaat, der jetzt zu den beiden schwatzenden Männern trat. »Dieser Junge, der zieht wieder seine Nummer ab. Eben holt er den Fraß aus der Kombüse. Und dann läßt er das ganze verdammte Zeug auf den Tisch fallen. Kann sich nicht auf den Beinen halten. Nutzloses Schwein. Warum hat ihn der Alte nicht einfach in die Kombüse gesteckt, anstatt ihn uns aufzuhalsen.«

»Ich hab gewußt, der ist krank«, sagte der Zimmermann.

»Krank, am Arsch«, knurrte der Bootsmann. »Krank! Ich sorg schon dafür, daß der sich krank fühlt«, und er rannte hinüber in die Kammer, wo er den Jungen fand, wie er die klebrige Bescherung vom Deck aufwischte. Sofort drückte er das Gesicht des Jungen auf den Boden hinab, bis es das verschüttete Essen berührte, in das er seine Nase nun kräftig mit den Worten rieb: »Merk dir's! Merk dir's, was passiert! Und was machst du jetzt? Meinst du vielleicht, der verdammte Koch gibt einfach so noch 'ne Runde Essen aus? Du schlampiger, zitternder, heulender kleiner Bastard! Hat's so was schon gegeben! Steh auf! Schluß jetzt, bring die Pötte in die Kombüse zurück! Und komm nicht ohne Essen zurück! Verstehst du mich? Jesus! Hau bloß ab, eh ich dir die Därme aus dem Leib trete. Ein gottverdammtes gutes Essen versaut.«

»Was ist denn los mit dir, Jesus nochmal?« schrie der Koch. »Ich hab jetzt nichts mehr übrig von den Salonrationen. Nur noch etwas Eintopf vom Mannschaftsessen. Sag mir mal, kleiner Junge«, sagte er grinsend, »rollst du ihn oder ziehst du ihn lang? Hm?

Du bist der schlampigste, dreckigste, faulste, magerste kleine Penner, den ich im Leben je gesehen hab. Mach zu. Sag dem Bootsmannsarsch, es gibt hier nur noch Mannschaftsfraß. Ich hoffe, er prügelt dich durch. Krank! Heiliger Gott, als ob nicht das ganze Schiff wüßte, daß du krank bist. Na, solltest eben nicht zu den Weibern gehen. Du Winzling. Einer wie du. Du verdienst es, daß man dich über Bord schmeißt, ist ein wahres Wunder, daß es noch niemand getan hat. Warum schleichst du dich nicht nach achtern, wenn's dunkel wird, und läßt dich still und leise über die Reling fallen. Dann sind alle deine Plagen vorbei. Klar! So würd ich's machen.«

Das Schiff schwankte plötzlich, ließ den halbträumenden, elenden Jungen stolpern und schleuderte ihn, ehe er anhalten konnte, vorwärts, in die Mitte der Kombüse, wo er fast den Koch umwarf mit seinen drei großen Behältern, die er mit Wasser füllen wollte.

»Ohh!« brüllte er. »Du dummer nutzloser Sohn deiner Mutter! Verschwinde! Daß ich dich nicht mehr sehe! Komm bloß nicht wieder! Ich geb dir nichts mehr aus! Zum Teufel, nein! Soll der Bootsmann oder der Maat kommen und selber den Fraß holen. Sag denen, ich geb dir nichts mehr. Sag denen, was ich gesagt hab. Los! Los!«

Das Herz des Jungen schlug wild. Wie lange würde es noch dauern? Er konnte es nicht mehr lange ertragen.

»Ich wünschte, ich wäre tot«, sagte er wieder und wieder zu sich selbst.»Ja, ich wünsche mir ehrlich, ich wäre tot. Aber ich habe Angst, etwas zu tun. Ich würde zur Reling gehen. Aber ich habe zuviel Angst, um zu springen. O Gott! Wenn einfach eine große Welle käme und mich ganz wegspülen würde aus allem!«

Er stand vor der Kombüsentür, den Rücken dem Koch zugedreht, die Augen voller Furcht, am ganzen Leibe heftig zitternd. Jetzt hatte er Angst. Mehr denn je hatte er Angst. Es gab keinen einzigen unter den Matrosen oder Heizern, der seine Partei ergreifen würde. Warum haßten sie ihn alle so? War es nur, weil er ein Junge war? Nur deshalb. War er dreckig, schlampig, ungeschickt, war er all das? Und während er dastand und sich fragte, was er tun solle, kam der Bootsmann aus der Kajüte.

»Was stehst du da rum, du Schwachkopf? Los, hol das verdammte Essen.«

Aber Fearon bewegte sich nicht. Er stand festgebannt da, versteinert.

»Los jetzt!« wiederholte der Bootsmann.

»Er gibt mir nichts mehr«, vermochte der Junge zu stammeln.

»Was macht der!« brüllte der Bootsmann. »Das werden wir ja sehen.«

Er kam zur Kombüsentür gerannt und sah, wie der Koch über seinem eigenen Essen saß.

»Hallo!« sagte er. »Was läuft hier? Wir haben den Jungen da nach Essen geschickt. Der schlampige kleine Bastard hat das ganze andere runtergeschmissen.«

»Und ist das meine Schuld?« fragte der Koch, der es haßte, beim Essen gestört zu werden, beim Essen, das für ihn eine Art Ritual war.»Das frage ich Sie. Ist das meine gottverdammte Schuld? Ich sag Ihnen eins. Ein guter Rat. Der Kleine wird mager. Der Kleine kriegt 'ne weiche Birne. Nur, weil sich keiner um ihn kümmert. Sie sollten ihm die Hände auf den Rücken binden, eh er einschläft.« Der Koch grinste Fearon an.

»Zur Hölle mit dem Quatsch!« sagte der Bootsmann. »Mir egal, ob er eine Hand nimmt oder beide. Ich will mein gottverdammtes Essen und mein Maat auch.« Er trat in die Kombüse.

Der Koch sagte fast zärtlich: »Also dann, Chef. Guter Mann, schauen Sie sich ruhig um. Irgendwas wird schon noch übrig sein. Wissen Sie, der Junge, wenn ich den seh, denk ich immer, ich hab 'n Pfund aus der Hosentasche verloren. Jedesmal, wenn ich sein elendes Gesicht sehe. Ich kann so dummen Jungs nicht höflich antworten. Bin ich nicht gewohnt.«

Er fuhr fort zu essen, während der Bootsmann seinen Teller mit trockenem Haschee füllte.

»Du«, sagte der Bootsmann, als er die Kombüse mit seinem Essen verließ, »du solltest dich davonmachen. Spring über Bord. Laß mich nie wieder deine elende Fresse sehen, du nutzloser Bastard.«

Der Junge stand immer noch zitternd da, als hätten ihn die Worte des Bootsmanns festgenagelt. Selbst nachdem der Mann in seine Kajüte gegangen war und die Tür geschlossen hatte und der Koch den Raum durch die andere Tür verlassen hatte, um sich gewohnheitsmäßig hinzulegen, selbst dann blieb Fearon stehen, wo er war.

Dann brach plötzlich etwas in ihm. Und in diesem Augenblick schien eine große Armee von Stimmen sich auf ihn zu stürzen, eine große Armee von Stimmen, die alle ein einziges Wort ausstießen: »Junge! Junge!« Fearon fing an, zu rennen. Er ging nach vorn an die Backbordreling und klammerte sich dort mit den Händen fest, und einen Augenblick lang war er unsichtbar in einer großen Wolke Gischt. Sie verzog sich, und er stand immer noch dort, die Hände fest am

Geländer, den Kopf gesenkt, auf die wirbelnden Wasser drunten schauend. Er verließ diese Position und rannte nach achtern. Hier tat er dasselbe, jeden Augenblick schien es, er müsse über Bord gehen und verschwunden sein. Er war bis auf die Haut durchnäßt, das Wasser rann sein bleiches Gesicht hinunter, seine Hände zitterten. Dann begann er zu schreien. Eine Zeitlang wurde seine Stimme vom Brüllen großer Brecher ertränkt, die über das Achterhaus hinwegschlugen. Dann konnte man ihn deutlich rufen hören: »MUTTER! Mutter! O Mutter!«

Er hörte plötzlich auf, als ob in diesem Augenblick die Armee der Stimmen, die in seine Ohren sprach, seine eigenen schwachen Anstrengungen übertönt hätte. Wieder dies eine Wort, dem er nicht entkommen konnte: »Junge! Junge!« Es war ein fortwährendes Murmeln in seinen Ohren, eine Beschwörung, ein Sang. Er fing an, in die verschiedensten Richtungen zu laufen. Kreischte.

»Mutter! Mutter! Mutter!«

Bis der Erste Offizier, aus seiner Kajüte kommend, Fearon entdeckte, wie er weinend an einem Ventilator stand und mit seinen beiden kleinen Fäusten unablässig darauf einhämmerte und schrie: »Aufhören! Aufhören! Aufhören!«

Der Offizier lief zu ihm hin, packte ihn an den Schultern und sagte aufgeregt: »Was ist denn los? Was hast du denn? Komm, sag's mir.«

Doch die freundliche Aufmerksamkeit, die jetzt in der Stimme des Offiziers lag, schien nun nutzlos.

»Aufhören! Aufhören! O Mutter! Mutter!«

Der Erste entdeckte etwas, es schien ihm jedenfalls so. Es zeigte sich in diesem Schwächling von einem Jungen große Stärke. Eine schreckliche Stärke. Er brauchte lange, bis er ihn sicher festhalten konnte, und er war überrascht und betroffen, daß Fearon, die Augen voller Tränen, versuchte, sich ihm zu entreißen, und verzweifelte Anstrengungen machte, an die Reling zu kommen. Nun handelte der Offizier. Er löste eine Hand, griff rasch in die Jackentasche, zog seine Trillerpfeife heraus und pfiff viermal nach dem Steuermannsmaat. Das viermalige Schrillen dieser Signalpfeife war das Zeichen für den diensthabenden Steuermannsmaat, so schnell wie möglich zu erscheinen, mit anderen Worten: sofort.

Doran, der sich zunächst aufhaltende Steuermannsmaat hatte soeben das Aufräumen seiner Kajüte nach dem Essen beendet, als er die Pfeife hörte. Das Signal verhinderte das ruhige Rauchen, das er nun vorgehabt hatte, und er verfluchte den Offizier dafür.

»Jawohl, Sir!« sagte er, als er angelaufen kam und den Ersten mit dem zappelnden Jungen erreichte.

»Den Bootsmann! Schnell!« rief der Offizier streng. »Beeilen Sie sich. Mit dem Jungen ist was. Rasch jetzt.«

Der verblüffte Bootsmann kam fast atemlos vor Eile an.

»Zum Teufel!« rief er aus. »Macht er wieder Mätzchen?«

»Schluß damit, Bootsmann«, sagte der Offizier ruhig. »Bringen Sie diesen Jungen in die Krankenstation achtern, aber sofort«, und als der Steuermannsmaat und der Bootsmann den Jungen in die Mitte nahmen und Richtung Achterhaus gingen, rief der Offizier hinterher: »Binden Sie ihn fest. Ja. Binden Sie ihn fest.«

Der Erste Offizier war erschrocken. »Der Junge ist auf jeden Fall krank«, sagte er bei sich. »Sieht mir wirklich so aus, als würde er verrückt. Wood muß informiert werden«, und mit dem Gedanken an den Kapitän fiel dem Offizier ein weiterer einigermaßen beunruhigender Umstand ein, nämlich der, daß er den Alten seit zwei Tagen nicht aus der Kajüte hatte kommen sehen. Diese Abwesenheit ließ sich nur mit einem Rückfall in seine Quartalssäuferei erklären, und von dieser hatte der Erste schon einige Beispiele erlebt. Einige Minuten später sah man ihn von der Kapitänskajüte zurückkommen, begleitet vom Zweiten Steward. Dieser redete lebhaft auf den Ersten Offizier ein.

»So ist es schon, seit wir Alex verlassen haben, Sir«, sagte er. »Erst heute morgen hab ich ein halbes Dutzend leere Whiskyflaschen über die Reling geworfen.«

»Ja. Ja. Aber ich hätte nicht gedacht, daß er ganz hilflos ist und hoffnungslos.«

»Ich weiß nicht, Sir«, fuhr der Steward fort, »er hat wohl angefangen, als wir im Hafen ankamen.«

»Nun ja«, sagte der Offizier gedehnt. »Hat jedenfalls jetzt kaum einen Sinn, ihm Meldung zu machen«, und er sah im Geiste wieder die hilflos in der Koje alle Viere von sich streckende Gestalt seines Kapitäns, mit einem Viertagebart im Gesicht, das glühte und pockennarbig wirkte, mit gedunsenen, roten Lidern. Er lag wie ein Tier in seinem Dreck. Der Raum stank, der Steward hatte nicht saubermachen können, denn jedesmal, wenn er erschien, wurde er mit Flüchen und Drohungen verjagt.

»Nun, es gibt da jetzt was Wichtigeres, Steward«, fuhr der Erste fort. »Es ist ernstlich etwas nicht in Ordnung mit diesem Jungen Fearon. Ich möchte, daß Sie ihn sich anschauen. Ich habe eben gerade noch verhindert, daß er über Bord springt. Ich denke fast, er ist wahnsinnig.«

»Wenn er das ist, stelle ich das rasch fest. Ich kenne mich da aus«, sagte der Steward und schien sich vor Stolz auf sein Wissen und seine Position aufzublähen, im Bewußtsein, daß jedermann an Bord praktisch in seinen Händen war.

»Wo ist er? In seiner Kammer?«

»Auf der Krankenstation«, erwiderte der Offizier. »Der Bootsmann und der Steuermannsmaat haben ihn hingebracht. Sie binden ihn fest. Ich hab es ihnen aufgetragen.«

»Ah!« rief der Steward, und es war beinahe wie ein Seufzen. Er war mit einem Mal gelassen und nachdenklich. Von der ganzen Mannschaft war er der einzige, der genügend medizinische Kenntnisse besaß, um die gewöhnlichen Leiden zu behandeln, von denen Matrosen befallen werden. Er hatte zu seiner Zeit chirurgische Eingriffe vorgenommen, bei denen sich einem normalen Mitglied der Ärztekammer die Haare gesträubt hätten. Er hatte mit Daumen und Zeigefinger Zähne extrahiert, mit Rum und einem Federmesser Blinddarmoperationen vorgenommen, Blindheit geheilt, Seekrankheit, Husten, Schnupfen und die allgemeine Litanei von Erkrankungen im Katalog des Quacksalbers. Er galt auch als spezielle Autorität für Geschlechtskrankheiten, da er einmal einen gefährlichen Fall mit Ätznatron kuriert hatte. Doch in all seinen Jahren auf See hatte er es noch nie mit einem fünfzehnjährigen Jungen zu tun gehabt, der, wie der Offizier bemerkte, in Gefahr schien, den Verstand zu verlieren.

Wie er nun Richtung Heck zum Achterhaus schritt, fühlte er, wie sich ein seltsamer Stolz in ihm regte, wie der eines Arztes oder Wissenschaftlers, der vor einem großen Experiment steht. Der Steward mochte Experimente. Das Erste, was er beim Betreten der Krankenstation sah, waren der Bootsmann und der Zimmermann, die beide neben der Koje standen und auf den bleichen Jungen hinunterstarrten, der dort lag. Sie hatten ihn mit einer Wurfleine sicher festgebunden. Im Augenblick, als der Steward das Gesicht des Jungen sah, drehte er sich um und sagte zu den Männern: »Machen Sie die Wurfleine von ihm ab.«

»Wozu? Der Offizier hat uns eben gesagt, wir sollen ihn binden. Der Kleine ist durchgedreht. Hätten vor ein paar Minuten hier sein sollen, da hätten Sie was zu sehen gekriegt. Die Leine wegmachen, ja?«

»Nehmen Sie sie ab«, wiederholte der Steward.

Nun ist ein Bootsmann der Letzte, der einen Befehl von einem Gabelmajor entgegennehmen würde, wie der Steward in den Mannschaftquartieren der Schiffe heißt, doch lag im Gesicht des Stewards und in seinen Augen ein Ausdruck, der den Mann hypnotisierte. Er tat, was man ihm sagte.

Fearon lag mit geschlossenen Augen da, der Mund zuckte krampfhaft, und es schien dem Steward, als wolle er seine Hände freibekommen. Er drehte und wand sich, bis er fühlte, wie sich das Tau um ihn lockerte. Der Steward saß gegenüber auf einem Schemel und sah in völligem Schweigen zu, wie die beiden Männer seinen Befehl ausführten. Eben, als sich die beiden fragten, was sie jetzt tun sollten, denn vor dem Blick des Stewards schienen sie ratlos, sagte er mit ruhiger Stimme: »Gut so. Bringen Sie's weg. Ist schon in

Ordnung. Sagen Sie dem Ersten, ich kümmere mich um ihn.«

Er wartete, bis sich die Tür hinter ihnen geschlossen hatte. Dann trat er an die Koje, stellte sich auf den Schemel, damit er Fearon genau betrachten konnte, und fing dann an, die beiden Hände des Jungen kräftig zu reiben.

»Ist nur ein Anfall, nehm ich mal an.«

»Mutter! Mutter!« rief Fearon plötzlich.

»Pssst. Sei still. Ich will dich mal genau anschauen. Du bist nicht wahnsinnig, obwohl mir dein Aussehen nicht gefallen hat, seit wir Alexandria verlassen haben. Kannst du hören, was ich zu dir sage?«

Die Augen des Jungen gingen jetzt auf.

»Ja«, sagte er fast flüsternd.

Fearon begann sich zu kratzen, seine beiden Hände waren unter der Decke.

»Aha!« rief der Steward. »Aha! Jetzt begreif ich. Na! Na ja!« Und er begann das Bettzeug wegzuziehen. Dann zog er den Jungen hastig aus. Der Unterleib war übersät mit Bläschen, wie es dem Steward schien, und einige waren aufgegangen, denn an einer Stelle fiel dem Mann ein Fleck Eiter auf. Die ganze Hautfläche um diese Stelle erschien gerötet, empfindlich und stark angeschwollen. Der Mann kratzte sich den Kopf.

»Allmächtiger Jesus!« rief er. Er beugte sich über die Koje. Sprach leise ins Ohr des Jungen.

»Junge«, sagte er – dann hielt er an – er hatte Angst, fortzufahren. Irgendetwas mußte er sagen. »Junge«, sagte er wieder. »Hör zu. Mach die Augen auf und sieh mich an.«

Fearon schaute den Steward an. Der Mann hatte einen Kloß im Hals.

»Junge«, sagte er wieder. »Junge. Sag mir die Wahrheit. Warst du bei einer von diesen Frauen in Alex? Du mußt mir jetzt die Wahrheit sagen.«

Der Junge begann zu wimmern. Der Steward änderte nun seine Taktik. Er haßte Gewimmer. Er kam gleich zur Sache. Senkte sein Gesicht hinab, bis es das Fearons fast berührte.

»Na, wozu ist das verdammte Gewinsel gut? Wozu ist das gut, Junge? Du bist nicht der einzige. Ich hab so viele gesehen im Lauf der Jahre. Dich hat's erwischt. Du hast 'ne stramme Dosis von der Syph abgekriegt. Ja. Du hast die verdammte Syph, das ist jetzt klar.« Sein Gesicht berührte Fearons Nase.

»Pst! Sag nichts. Wenn's dunkel ist, mach einfach einen Kopfsprung über Bord, das ist's dann gewesen. Ich hab 'nen Mann gekannt, den hat es schwer erwischt gehabt, in Samoa. Die haben ihn dort ins Krankenhaus geschafft. Nützt nix. Konnten nichts mehr mit ihm machen. Haben ihn im Schlaf erstickt.«

»Mutter! O Mutter!« schrie der Junge. »Mutter! Rette mich!«

»Hör auf meinen Rat, Junge«, sagte der Steward. »Mach's, wie ich's dir gesagt habe.«

Fearon fuhr fort zu schreien. Ein plötzliches Entsetzen hatte sein Herz überflutet. Die Worte des Stewards summten in seinen Ohren. Syph! Syph! Ertränk dich.

»Still jetzt«, sagte der Mann. »Ich bin gleich wieder da, ich bring dir was. Sei ganz still.«

Der Steward kam zurück und hatte ein Glas dabei, das halbvoll war mit einem schwärzlichen Trank, eine große Bandagenrolle und eine Dose Salbe.

»Ich tu für dich, was ich kann«, sagte er in mitfühlendem Ton. »Was ich kann.«

Und als er wieder weg war, begann Fearon zu murmeln: »Tut für mich, was er kann. Tut für mich, was er kann. Nett. Sehr nett. Hab die Syph. Was ist die Syph? Tut für mich, was er kann.« Dann fing er mit einem Mal an zu weinen.

Das also war das Ende seiner Hoffnungen und Anstrengungen! Wieder klangen diese Stimmen in seinen Ohren. Ein wahrer Furor von Lärm schien den Raum zu überschwemmen. Ein mächtiger Wind war aufgekommen. Das Schiff schwankte. Das Geschirr klapperte, die Ventilatoren ratterten. Für Fearon hatten all diese Dinge sich verändert. Alles war nun eine Stimme in seinen Ohren. Die Ventilatoren ratterten: »JUNGE. JUNGE.« Der Wind sang sein verrücktes Lied: »JUNGE. JUNGE.« Die Wanten pfiffen gegen die Stagen: »JUNGE. JUNGE.« Die Maschine summte: »JUNGE. JUNGE.« Die Boote bewegten sich in den Klampen, schwangen in den Davits. Auch sie sangen: »JUNGE. JUNGE.« All diese Dinge schienen sich dem Jungen plötzlich vermenschlicht zu haben. Sie riefen nach ihm. Seine Gedanken irrten hin und her. Die Stimmen waren jetzt näher gekommen. Sie sprachen leise in sein Ohr. Er fing wild zu stammeln an.

»Lampenputzer hat mich aus dem Abtritt kommen sehen. ›Spürste deinen Arm, Junge? JUNGE, JUNGE, JUNGE.‹ Ein gottverdammter Junge. Das ist alles, was ich bin. Hab dem Kapitän ein schönes Versprechen gegeben. ›Will mein Bestes tun. Unbedingt mein Bestes.‹ Hab nach Hause geschrieben. Werde hart arbeiten für euch beide. Mutter und Vater. Und jetzt hab ich die verdammte Syph. Was ist die Syph? All die Männer bleiben jetzt weg von mir. Muß sein wie Scharlach oder

Masern. Ansteckend. Gott! Gott! Dieses Jucken. Der Steward, daß er so etwas sagt. ›Sag jetzt nichts. Spring über Bord, wenn es ruhig ist später.‹ Der Bootsmann flucht, sagt, ich tu nur so. Syph, Syph, Syph. O ja. Er sagt, er hat einen Mann gekannt in Samoa, der hat das gehabt. In der Nacht haben sie ihn erstickt. O Mutter! Mutter! Rette mich! Vater! Vater! Vater!«

Er weinte bitterlich. Die Tränen quollen aus seinen Augen und rannen die Wangen hinab wie feiner Regen. Plötzlich schrie er: »Komm doch jemand! Es soll jemand kommen! O Gott! Ich hab Angst. Angst. Alles brüllt und schreit. Alles kreischt. JUNGE. JUNGE. JUNGE. Weg da! Laßt mich in Ruh. Ich hab die Syph. Laßt mich sterben.« Lange, nachdem es acht Glasen geschlagen hatte, fuhr er fort, zu stöhnen, zusammenhanglos zu murmeln. Aber es dachte jemand an den Jungen. Jemand auf der Brücke hatte ihn im Sinn.

Kapitän Wood, der eben aus seiner Betäubung erwacht war, hatte es fertiggebracht, sich aus seiner Koje zu stemmen. Und wie er schwerfällig über seinem Tisch lehnte, sahen seine halbgeöffneten und stark blutunterlaufenen Augen einen Umschlag auf diesem Tisch liegen. Er stand auf, beugte sich ruckartig vorwärts und krallte ihn sich. Er riß ihn auf, doch dauerte es einige Augenblicke, bis er ihn richtig in der Hand hatte, so daß er ihn lesen konnte. Er las sehr langsam, da sein Kopf in Folge des fünftägigen Exzesses einigermaßen benebelt war. Sein Erster Offizier hatte das geschrieben. Er fragte sich, wie lang es wohl schon hier lag. Er starrte im Raum umher, als sei es ihm unklar, daß dies seine eigene Kajüte war. Die Brücke hatte ihn ein paar Tage lang nicht zu sehen bekommen. Er wußte nichts von der Position des Schiffes. Sein Erster war jedoch ein guter Mann. Er ging plötzlich zur Tür, nahm seinen Mantel vom Haken und zog ihn an. Dann verließ er, den Zettel immer noch in der Hand, die Kajüte und fing an, das Brückendeck entlang zu stolpern. Es war dunkel, es lief eine schwere See, und das Gebrüll des Windes löschte alle anderen Geräusche aus. Halb glitt, halb fiel er die Leiter hinunter und ging nach achtern. Er wanderte eine Weile umher, er war sich der Lage des Raumes, den er suchte, ungewiß. Er hatte vergessen, ob die Tür auf der Steuerbord- oder der Backbordseite war.

Endlich fand er ihn. Doch hatte er große Schwierigkeiten mit dem Schloß. Er glaubte von drinnen seltsame Laute zu hören. Er hielt sich irgendwie aufrecht und stand lauschend da. Eine Zeitlang verstand er kein Wort. Eine große Welle klatschte weit übers Heck, so daß der unglaubliche Andrang des Wassers zu einer Hymne des Hasses schlechthin anschwoll, und er mußte sich verzweifelt am Türknauf festhalten, damit er nicht im Wirbel des Wassers davongetrieben wurde, um gegen die Reling geschmettert und wahrscheinlich ganz ins Verderben geschleudert zu werden.

Doch nach ein, zwei Minuten legte sich der Wind. Die Laute drinnen im Raum waren wieder vernehmbar. Aber Mr. Wood war noch nicht in der Lage, zu verstehen, wovon der Junge sprach. Und es war so schwer, die richtige Methode zu finden, um die Tür zu öffnen, vor allem, wenn man einen Kopf hatte, wie man ihn nach fünftägigem Besäufnis eben hat. Die Meldung von seinem Ersten war immer noch entscheidend wichtig. Eine riesenhafte Welle traf das Heck des Schiffes. Der Kapitän fluchte.

»Gottverdammte verfluchte Tür«, sagte er und zerrte wieder am Schloß. Endlich öffnete sich die Tür, und wieder mußte er sich verzweifelt festhalten, denn das Schiff bekam Schlagseite. Als es sich wieder aufrichtete, wurde er in die Mitte des Raumes geworfen. Die Tür krachte zu. Dunkelheit. Kein Wort. Das Atmen des Jungen in der oberen Koje ertrank im schwereren Atmen des Kapitäns auf dem Fußboden.

Gottverdammte Tür! Gottverdammter Erster! Warum hat er nicht früher Meldung gemacht? Junge ernstlich erkrankt. Warum nicht dem Funker Bescheid gesagt? Muß sehr schlimm sein. Muß nach Arzt funken. Kein verfluchtes Licht hier im Raum.

Er rief laut: »JUNGE! JUNGE! Wo ist Junge? Ich bin der Kapitän des Schiffes, nicht wahr. Wo ist Junge?«

Fearon erkannte plötzlich, wer sein Besucher war, und eine große Angst überkam ihn. Er durfte nicht gesehen werden. Nein. Nein. Nein. Er durfte nicht nackt gesehen werden, wenn das Licht anging. Er hatte dem Kapitän so viel versprochen. Vielleicht würde der Kapitän nun sein wie der Rest von den Männern. Würde ihn behandeln wie einen Aussätzigen. »Ach, wenn ich nur wüßte, daß ich in drei Wochen wieder zuhause wäre! O Mutter! Mutter!«

»Wass los Junge?« Die Stimme war quallig.

Fearon blieb still. Vielleicht wußte der Kapitän nicht, daß er da war. Er ist vielleicht nur zufällig in diesen Raum hineingestolpert. Wie durch einen Blitz, als wäre etwas Furchtbares in ihm zusammengebrochen, verlor er den Mut und schrie: »Hier! Ich bin hier. Junge. Der Junge Fearon. O Sir, bitte machen Sie nicht das Licht an. Bitte machen Sie nicht das Licht an.«

Ein Augenblick der Stille, dann brach die Stimme

des Kapitäns sie plötzlich: »Wass los mit Licht, hm? Sicherung raus? Wo's der verdammte Elektriker? Sollte sich kümmern ums Licht.«

Der Junge hörte die Bewegung des Körpers. Der Raum wurde von Licht durchflutet. Zum ersten Mal erfüllte der Gesichtsausdruck des Mannes Fearon mit Furcht. Der Mann erschien wild mit seinen aufgedunsenen Zügen, den blutunterlaufenen Augen, den Bartstoppeln, dem großen Körper, der emporragte und den Raum anfüllte. Er wankte herüber zur Koje. Sah den Jungen einen Augenblick an.

»Wo sinn Kleider, Junge, hm? Wo sinn verdammte Kleider? Wass los mit dir?«

»Der Steward sagt, ich sei krank, Sir, ich hätte Syphilis«, sagte der Junge leise.

»Was? Was?« fragte der Kapitän. »Was war das? Du hast was? Sag es noch einmal.«

»Steward hat gesagt, ich hätte Syph. Was ist Syph, Sir?« fragte er unschuldig.

»Ah! Du bist also an Land gegangen, ja? Du hast meinen Befehl mißachtet, ja? Was ist die Syph? Die Syph ist was, das nur Jungen kriegen. Syph ist was für Jungen. Jungen wie dich. Jungen, die Lügen erzählen. Jungen, die nicht tun, was man ihnen sagt. Jungen, die ihre Arbeit liegen lassen, anstatt sie wie ein Mann zu machen. Die Syph hat dich erwischt. Sie hat dich erwischt. Der Steward fährt seit einigen Jahren mit mir auf diesem Schiff. Ein guter Mann. Hat er dir nichts gesagt?«

»Doch, Sir«, sagte der Junge und zog seine Knie hoch zum Kinn und umfing sie mit seinen dünnen Armen. »Doch, Sir. Aber ich habe Angst. O Mutter! Mutter! Gott! Ich tauge zu nichts. Nutzlos. Ich hab's versucht, Sir. Ich wollte etwas tun. Ich wollte etwas tun.«

Etwas geschah in diesem Augenblick, das den Kapitän den Mantel ausziehen und auf die untere Koje steigen ließ. Er betrachtete den Jungen. Lange starrten sie einander an. Dann bewegte sich der Leib Fearons, zuckte vor, machte eine hektische Anstrengung, aus der Koje zu kommen.

»O Mutter! Mutter! Ja, der Steward hat gesagt: Tu es, wenn es dunkel ist. Jesus, rette!«

Eine milde Stimme schien dem Jungen ins Ohr zu flüstern: »JUNGE. KOMM JUNGE.«

Der Kapitän streckte den Arm vor und knipste das Licht aus. Dunkelheit. Draußen glänzte ein einzelner Stern, eine Garbe Wolken löschte ihn plötzlich aus. Die Wasser murmelten. Die Stimme klang wieder in Fearons Ohr: »JUNGE. KOMM JUNGE.«

In diesem Augenblick legte Kapitän Wood den Mantel über das Gesicht des Jungen und lehnte sein ganzes Gewicht darauf.

Epilog

Eintrag im Logbuch der *SS Hernian* am Morgen des 12. März 19**:

Leichtmatrose Arthur Fearon abgängig gemeldet. Schiff durchsucht, aber keine Spur von ihm. Sind umgekehrt und haben eine Stunde lang die See abgesucht. Keine Spur. Suche aufgegeben. Vermutlich während mittlerer Wache über Bord gespült. Schwere Grundseen. Fahrt fortgesetzt. Position SO 41 auf O 39. G. Wood, Kapitän

Telegramm an die Reederei über Funk:

Leichtmatrose Arthur Fearon am elften über Bord gegangen und ertrunken. Suche eingestellt. Fahren weiter. Erbitte Anweisungen. Wood, Kapitän

Telegramm der Reederei an die Eltern von Arthur Fearon, 14. März:

Bedauern daß Leichtmatrose Arthur Fearon auf See vermißt. Einzelheiten folgen. Horne

Auszug aus *The Pilot*, 21. März:

Auf See vermißt. 11. März. Leichtmatrose Arthur Fearon. Alter: Fünfzehn Jahre. – R.I.P.

Liam Hanley

Die Geschichte um *Fearon*

Die Geschichte von *Fearon* ist eine schmerzliche Chronik. Das Buch erschien unter dem Originaltitel *Boy* 1931, und vier Jahre und einige Auflagen später fanden sich die drei Direktoren der Firma Boriswood, des Verlags meines Vaters, in Manchester vor einem Geschworenengericht wieder, wo sie sich wegen des obszönen Charakters der Veröffentlichung zu verantworten hatten. Sie und die Firma wurden insgesamt zu einer Zahlung von 400 Pfund verurteilt, und *Boy* wurde aus dem Verkehr gezogen.

Der Umstand, daß der Fall in Lancashire zur Verhandlung kam, schien von Anfang an besonders beunruhigend. Der Rechtsanwalt, den die Kanzlei der Firma Boriswood konsultierte, riet dringend, die Direktoren sollten sich schuldig bekennen, da eine energische Verteidigung vor einer Jury aus Lancashire wahrscheinlich nur zu einer Gefängnisstrafe führen würde. Wie es in einem Brief der Anwälte des Verlages heißt, würde eine solche Jury in einem derartigen Fall »es wohl auf jeden Fall für ihre Pflicht halten, die Ehre Lancashires wiederherzustellen«. Die Verleger folgten dem Rat der Anwälte und bekannten sich schuldig.

Gegen meinen Vater wurde keine Anklage erhoben, doch bin ich sicher, daß er unter dem Skandal, den *Boy* ausgelöst hatte, mehr litt als die Verleger. Der immer sehr einzelgängerische und manchmal schüchterne Mann zog sich nach diesem Vorfall noch mehr zurück. Er lehnte es grundsätzlich ab,

Journalisten ein Interview zu geben, und führte für diese Haltung verschiedene Gründe an. »Ein Buch muß für sich selbst stehen, es muß sich von alleine durchsetzen«, sagte er oft, aber ich glaube, er wollte auch Fragen zu *Boy* aus dem Weg gehen. Viele Leute wollten Näheres über dieses Buch wissen, doch ihre Erkundigungen blieben unbeantwortet. Angebote von Verlagen, die sich an einer Neuausgabe interessiert zeigten, wurden entschieden zurückgewiesen.

Die Kontroverse um *Boy* war ebenso unangenehm für meine Mutter, deren Loyalität zu meinem Vater unerschütterlich war – in einem langen Leben, das oft von quälenden Geldsorgen bestimmt wurde. Die Zeitungsberichte über den Fall und die Leserbriefe machten dem Paar das Leben in einer Kleinstadt in Merionethshire in den dreißiger Jahren schwer. Für beide blieb der Skandal eine ständige Drohung im Hintergrund.

Die Wunden, die der *Boy*-Prozeß geschlagen hatte, schmerzten manchmal so, daß mein Vater auch andere von seinen Büchern verschwinden ließ. Das einzige Indiz für die Existenz von *The German Prisoner* (1930 als Privatdruck mit einer Einleitung von Richard Aldington erschienen) in der Bibliothek zuhause war ein Stapel leerer Einbände, in die ich meine eigenen kindlichen Geschichten legte. Der Text – und bedauerlicherweise auch die Zeichnung von William Roberts – waren herausgerissen worden. Die Polizei ging ähnlich vor, wie die *Daily Mail* 1935 meldete: Sie beschlagnahmte neunundneunzig Exemplare von *Boy* und zwölf von *The German Prisoner* und ließ sie vernichten.

Es hat Leser gegeben, die noch zu Lebzeiten meines Vaters andeuteten (wie es auch der Nachruf der

New York Times 1983 tat), einige der Ereignisse in *Boy* seien ihm vielleicht selbst als jungem Seemann widerfahren. Ich besitze die Tonbandaufzeichnung eines Gesprächs mit meinem Vater in seinen späten Lebensjahren, wo er über derartige Interpretationen lacht und sie als albern verwirft. Vielleicht aus demselben Drang, autobiographische Verbindungen zurückzuweisen, kam mein Vater in einer kurzen Aufzeichnung mit dem Titel »Oddfish« (Teil der Sammlung *Don Quixote Drowned*, 1953) wieder auf *Boy* zu sprechen, ohne den Titel des Buches direkt zu nennen. Hier schreibt er in der ersten Person, wie ein junger Seemann auf der Brücke eines Schiffes ein Gespräch mit anhört, aus welchem sich das entsetzliche Schicksal eines Jungen ergibt, der zweifellos der Hauptfigur in *Boy* entspricht.

Im letzten Absatz von »Oddfish« rechtfertigt mein Vater die Prosa von *Boy* wie folgt: »Ich brauchte zehn Tage. Jetzt ist mir klar, daß ich mir viel mehr Zeit hätte nehmen sollen. So formlos und kraß und mit Gefühlen überladen. Nun ja, es kam manchen Nordengländern irgendwie abnormal vor und manchen Kritikern seltsam. Ich habe aber niemals glauben wollen, daß ein helles Licht auf ein Stück Wundschorf nicht etwas durchaus Normales ist und gar nichts Seltsames.« Die Nordengländer, auf die mein Vater hier anspielt, sind ein Taxifahrer aus Lancashire, der das Buch in einer Bücherei entlieh, und seine Frau, die lediglich den Klappentext las und das Buch zur Polizei in Bury brachte. Die Polizei wiederum erstattete Anzeige gegen die obszöne Veröffentlichung.

Man kann sich bei manchen Dingen fragen, ob man sie in Frieden ruhen lassen soll – oder sie immer wieder ins Gedächtnis rufen. Es fiel mir stets schwer, zu entscheiden, in welche Kategorie dieses Buch meines Vaters gehört. Mag es auch vom Standpunkt des Verfassers aus seine Defekte haben, so bleibt es doch ein couragierter Roman und insgesamt eine machtvolle Aussage. Wollte man es aus der Reihe seiner Veröffentlichungen ausschließen, würde man das Stimmregister meines Vaters verleugnen, der sein Leben lang großes Mitgefühl hatte. Für mich lag seine Stärke darin, daß er nie grausam mit seinen Figuren umging, nie distanziert, nie altklug. Er hat Arbeitern und ihren Frauen und Kindern eine Stimme gegeben – ihre Stimme.

Editorische Notiz / Nachbemerkung

Der Originaltitel des Romans lautet *Boy*. Nach reiflicher Überlegung wurde davon abgesehen, das wörtlich zu übersetzen. Das deutsche »Junge« oder »ein Junge« trifft nicht, was sich im Englischen und in diesem Buch vielschichtig mit *Boy* verbindet. Die bloße Übernahme des englischen Titels für die deutsche Erstausgabe wurde ebenfalls verworfen. Als Alternative wurde hier der Nachname des Protagonisten gewählt.

Im ersten Satz des Romans wird Beides zusammengebracht: »Fearon, what's the matter with you, boy?« Der Protagonist wird in der Regel mit *boy,* ab und zu auch mit *kid,* oder eben dem Nachnamen angeredet. Der Vorname, Arthur, wird nicht einmal in der Familie durchweg benutzt. In Fearon, jenem Namen vermutlich keltischen Ursprungs, steckt zudem das Wort *fear* – Angst –, das mit der Gefühlswelt der Hauptfigur und ihren Erfahrungen eng verknüpft ist. Mit der Wahl des Nachnamens zum Buchtitel wird allerdings eine Individualisierung vorgenommen. Insgesamt geht es dagegen im Roman durchaus auch um eine Typisierung, um Rollen, die einem »Jungen« in verschiedenen Zusammenhängen – als Sohn, Schüler, Leichtmatrose, Lustobjekt etc. – zugewiesen werden.

Das Vorwort von Anthony Burgess wurde um eine kurze Passage gekürzt, in der er das Ende preisgibt. Nicht alle seiner biographischen Angaben über Hanley stimmen. Sie beruhen teilweise auf Irreführungen, die der Autor in seiner Autobiographie *Broken Waters*

(1937) verbreitete. Im ersten Satz von Burgess' Einleitung zur englischen Taschenbuchausgabe ist so – hier gestrichen – noch die Rede davon, daß Hanley bei seinem Tod »a year younger than the century« gewesen sei; er wurde jedoch bereits 1897 geboren, nicht erst 1901. Sein Geburtsort war auch nicht, wie häufiger zu lesen, Dublin, sondern Kirkdale, Liverpool/Lancashire. Mit Recht streicht Burgess heraus, daß Hanley, anders als öfter behauptet, kein Ire gewesen ist. Dessen Sohn, der Maler Liam Hanley, erläutert einige der Hintergründe um die Skandalisierung des Romans in seinem Beitrag genauer. Als gründlichste aktuelle Quelle zu James Hanley dürfen die Begleittexte von Chris Gostick zur letzten englischen Taschenbuchausgabe (Richmond/Surrey: Oneworld Classics/Alma Books, 2007) gelten.

Anthony Burgess verweist in seiner Einleitung noch auf die Widmung der Originalausgabe für Nancy Cunard, die wir hier wieder aufgenommen haben. Nancy Cunard (1896–1965), aus der vermögenden Reederfamilie, war eine außergewöhnliche Persönlichkeit. Selbst Dichterin, wählte sie sich in den zwanziger Jahren Paris zum Lebensmittelpunkt, war Teil der Bohème und verkehrte unter anderem mit Aldous Huxley, Ernest Hemingway, James Joyce, Constantin Brâncuși, Wyndham Lewis, Tristan Tzara, Louis Aragon, William Carlos Williams und Man Ray. Daß sie mit dem Jazz-Pianisten Henry Crowder (1890–1955) einen afro-amerikanischen Partner hatte, erregte teilweise Anstoß. Als Gründerin der *Hours Press* und mit der Übernahme von Bill Birds *Three Mountain Press* wurde Cunard zur Verlegerin. Politisch wandte sie sich in aller Entschiedenheit gegen den Rassismus

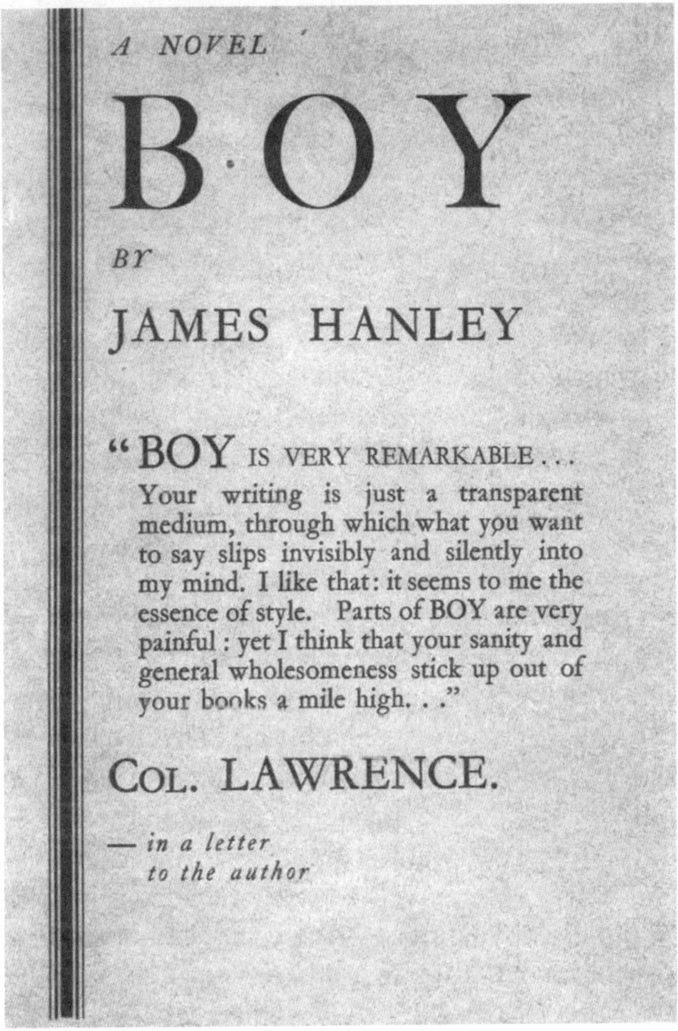

und veröffentlichte Literatur schwarzer Autoren, was sie ins Visier des Ku-Klux-Klan brachte, engagierte sich im Spanischen Bürgerkrieg auf Seiten der Republik und gegen den italienischen und deutschen Faschismus.

Ferner erwähnt Burgess E. M. Forsters Eintreten für James Hanleys Roman *Boy* auf dem berühmten *Schriftstellerkongreß zur Verteidigung der Kultur,* Paris, 1935. Forster – der selbst vom Klima jener Zeit betroffen war, da er seine Homosexualität verbergen mußte – wendet sich dabei gegen den *Sediction Act*, das britische »Gesetz gegen die Aufwiegelung zur Unruhe« von 1934, und macht zum Thema, wie »das Gesetz dazu benutzt wurde, ein Buch, einen Roman von hoher literarischer Qualität, zu unterdrücken«, ein Werk, »dessen Moral, falls es eine hat, eindeutig Anstand und Tugend stützt.« Es habe »bei den Zeitgenossen beträchtliche Anerkennung gefunden«. Forster, der auch auf die juristischen Spitzfindigkeiten des Falls zu sprechen kommt, schließt mit einem allgemeineren Plädoyer gegen die Skandalisierung von Literatur als »obszön«: »Ich weiß, was ich mir wünsche, und gebe hier eine gedrängte Darstellung: Ich möchte größere Freiheit für die Schriftsteller, die eigenschöpferisch Tätigen wie die Kritiker. Ihre schöpferische Arbeit ist in England mehr als anderswo behindert, weil sie nicht frei über Sex schreiben können, und ich möchte Sex als Gegenstand für ernste wie für komische literarische Arbeit anerkannt wissen.« Zitate nach folgender Ausgabe: *Paris 1935. Erster Internationaler Schriftstellerkongreß zur Verteidigung der Kultur. Reden und Dokumente.* Hrsg. von der Akademie der Wissenschaften der DDR. Einleitung und Anhang von Wolfgang Klein. Berlin: Akademie Verlag, 1982. S. 41–46.

Bildnachweise

Frontispiz – James Hanley
S. 7 – Die Docks von Liverpool (Foto: Liam Hanley)
S. 9 – Der anstößige Umschlag von 1934 in einer Neuauflage der Pariser Obelisk Press
S. 10 – Ehefrau Dorothy Enid »Timothy« Hanley
S. 12 – Hanley vor seinem Cottage
S. 16 – Hanley als Poseur
S. 258 – Hanley als junger Mann
S. 265 – Umschlag der englischen Erstausgabe des Verlags Boriswood, 1931

Umschlaggestaltung unter Verwendung eines Fotos von Lewis Hine (1874–1940), der mit seinem sozialdokumentarischen photographischen Werk unter anderem Kinderarbeit anprangerte und die Verbindung von Mensch und Maschine in der modernen Schwerindustrie zum Sujet wählte. Der englische Text zum ausgewählten Motiv lautet: »December 1908. Dillon, S.C. Soarbar Seris has worked off and on in the mill for five years, more nights than daytime. Winds at Maples Mills. Gets 70 cents and up. ›Reckon I'm about 14.‹ Photograph by Lewis Wickes Hine«.
(Lizensiert über Shorpy Historic Picture Archive/Vintage Photos & Fine Arts Prints, www.shorpy.com. Wir danken für die Genehmigung, das Motiv zu verwenden.)

Danksagung

KUNST STIFTUNG NRW

Verlag und Verleger danken der Kunststiftung NRW herzlich für die großzügige Förderung dieses Buchs.

Liam Cowper Hanley, dem Sohn des Autors, sei für die Aufgeschlossenheit und Hilfsbereitschaft gedankt, mit der er unsere Neuentdeckung von James Hanley für ein deutschsprachiges Publikum begleitet hat.

Dank sei auch dem Verlag Alma Books für die kollegiale Bereitstellung der Abbildungen.

Wir danken ferner der Jury des »Preises der Hotlist« 2014 für die Nominierung von *Fearon* auf die Shortlist.

Bibliothek der Böhmischen Länder

Ernst Sommer
Die Templer
Roman

Der Templerorden – das sind kampferprobte Ritter und Herren über gewaltige Burgen, geschickte Geschäftsleute von sagenhaftem Reichtum. In Paris liegt ihr Tempel mit seinen Schätzen. Das ist dem König ein Dorn im Auge. Philipp der Schöne faßt einen hinterhältigen Plan. Verraten vom wankelmütigen Papst, sehen sich die Templer nun einem Feind gegenüber, dessen Waffen Tücke, Erpressung und Folter, dessen Antrieb Habgier und Machtstreben sind. Aus Templern werden so bald ›Ketzer‹, und Großmeister Jakob von Molay und die Seinen gehen einem verhängnisvollen Schicksal entgegen. Ernst Sommers Roman über Mechanismen einer Schreckensherrschaft ist ein beeindruckendes Werk über das Mittelalter – wie auch, 1933 begonnen, ein Buch des Widerstands gegen den Totalitarismus.

ca. 470 Seiten
Hardcover, Leinen,
ca. € 24 / SFr 32
ISBN 978-3-938375-08-2

ARCO

Bibliographische Information der Deutschen Bibliothek:
Die Deutsche Bibliothek verzeichnet diese Publikation in der Deutschen Nationalbibliographie; detaillierte bibliographische Daten sind im Internet über http://dnb.ddb.de abrufbar.

Die Erstausgabe erschien 1931 unter dem Titel *Boy* im Verlag Boriswood, London.
Die deutsche Übersetzung folgt der Ausgabe von One World Classics/Alma Books, Richmond/Surrey, 2007.
Deutsche Erstausgabe.

Der Arco Verlag unterstützt die Kurt-Wolff-Stiftung für eine vielfältige Verlags- und Literaturszene.
www.kurt-wolff-stiftung.de

Umschlag: Praxis für visuelle Kommunikation, Wuppertal
Schrift: Vollkorn, entworfen von Friedrich Althausen (vollkorn-typeface.com); Satz: H C Leitich, Wien
Druck und Bindung: CPI Books, Leck
Printed in Germany
ISBN 978-3-938375-60-0

Arco Verlag GmbH, Krautstraße 64, D-42289 Wuppertal
Tel.: 0049 (0)202 62 33 82 / Fax: 0049 (0)202 263 40 00

Arco Verlag (Wien), Löwengasse 44/12, A-1030 Wien
Tel.: 0043 (0)1 715 46 06 / Fax: 0043 (0)1 253 033 300 06

www.arco-verlag.com | service@arco-verlag.com